澳大利亚华人女性生命书写

卢秋平 著

Life Writing by Female Chinese Australians

WUHAN UNIVERSITY PRESS
武汉大学出版社

图书在版编目(CIP)数据

澳大利亚华人女性生命书写:汉、英/卢秋平著.—武汉：武汉大学出版社,2019.12

ISBN 978-7-307-21378-4

Ⅰ.澳… Ⅱ.卢… Ⅲ.女性—华人—自传体小说—小说创作—研究—澳大利亚—汉、英 Ⅳ.I611.074

中国版本图书馆 CIP 数据核字(2019)第 290725 号

责任编辑:罗晓华　　　责任校对:李孟潇　　　整体设计:韩闻锦

出版发行：**武汉大学出版社**　(430072　武昌　珞珈山)

(电子邮箱：cbs22@ whu.edu.cn　网址：www.wdp.whu.edu.cn)

印刷：广东虎彩云印刷有限公司

开本:720×1000　1/16　　印张:14.75　　字数:210 千字　　插页:1

版次:2019 年 12 月第 1 版　　2019 年 12 月第 1 次印刷

ISBN 978-7-307-21378-4　　定价:42.00 元

前　言

本书共分三章。第一章是对澳大利亚华人女性书写的一个综述，介绍和评析华人移民的背景和移民热潮、早期华文报刊、20世纪70年代之前的澳大利亚华人文学与华人女性书写、第二次移民浪潮带来的澳大利亚华人文学的繁荣、新移民时期华文报刊在华文文学中的作用、华人女性作家、用华文创作的华人女性作家，以及用英语创作的华人女性作家。

第二章是对生命书写的一个概述，包括生命书写的定义、分类，国内外有关生命书写的研究现状和生命书写中最常见的一种体裁——自传，以及生命书写的一些术语等。接着探讨澳大利亚华人女性书写中的生命书写，并围绕生命书写的真实性与主观性的问题对两部作品展开讨论。第一部是珍·基廷斯的《华人淘金者的故事》，第二部是诺玛·金·凯的《我母亲的家族史》。

第三章的重点是澳大利亚华人女性生命书写的自传体作品，探讨这些自传体作品中的两大主题：归属感和身份认同。所用的文本有珍·基廷斯的另一部作品《我不再是陌生人》、帕米拉·谭的《帕米拉·谭的长征》，以及钟海莲的《中国佬之女》。早期的华人移民多排斥自己的华人身份，为融入白人生活而同化，表现在语言、文化、生活方式、风俗习惯以及汉语名字英语化等方面，这是华人在白人社会遭到歧视和排斥的一种应对策略。

本书三章之间既相互关联，又相对独立，每一章都围绕一个主题展开分析和讨论，因此各章的参考文献都分别在各章结尾列出。本书使用的参考文献主要是英文原文文献，为了方便读者检索，英文原文都有提供，一般放在括号里，这样可以方便读者自己解读。

笔　者

2019 年 7 月

目　录

第一章　澳大利亚华人女性书写综述

国内学者普遍认为澳大利亚华人文学开始于 20 世纪 80 年代前后。如彭钧认为"在'白澳'时期，澳大利亚没有一本中文报刊，何谈华人文学？1983 年创刊的《汉声》双月刊是澳洲新移民文学史上有里程碑意义的标志"(2007，p. 10)；郭建等认为"澳洲文学真正的产生，是在 20 世纪七八十年代"(2012，p. 78)；李景艳认为"80 年代的移民潮催生了澳洲华人文学"(2006，p. 140)；周小进也认为"澳洲最初的华人故事，是由白人作家书写的，直到 20 世纪八九十年代高博文、欧阳昱等华裔作家登上文坛才改变这一局面，开始由华人讲述自己的故事"(2017，p. 89)。这些学者"忽略了 19 世纪末和 20 世纪初悉尼和墨尔本的华人群体活跃的文化和政治生活，也忽略了澳大利亚历史和华人历史中的重要时刻创作出的文学文本在娱乐和教育华人群体成员中所起的关键作用"(奥门森，2018，p. 46)。实际上，第一部澳华小说在 1909 年至 1910 年之间就已经发表了，刊登在早期的华人报纸上，作者是一家华人报纸的编辑，名叫黄树屏。

第一节　早期澳大利亚华语报与华人书写

澳大利亚华人文学书写早在 19 世纪和 20 世纪之交就开始发表在悉尼和墨尔本的华语报纸上。这些华语报不仅是了解澳大利亚华人历史的重要文献，而且是澳大利亚华人文学的发源地。早在 19 世纪中叶维多利亚州的金矿区就出现了首家中英双语报纸《华语招贴》(*The Chinese Advertiser*)，后来更名为《英唐招贴》(*English and Chinese Advertiser*)，但是没有发行多久就停止发行了(参阅 Kuo，2013，p.5)。第一份在澳大利亚全国发行的华语报是《广益华报》(*The Chinese Australian Herald*，1894—1923)，它于 1894 年 9 月 1 日首次发行后每周六在悉尼发行(p.6，p.54)。第二份报纸于 1898 年 6 月 29 日也首次在悉尼发行，名为《东华新报》(*Tung Wah News*，1898—1902)，每周发行两次(周三和周六)，1902 年改名为《东华报》(The *Tung Wah Times*，1902—1936)继续发行(p.6，p.80)。《东华报》从 1905 年年初开始增设民间文学专栏，成为第一份刊登短篇小说和民间文学的澳大利亚华人报纸。到 1906 年年底扩大版面，每期增加两页满足读者对文学题材的需求，刊登的民间文学体裁有歌剧、喜剧、散文、诗歌、短篇小说，文学主题是警示华人远离鸦片(p.136)。20 世纪初，文学在悉尼的华人社区开始繁荣，《东华报》起了重要的作用，它通过刊登短篇故事，宣扬中国进行改革的思想，促进了文学市场的繁荣(p.156)。《东华报》认同梁启超的观点，认为小说和其他新的文学体裁具有改良社会的力量(p.157)。第三份在悉尼发行的华语报是《民国报》(*Chinese Republic News*，1913—1937)。墨尔本的首份华语报纸是由《东华新报》一位名叫 Chang Luke 的编辑移居到墨尔本后开始创办的，叫《爱国报》(*The Chinese Times*，1902—1905)，后来改名为《警东新报》(1905—1914)、《平报》(1917)、《民报》(1919—1922)，后来又迁到悉尼继续发行，直到 1949 年为止(Kuo，2013，p.6，p.52)。

华语报，尤其是《东华报》(悉尼)和《警东新报》(墨尔本)刊登了诗歌、小说、反思时代迫切关注问题的散文，作者们密切关注中国和澳大利亚的政治形势，比如在中国爆发的改革和革命运动——1911 年的辛亥革命、1919 年的五四运动等，以及 1901 年在澳大利亚开始的“白澳政策”，这些报纸撰文表达离散移民群体反对并同时适应“白澳政策”，支持中国的革命运动和民主改革的愿望。《东华报》(最初为《东华新报》)刊登的文学书写虽然难以判断其是否取材于澳大利亚还是借鉴于中国或其他地方出版的刊物，但是有些明显是澳洲原创的：背景为澳大利亚，反映的是澳洲华人群体的生活和关注点。这些作品反映了华人群体满腔热忱地投入中国的政治事件及随后爆发的1911年辛亥革命中，他们在作品中抗议"白澳政策"，同时教育下层社会的华人戒除不入澳大利亚主流的文化实践，如赌博、吸食鸦片以及多妻制等（奥门森，2018，pp. 46-47）。

比如《东华报》刊登的一个短篇故事《可怕的毒药》，讲的是发生在澳大利亚一个绵羊场的故事，旨在警示华人读者吸食鸦片的危害性。在故事里，一个牧民用鸦片和牛肉做诱饵来杀澳洲野狗，只因其偷吃了他的绵羊，他的行为导致了多米诺骨牌效应：吃了这些诱饵的野狗死了，接着吃这些野狗尸体的乌鸦也死了，乌鸦的尸体遍布在草地上，最后吃这些草的绵羊也死了。这个故事反映了中国维新会的议程，这次运动主张全力以赴对清王朝腐朽落后的生活方式和政治体制进行改革，呼吁反对吸食鸦片、裹足、妻妾制度、赌博等，倡导性别、种族、民族平等。文学在这次运动中成为一个重要工具，无论是在中国还是在华人移民中。这次运动在澳洲当地也产生了较大反响，因为这些西化了的华人精英认为正是这些落后的方式导致了主流人群的反华情绪，所以他们用这些故事来警示和教育下层社会的群体和个人远离这些恶习的影响（pp. 46-47）。

与《东华报》一样，《警东新报》也刊登文学创作和民间故事，支持政治改革的议程。比如1904年刊载了越剧《龙舟歌》，明确表达反帝的内容。当革命事业正当头的时候，第一部澳洲华人小说《多妻毒》与读者见面了（p. 47）。这是一部从1909年6月至1910年12月分53期连载的小说，也是一个警世故事。它采用新小说的体裁，批判清政府的腐败和社会制度的腐朽，属于社会批判小说（卢秋平，2018）。小说的作者化名为江夏二郎，故事采用第三人称视角叙述，叙述者不时介入故事中，对人物或者社会现象进行点评。这部连载小说主要批判了吸食鸦片、裹脚、女性不能享受教育导致她们不懂得如何正确教育孩子、夫妻关系中的男尊女卑、妻妾制度等。

《多妻毒》的故事发生在1850年至1890年之间，场景在中国广东的一个乡村和澳大利亚之间切换，小说的主人公叫黄尚康，他有鸦片瘾，整天泡在烟窟里，家里一贫如洗。母亲病了他也不管。黄尚康的妻子马氏是典型的中国传统女性，她孝敬婆婆，把自己能够典当的东西都拿去换钱给婆婆治病，可惜江湖郎中不懂医术，马氏人财两空，族人看在马氏一片孝心的份上凑钱安葬了老人。母亲去世后，家里越发穷得揭不开锅。这时马氏的堂兄从澳洲赚了点钱回来，马氏去求堂兄帮忙，求他资助黄尚康也去澳洲谋生。堂兄答应帮忙，条件是黄尚康戒烟。黄尚康答应了，于是得以去澳洲。临别时夫妻难舍难分，黄尚康信誓旦旦：日后若是发财了，定不会忘发妻，不会娶妾。他们一行历尽千辛万苦，跋山涉水，餐风露宿，忍饥挨饿，有时候还遇到猛兽和土著人的袭击，幸亏一路有同乡程南关照，凭着程南的勇敢和机智，加上一个白人的相助，他们才平安无恙地到达一个已经在澳洲定居多年的华人园丁陈亮家里，同行 70 多人至此只剩下 13 个。陈亮把这些新来者安顿好后，就带着程南、宾南和黄尚康一起去开发金矿，赚了一点钱后，他们回了一趟中国老家。黄尚康有了钱后旧病复发，又泡烟窟，很快就把钱花完了。当程南邀请黄尚康再回澳洲时他立刻欣然同意。由于黄尚康和马氏没有孩子，马氏要求黄尚康领养一个儿子，取名金牛。办过酒席之后黄尚康他们又到澳洲去了。程南因人品好，会经营，所以他的生意很成功，买了几个店铺，而且他很照顾黄尚康，并把其中的一家木店交给黄尚康打理。黄尚康看到城里男男女女成双成对、卿卿我我的，很是羡慕，于是就想讨妾。唐人街一个姓黄的人本想把他老家的一个奴婢俏喜介绍给一个叫龚洛的单身汉，可是俏喜看不上龚洛，嫌弃他又老又丑。这时黄尚康看上了俏喜，在媒婆的帮助下，他如愿以偿地把俏喜娶了过来。可惜俏喜不是安分之人，趁着黄尚康白天去做生意的时候，经常在家里和她的情人爽德私会，有一次被邻居看到，那个男人慌乱之中躲到房梁上差点被摔死。黄尚康娶了俏喜之后无心打理生意，不是沉迷女色就是泡烟窟，最终把程南的店铺弄得倒闭了。好在倒闭之前他弄了一笔钱，找了一个替罪羊，然后带着俏喜逃回了中国老家。黄尚康回来之后不久马氏怀孕了，生了一个儿子。俏喜在澳洲生有两个女儿，她看不惯黄尚康总往马氏那边跑，又看到马氏生了一个儿子，于是心生嫉恨，借口照顾马氏坐月子，毒死了马氏，捂死了婴儿。黄尚康后来得知真相之后虽悔恨不已，但又敌不过俏喜的泼辣，加上自己的身体很快就不行，不久也撒手人寰。俏喜在他死后生活越发放荡，每天招蜂引蝶，其中一个名叫景的情夫是一个恶少，他看上了金牛的妻子李氏。一天晚上，若不是被俏喜撞见坏了他的好事，他差点就得手了。金牛得知后自然不会善罢甘休，于是俏喜与景商量决定除掉金牛。他们雇了一帮打手，金牛在奔逃时大喊救命，引起了众乡亲的义愤，众乡亲纷纷拿起家伙相助，那帮打手和景都被打跑了。俏喜的种种罪行曝光，她被乡亲们抓住了。因为朝廷腐败，不能主持正义，所以判俏喜私刑——让俏喜沉潭自尽。

小说首尾呼应，表达了作者对多妻制的批判这个中心思想。受居留国的政治、社会文化的影响，作者宣扬一夫一妻制的合理性，主张男女平等，女性应该接受教育，这些不仅和西方文明一致，而且在当时清朝政府内外交困的政治历史环境下，小说的主题思想无疑顺应了时代的要求，有利于促进中国社会改良，用西方进步的民主文明思想影响读者，以推动清朝末期的改革，对抗当时国际列强对中国的侵略，作品充满了爱国爱民和富国强民的思想。小说采用文言文和白话文的形式，不仅表现了作者的叙事技巧，而且作者善于描写景物，情景交融，文学性很强。

澳大利亚学者 Ely Finch 花了很多年翻译这部小说，2019 年 6 月，小说的英文版 *The Poison of Polygamy* 终于和读者见面了，由悉尼大学出版社出版。这部小说被誉为“澳大利亚文学史上一颗稀世之宝（*The Poison of Polygamy* is a rare gem of Australian literature）”。它是第一部关于澳大利亚华人生活的小说，很受澳大利亚学者的重视。它被迪肯大学名誉教授、作家大卫·沃克（David Walker）誉为“从文学史的遗留物中发掘出来的一块闪亮的金子（A shiny little nugget has been disinterred from the tailings of our literary past）”。大卫·沃克说这部小说“加入到了澳大利亚文学史，这是令人振奋的事。这部小说值得中国和澳大利亚学者探讨（*The Poison of Polygamy* is an exciting addition to our literary history that deserves to be widely discussed and analysed in both China and Australia)”。澳大利亚著名学者、作家尼古拉斯·何塞(Nicholas Jose)说到，“《多妻毒》这部小说记录了澳大利亚华人在一个重要历史时期的生活，剧情错综复杂、情感丰富，让读者读起来饶有兴趣(It gives readers a highly entertaining new novel, replete with drama, emotion and intrigue. At the same time it documents Chinese Australian life in a key period of history)”(Finch, 2019)。

遗憾的是，在“白澳政策”的影响下，澳洲华人减少，文学活动也随之减少。20世纪三四十年代华语报刊停止发行。

早期的澳大利亚华人书写中缺乏女性作者的声音是因为早期的移民属于“生计移民”——很多华人为了生存来到澳大利亚。根据刘芝的研究，19世纪40年代首批抵达澳大利亚的华工没有女性(2013, p. 12)。Couchman关于墨尔本华人社区的研究也表明这段时间的华人移民几乎全是男性，后来几十年也都是男性占绝大多数：

> The Chinese community of Melbourne during the federation period is generally imagined as a male community—a community of male miners, market gardeners and furniture workers and perhaps herbalists, fruit, vegetable and tea merchants and a good many Chinese store owners—all male. The overriding impression is one of a community dominated by men, earning a living in Australia, with the women in their lives keeping the home fires burning back in China. This impression is not an unreasonable one. Victorian census data show that in 1857 there were only three Chinese women compared with a little over 25,000 Chinese men living in Victoria. By 1901, women still represented only 1.6 per cent of the total Chinese population in Australia and by 1921 this had risen to just 6.7 per cent...

> Marriage statistics in the post federation period show a great disparity between the numbers of married men and women, suggesting an overwhelming majority of Chinese men had wives and families in China.（Couchman，2004，p. 171）

Couchman 的这段话说出了早期澳大利亚移民男女比例严重失调的情况：在澳大利亚联邦时期，墨尔本的华人社区通常被认为是男性的世界——无论是矿工、蔬菜种植者、家具制造者，还是中医师，或者蔬果茶叶商，都是男性，许多华人商店的店主也统统是男性，让人感觉这是男性主宰的世界：男人在澳大利亚挣钱，女人守着他们在中国的家。根据维多利亚州的人口普查数据显示，1857 年该州的华人男性超过 25000 人，而华人女性仅仅 3 人。到 1901 年，华人女性在整个澳大利亚华人中的占比是 1.6%。1921 年的时候上升到 6.7%……联邦时期过后已婚华人男女的比例严重失衡，这表明绝大多数的华人男性的家庭和妻子都在中国。

到 1901 年，全澳大利亚华人女性只有 474 人，其中包括出生在澳大利亚的女性，这些华人女性几乎都是来澳洲淘金的华人男性的配偶（刘芝，2013，p. 12）。1901 年之前的澳大利亚华人女性特别少有几个原因：其一，从中国到澳大利亚路途遥远，坐船需要的时候很长，而且条件非常恶劣，旅途艰辛，另外，淘金是体力活，女性难以承担。其二，按照中国的传统观念，男人出去挣钱，女人在家里操持家务、抚养孩子和照顾老人。其三，澳大利亚政府限制有色人种的女眷入境。其四，中国政府以及中国的家庭或者家族几乎禁止女性出国，而且男性出国只是暂时性的，他们赚了钱还是会回到家乡（p. 13）。还有一个原因就是当时清政府的女性大多是裹脚的，出门非常不便。女性移民稀少，加之当时的女性在“女子无才便是德”的观念束缚下受教育的机会非常少，除非出身优裕之家或者父母开明，这就造成了早期的澳大利亚华人文学史上女性书写几乎是空白的。

第二节　20世纪70年代之前的澳大利亚华人文学与华人女性书写

1901年，限制非欧洲移民的“白澳政策”实行之后，华人人数急剧减少。可是到了1947年，华人女性人数反而有了增长，因为这个时期的澳大利亚政府允许在澳居民的配偶以及未成年子女入境，于是那些淘金热过后在澳大利亚定居下来的华人男性就设法让其妻子儿女来澳团聚（刘芝，2013，p. 14）。随着1947年后来澳的华人开始回升，再加上“二战”期间澳大利亚接受难民营的华人女性，大批的华人女性涌入澳大利亚。1956年，澳大利亚放宽了华人入籍的要求，到了1966年，只要居住5年以上的华人即可入籍（原来是15年），同时规定非欧洲人的澳籍公民的配偶以及未成年子女、年老的父母以及未婚妻都可以获得澳籍公民资格（pp. 15-16）。这种移民状态改变了澳华文学史上女性书写几乎空白的局面。

这段时间的华裔女性书写有珍·基廷斯（Jean Gittins）的《我在赤柱拘留营的生活》（*I Was at Stanley*，1945），讲述了作者在“二战”期间被日本人关在香港有名的赤柱拘留营的经历，向读者展现了一位在这个集中营里经受了饥饿和野蛮待遇的坚强女性。她还发表了《奖项、著作、论文：纵览1879—1959墨尔本大学病理学系对医学方面有贡献的科研》（*Prizes, Books, and Papers [1879-1959]: A Survey of Research Work and a Presentation of Contributions to Medical Literature from the Department of Pathology, University of Melbourne*，1959）。《东方的窗子，西方的天空》（*Eastern Windows—Western Skies*，1969）讲述的是作者的家族史，从20世纪初到60年代。作者不仅讲述了她的家庭在香港和墨尔本的经历，而且讲述了香港殖民地经历战争创伤之后是如何慢慢复兴起来的。20世纪80年代过后珍·基廷斯还发表了三部著作：《华人淘金者的故事》（*The Diggers from China: The Story of the Chinese on the Goldfields*，1981），《赤柱拘留营：铁丝网背后》（*Stanley: Behind Barbed Wire*，1983），《我不再是陌生人》(*A Stranger No More*, 1987)。本书将在第二章分析她的《华人淘金者的故事》的真实性与主观性，在第三章分析她的《我不再是陌生人》的归属感与身份认同。

这一时期还有一位华裔女性格温·龙(Gwen Num)，她在《国家》(*Nation*)杂志上发表的《不一样的人生》(“A Life with a Difference”, 1960)也值得关注。在这篇作品里，作者讲到她是澳大利亚华裔，从母亲那边来看属于第五代移民。她的母亲是英国人，母亲的祖先于1854年来到澳大利亚，是殖民者而不是淘金者的身份。她的父亲是一个有文化的广东人，他是20世纪初来到澳大利亚的。他是第一个皈依基督教的中国人并担任非神职传教士(p. 17)。格温的母亲在她父亲那个教堂担任夜校英语补习班的老师，她父亲是她母亲的学生。那个时候的基督教反对白人和其他人种通婚，好在有一位受人爱戴的英国牧师支持他们，并且在一个叫圣路克的英国人的教堂为他们主持了婚礼。格温的父亲很勤劳，他经营的进口水果店生意兴隆，而且他是一个很有品位的人。他们住的是带花园的房子，尽管他们的生活比较优越，但是格温母亲的家族和亲人却因为反对这门婚事而疏离了她，为此她不快乐。那个年代对华人歧视很严重，他们是不可以拥有地产的。所以格温的父亲想买房的时候，附近的白人居民联名要求不让他在他们社区买房。格温的父亲很有傲骨，就是不让步，最终还是买到了他要买的房子。他们的家庭生活是愉快的。格温父亲会弹钢琴还会唱歌，他经常和孩子们在家里弹琴唱歌，其乐融融。但是孩子们还是意识到他们这些有着亚洲人血统的人和其他白种人的孩子是不一样的，他们之间没有亲密的接触和往来。他们长大结婚的时候对他们的亚裔血统也是几乎不提及的，直到后来澳大利亚人认识到华人为澳大利亚所作的贡献时，这些亚裔孩子才对他们的祖先产生兴趣。

这个时期对华人的歧视不仅表现在反对他们和白种人通婚、不能拥有地产上，而且还表现在不让他们归化入籍，更有甚者，卡尔维尔(Calwell)执政的时候还规定要将这些亚洲人驱逐出境。好在格温的父亲在这一天到来之前就去世了。父亲的温和、谦逊、善良赢得了白人的尊重。格温意识到死亡似乎是一个黏合剂，因为无论什么人种都必须面对它，所以在她父亲即将去世的时候，那些白人表示了关心和慰问，有的还如同亲兄弟般地照顾他，在那一刻，对死亡的认同以及同情心化解了人种的差异。

作者的陈述是从澳大利亚人的视角展开的，比如她的用词“我们澳大利亚人(we Australians)”，同时她也没有忘记自己的黄种人血统。她在文中通过赫伯特·乔治·威尔斯(Herbert George Wells)的著作《世界史概要》(*Short Outline History of the World*, 1919)中的一段话表达出了她对赫伯特·乔治·威尔斯人种融合的乌托邦思想的认同：

> We have to remember that human races can all interbreed freely and that they separate, mingle and reunite as clouds do. Human races do not branch out like trees with branches that never come together again: It is a thing we need to bear constantly in mind, this remingling of races at any opportunity. It will save us from many cruel delusions and prejudices if we do so. People will use such a word as race in the loosest manner, and base the most preposterous generalisations upon it. They will speak of a "British" race or of a "European" race. But nearly all the European nations are confused mixtures of brownish, dark-white, white and Mongolian elements. (Num, 1960, p. 17)

这段话的意思是：我们要记住，人种可以自由交配，他们就像天上的云朵一样飘散、融合、团聚，而不像树木那样分枝开叉，之后不再交结。只要有机会人类就会交结，这一点我们必须牢记在心。只有牢记这个，我们才可以摆脱残酷的妄想和无情的偏见。人类可以轻松自如地使用“种族”这个词，并可以用一些可笑的话语来概括它。他们会说到“英国人”“欧洲人”，但是要记住所有欧洲国家的人都是淡褐色人种、黑白人种、白人和蒙古人的混合人种。

作者在文中表达出来的对澳洲的种族歧视态度并不是敌对的，如她自己在故事的结尾部分所说的，是很“平和的(balanced)”(p. 18)。她认为，亚裔在澳洲会经常遭到这种“冷遇”，如果他们抱着一种忍耐的态度，那么这种经历也许对他们日后还会有益，否则就会被视为对心灵的一种伤害。作者对澳大利亚人的印象是正面多于反面的，她认为澳大利亚人也许有时候看起来麻木不仁，但是当你深陷困境的时候就会发现他们内心其实很温柔。她还觉得澳大利亚到处都不乏贴心的人，而且他们很努力、很勤奋。所以她认为自己身为一个澳大利亚亚裔人是一件幸运的事(It is not too much to say that with all my heart I am fortunate to have been an Austral-Asia. p. 18)，也对人心和人性充满了信心。

艾琳·莫斯(Irene Moss)也是这个时期的一位华裔女性作家。她出生在“二战”过后不久的1948年。她在《华人还是澳大利亚人？成长在20世纪50年代两种文化的过渡地带》(“*Chinese or Australian? Growing up in a Bicultural Twilight Zone from the 1950s on*,”1986)这篇传记中写到她成长的环境——唐人街上的华人生活，正好填补了“白澳政策”执行之后到第二次移民浪潮之间有关华人生活的空白。

艾琳·莫斯写到，她出生的时候，在澳大利亚的华人已经很少了，这是“白澳政策”限制亚洲移民增长的结果。1904年，澳大利亚政府禁止已经在这里生活的亚洲人将他们的妻儿带来澳洲。这项移民法持续了半个世纪左右。限制移民法案最苛刻的部分是听写测试：为了阻挡那些不受欢迎的亚洲移民，移民法强迫这些入境者用他们不懂的语言进行造句。作者对此是反对的，因为她是这样表达的——“强迫他们用他们不懂的语言造句(... by compelling them to write sentences in a language which they did not know)”，而不是说“让他们用英语进行造句(by making them write sentences in English)”。这项听写测试到1958年才废除。除了听写测试，各个州政府以及联邦政府还有其他的歧视法案来限制移民，致使从“白澳政策”实行一直到1947年为止的这段时间华人人数为历史上最少(pp. 11-12)。

艾琳·莫斯的父亲出生在澳大利亚新南威尔士州的凯亚玛

(Kiama)。她的祖父也是淘金者，而且他是少有的带着妻子一起来到澳大利亚的华人。艾琳·莫斯的父亲后来去香港做生意，并且娶了艾琳的妈妈——一个广东人。她的父亲虽然赚了一点钱，可是由于战争的爆发，他变得一无所有了，于是他回到澳大利亚。直到他在澳洲安定下来，有能力养家之后，他才把在香港的妻子和四个孩子接过来。

艾琳·莫斯的父亲在澳洲悉尼唐人街做生意——西红柿包装，每天凌晨三点起来选购西红柿，包装好之后卖给批发商。艾琳·莫斯就出生在这里。那个时候华人区很小，大部分华人互相认识。

作者指出，语言通常也是身份和地位的象征。绝大部分华人只会讲粤语、闽南语、四邑地方话等各种让人难懂的方言。那些ABC们(出生在澳大利亚的华人)通常是不会讲华语的，而会说粤语的人经常嘲笑那些不会说粤语的。会讲普通话的华人非常少，而且他们也不会住在唐人街的迪克森街(Dixon Street)。会讲普通话的人通常都是专业人士，他们更容易融入澳大利亚人的生活，他们是不会和迪克森街的农民们打交道的(p. 13)。

和很多华人家庭一样，艾琳·莫斯家里也是重男轻女的：艾琳·莫斯四姐妹共一个房间，而她们家唯一的儿子却可以独享一个房间，他是家里最受宠爱的一个。

艾琳·莫斯家是在迪克森街租的房子，为了减少开支，他们把楼上的房间转租给了别人——住的是一些年纪大的华人。房间非常简陋，而且阴暗、潮湿，环境很差。这些租客可以说是淘金热潮过后的滞留者，因为没有赚到钱，不好意思回去。他们把妻儿丢在中国的老家，自己独自在这里勉强度日。作者认为他们的这种生活毫无意义和目的，她无法理解这些人为什么不回去和自己的家人团聚(p. 14)。

艾琳·莫斯的几个伯伯也属于这群人。她的大伯帮她爸爸做生意，同时靠赌博增加一点收入：麻将、七点(一种纸牌游戏)、赌马等他都玩。他坐船从中国香港来到澳大利亚，直到死的时候澳大利亚政府也不知道有他这个人的存在——很明显他属于非法移民。他虽然赚钱不多，但是可以养活他在香港的家人。他一个单身汉在澳大利亚生活了三十多年。作者对她大伯的这种生活难以理解，她并不认为澳大利亚是他的家。在她看来，他的家在香港，他应该回香港。作者出生在澳大利亚，接受的是澳大利亚的文化。在澳大利亚人看来，家庭是非常重要的。可是中国文化不同，在中国人的眼里，男人应该养家，他在哪里赚钱不重要，重要的是他能够养活老婆孩子，还有孝敬父母。男人的尊严体现在他是否有养家糊口的能力方面。因为这些滞留者没有赚到钱，他们的自尊心不允许他们就这样灰头土脸地回老家去，所以他们宁可在这里忍受孤独和艰苦直至死去。

这些赌博的华人最怕警察，后者常常在他们出其不意的时候出现。作者的爸爸小时候就经常帮这些赌博的人望风，有时候是帮这些赌徒跑跑腿，买吃的喝的，或者有人要上厕所的时候他帮忙看着牌局。如果有人不遵守规则，就要挨揍。作者有一个伯父就因为赌博不老实被狠狠揍过一顿(p. 15)。

这些华人尽管在澳洲生活，但他们还是把一些旧传统带到澳洲，比如多妻制。作者写到，那时候很多华人男性都犯重婚罪。西方男人很羡慕多妻制，但这是非法的。很多华人不管犯不犯法，他们照样娶几个老婆，有的是国内有老婆，澳大利亚也有，有的是在澳大利亚娶两个老婆。作者有一个伯伯就是这种男人中的一个。他在悉尼有两个家，两个家分别在不同的郊区，他轮流在两个家里住。两个老婆居然都不知道他另外还有一个家。

作者还写到，华人对女性的歧视在迪克森街也一样，不仅男性歧视女性，而且这种歧视已经渗入女性自己的思维里了。所以，在唐人街没有女性创业或者领头做生意的，华人俱乐部、社区业务也都没有女性参与。除非是做生意的丈夫去世了，留下寡妇继续经营他留下的生意的。除此之外，女性永远都只是给丈夫当帮衬：她们总是听从丈夫的安排。她们的工作是做饭、打扫卫生、照顾孩子、购物等。当然，她们也发表意见，可是没人把她们的意见当回事。作者的母亲也是处于从属的地位：她是她丈夫的帮手，每天和他一起早起，为全家人以及那些在店里做事的雇工孜孜不倦地做早、中、晚饭，家务做完了就去帮她丈夫打包西红柿，要不就是出去采购食材。艾琳·莫斯的爸爸中风之后，她妈妈一直照顾着他，整整二十多年，直到他去世为止。作者认为，女性的低下地位不能依靠男性来改变，因为他们的性别歧视根深蒂固，女性只有自己在思想和行为上有自主意识，才能改变自己的状态(The low profile of Chinese women is not helped by the ingrained sexism of the Chinese men on the whole... This will only change when Chinese women become more openly assertive in their views and actions. pp. 15-16)。

关于种族歧视，作者说由于他们生活在唐人街，很少见到白人，所以遭遇种族歧视的机会不大。只有一次，在她六七岁的时候碰到一个澳大利亚人问她是不是“中国佬”(p. 16)。不过，艾琳·莫斯姐弟几个的名字也都被改成地道的英文名字了：Irene，Phyllis，Barbara，Lynette，Reginald，这是文化霸权的表现，第三章将会谈到。

这就是20世纪50年代华人移民的生存状态。

作者还写到，种族歧视从过去到现在一直都是存在的，只是方式变得隐蔽了(p. 19)。作者在找工作的时候充分体验到了。她写了一百多封求职信，可是那些雇主不知道是出于种族歧视，还是性别歧视，或者双重歧视，总之她没有被白人雇用，最后还是被唐人街的华人公司聘用了。作者的态度是十分坦然的，她找工作的时候在英文名字后面附上自己的中文名字，这样雇主可以一眼就看出她的国籍和性别。如果这些人是歧视者，那么彼此都可以不必浪费时间在面试上：

> I wrote over 100 applications and received so many rejections that I used to cry in Irenne Kwong Chee so that there would be no doubt as to my nationality or identity. If the employer didn't want a Chinese woman, I didn't want to waste their time or mine with an interview. I will never know if any of those rejections were motivated by either racial prejudice, sexual prejudice or both. (pp. 18-19)

作者在文中似乎想告诉读者，以前的中国移民是最具有忍耐精神的，中国女性更是。她后来的工作是在新南威尔士州反歧视局负责调查和调和各种反歧视的投诉，工作刚开始的时候她发现这些投诉者当中华人特别少，而华人女性更是没有。到多元文化政策实施之后这种状况才发生变化。作者认为这种变化有可能说明华人的权利意识增强了，或者他们不再害怕起诉别人，或者表明他们在政治和社会问题上变得自主起来了，也有可能是对亚洲人的歧视多起来了，这些可能性都是有的。另外，她还发现一个有趣的问题是，华人在被白人歧视的同时，也歧视别的人种；而亚洲女性在很多人的眼里是缺乏主见、顺从、认命的，可是新来的越南华人女性打破了这个定型，这些被迫做一些繁重的体力活、在工厂流水线上作业的华人女性也开始发出自己的声音，抗议她们遭到性骚扰，或者投诉雇主基于性别歧视不给她们升职的机会。不过她们中也有一些人害怕因此遭到她们老板的报复，或者担心她们的丈夫会蔑视她们、责备她们，或者对她们缺乏理解(pp. 19-20)。

关于种族和性别歧视的问题，作者在作品的结尾表达了她的立场和观点：

> Australian women are still fighting for equal rights. We Asian women should join in on that fight as surely we may be doubly disadvantaged. Chinese men have to examine their suspicion, disdain or fear towards the assertive woman, because you wish to take advantage of the new. We are living in difficult times, and we are observing a backlash against Asian. When times are tough, the economy is grim, people look for scapegoats... I've heard Chinese speak disparagingly of the Vietnamese. I've seen cases of Chinese men showing no understanding at all of women's issues. Whilst it is important for us to assert our right not to be discriminated against, it is also important to rid ourselves of our own prejudices. Whilst we proudly maintain our heritage, it is

important that we bring ourselves out of isolation, and participate fully in what the Australian community has to offer. (p. 20)

这段话的意思是澳大利亚的女性还在为争取平等的权利而奋斗，亚洲女性也应该加入她们的队伍，因为亚洲女性面临的不仅是性别歧视，还有种族歧视。华人男性也要检讨自己，不应该对有主见的亚洲女性或者其他女性表示出质疑、轻蔑或者恐惧的态度。我们不能因为想利用一种新文化而放弃自己的文化。在艰难时期，或者经济不景气的时候，我们会看到白人对亚洲人的抵制，因为亚洲人太多了，抢了他们的饭碗。在这些情况下，种族之间的冲突又变得紧张起来。亚洲移民之间也不团结，比如总有华人歧视越南人等；还有华人男性不理解女性的问题。另一方面，在声称我们有权反对别人歧视我们的同时，我们女性也要抛弃自己的种种成见，这一点很重要。在文化传统方面，我们可以自豪地保留我们的文化遗产，但同时不能把自己置于这个狭隘的空间里，而应该充分投入澳大利亚人的生活圈子。这番话清楚地表明了作者作为一个亚洲华人女性的立场以及赞成多元文化的态度。

这段时期还有一位女性——克里斯汀·拉姆齐(Christine Ramsay)值得一提。和所有这些华裔女性不同的是，克里斯汀是从新加坡移民到澳大利亚的。她是1958年来澳大利亚读书的。那年克里斯汀17岁，她是为了读阿德莱德大学而来到阿德莱德的一所中学参加高考的。20世纪50年代末，很多家境优越的亚洲国家的父母把自己的孩子送到澳大利亚的大学接受高等教育。海外留学不仅代表他们经济优越，而且可以提高他们的社会威望(1986, p. 29)。

作者身为华人，熟悉中国的文化传统：中国人十分重视教育的功效，也非常注重学业上的成就。克里斯汀·拉姆齐出生在新加坡一个富裕的华人家庭，家里的佣人多过家里的成员。就连家里的保姆都懂得读书重要的道理，她们经常给孩子们讲这方面的故事，教育他们读书的重要性："(在古代)除了皇帝，第二重要的便是状元了。你既然不能出生在皇帝之家，那么只能靠自己的努力成为状元(Next to the Emperor, the most important person was the scholar. You have to be born into the royal family but anyone with hard study can become a scholar."(p. 29)作者在肯定华人学生优点的同时，也指出了他们的缺点：华人学生的优点是学习勤奋努力，缺点是两耳不闻窗外事，一心只读圣贤书。作者吸收了华人学生的优点，并规避了他们的缺点。她学习非常认真、勤奋、有恒心。她先是在阿德莱德大学读的本科，结婚之后又在墨尔本大学获得了有机化学博士学位和教育学文凭。工作若干年之后她又回到墨尔本大学读了教育学硕士，并且改行了：由从事理科的教学转到了艺术的道路上。

克里斯汀·拉姆齐在学校虽然没有像其他的华人学生一样遭到歧视，只不过老师和同学对他们三个华人学生不感兴趣罢了，但是她在婚姻上遭到了挫败：和很多亚洲女性一样，她也喜欢个子高高的白种人，可是她喜欢的那个白人的父母强烈反对，并且用尽一切办法想阻止他们的交往。不过他们的反对没用。克里斯汀·拉姆齐回到新加坡去了，她的男朋友也去了新加坡，他们在新加坡结了婚，时间是1964年。婚后他们去了英国和美国生活了一段时间，三年后还是回到了澳大利亚。作者讲到这个时期的移民法还是严格限制亚洲人移民的。但因为她的丈夫是澳大利亚人，凭着这个身份她得以留在了澳大利亚。她说她选择在澳大利亚定居而不是在自己的国家新加坡定居，是因为在这里她可以享受自由，不必受到家庭关系和家庭责任这些问题的烦扰。除了个人和政治自由外，她觉得他们的子女在这里会过得更好。

与其他华人女性不同的是，克里斯汀·拉姆齐完全没有那种身为亚洲人或者华人或者女性的劣势和自卑感，相反她有一种优越感。这种优越感可能和她富裕的出身有关，也可能和她自己对事物的独特看法有关。在文中作者的这种优越感不时地表露出来。比如她讲到她读高中的时候，在一个寄宿家庭里面，错把主人为猫准备的食物吃掉了，对此她不是表达她当时的尴尬感受，只是说她很天真，没有料到这个情况。她还告诉读者她家的佣人很多，她长那么大连水都没有烧过，也没有烤过面包。她说到别的亚洲人到了澳大利亚就像罐头沙丁鱼一样挤在一起住，而且住的地方很脏，尽管如此，他们还是觉得在澳大利亚的生活比他们在自己的国家的生活好，只有她认为在澳大利亚的生活比起在新加坡的时候下降了很多：

> I was so naive and unprepared. I grew up in a family where the household help outnumbered the members of the family. I had not boiled water or even made toast prior to coming to Australia. So while it is commonly believed that the teeming Asian hordes who live in squalor, packed together like sardines, have their standard of living upgraded beyond recognition here, there were many like myself whose standard of living slid dramatically in Australia. (p. 30)

在工作上，克里斯汀·拉姆齐觉得她身为华人和女性对她而言反而是一种优势：在艺术界，美术馆的女性主管容易被人接受，而且在关于亚洲的话题上，她的华人身份让她和欧洲人和西方人打交道的时候更有权威(In the art world, women gallery directors are well accepted and being Chinese gives me a stake in both the European and Western camps and a certain authority in things Asian. p. 33)。所以在作品的结尾，作者对她的华人女性身份的态度是不卑不亢的。她觉得她可以随时打包行李回自己的国家，但是她选择留下来是因为她很喜欢澳大利亚。尽管如此，25年过去了，没人能说她被“澳大利亚化”了。她是多元文化的追随者。和很多其他澳大利亚华人(如第三章中将要谈到的钟海莲、洪美恩等)不一样的是，克里斯汀是认可自己的原本身份的：“我只是一个住在澳大利亚的新加坡华人女性(I am simply a Chinese lass from Singapore, now living in Australia)。”(p. 33)

另外，还有一位华人男性作家——柳存仁也值得一提。柳存仁的《庚辛》首稿于20世纪50年代在香港出版，当时只有九章，后来二稿中增加到三十章，于1968年再次在香港出版，改名为《青春》，最后一稿于1996年在中国内地出版，改名为《大都》(2007, p. 41)。柳存仁是华裔澳大利亚学者，曾名柳雨生，祖籍山东临清。他生于北京，毕业于北京大学，获文学学士学位；曾获伦敦大学荣誉文学学士学位、哲学博士学位及文学博士学位。他是澳大利亚人文科学院的首届院士、英国及北爱尔兰皇家亚洲学会会员。曾任澳大利亚国立大学中文讲座教授、亚洲研究学院院长，退休后被选为名誉教授及大学研究员。1992 年，他荣获澳大利亚政府颁赠的 AO(Order of Australia)勋衔和勋章。柳存仁教授是世界著名的汉学家，在许多领域的考证有突破性贡献。他的中文著述主要有《和风堂文集》《和风堂新文集》；英文著述主要有 *Buddhist and Taoist Influence on Chinese Novels*，*Chinese Popular Fiction in Two London Libraries*，*Selected Papers from the Hall of Harmonious Wind*，*New Excursions from the Hall of Harmonious Wind*。2009 年 8 月中旬，柳存仁逝世于澳大利亚坎培拉(参考林耀椿，2007，p. 204，pp. 209-210)。《庚辛》是一部自传体小说，虽然是澳大利亚华人文学，讲的却并不是澳大利亚华人的故事，而是讲的发生在晚清到民国 20 年前后北京三个大户人家——吴家、杨家、方家的故事，因此容易被澳大利亚华人文学研究者忽略。

第三节　第二次移民浪潮前后的澳大利亚华人女性书写

一、女性移民热潮

1972 年中澳建交，澳大利亚开始实行多元文化政策，接着废除了“白澳政策”，随之而来的是移民人数的增加，而且移民的范围也扩大了。之前的华人女性移民主要来自中国大陆，20 世纪 70 年代后华人女性除了来自中国大陆外，还来自多个国家或地区，如越南、马来西亚、新加坡，以及中国台湾、中国香港等。20 世纪 80 年代的移民类型以经济技术类移民为主。这类移民的到来增加了移民在教育和技术层面的比例，不仅影响了澳大利亚的经济结构，而且推动了以知识为基础的新兴产业。与此相应的是一大批具有高学历和高素质的亚洲华人男女涌入澳洲。同时，澳大利亚政府在20世纪80年代推行海外教育计划，吸引了很多来自亚洲国家和地区的留学生（刘芝，2013，p. 19），加上中国的改革开放政策，使得20世纪80年代迎来了新的学生移民浪潮和商业移民，这时华语文学作品重新正式发行。

和史上其他时期相比，整个20世纪80年代至90年代的华人女性移民数量有了空前的增长，甚至有赶超男性移民的趋势。这些女性移民不仅包括中国大陆女性，而且包括来自中国香港和中国台湾地区，以及马来西亚、新加坡等国的女性移民（刘芝，2013，p. 19）。总体上来看，这段时期的华人女性移民以家庭团聚类为主，1982年至1996年中国香港的女性移民以商业投资类移民为主，1986年之后中国台湾的女性移民商业投资类超过了家庭团聚类。进入21世纪后，华人女性移民的数量继续呈增长趋势，有时超过了华人男性移民，这时期的移民以技术类为主，但家庭团聚类和商业投资类的比重仍然很大（pp. 19-20）。总之，从20世纪80年代中期到21世纪初期，华人成为亚洲移民的重要组成部分，其中女性移民占整个华人移民的一半以上（p. 11），促进了这段时期华人文学包括女性书写的繁荣。“间隔很长时间之后，华语文学终于在20世纪90年代重新繁荣起来……这些文学作品仍然以华人读者为导向，表现了他们对中国政治气候的态度以及这些新移民在融入对他们往往怀有敌意的东道国文化时所面临的挑战。”（奥门森，2018，p. 45）

二、华文报刊与丛书

这段时期澳大利亚华人文学的繁荣离不开澳洲报纸和杂志这块土壤。对澳大利亚华人文学有突出贡献的有20世纪80年代末中国留学生在悉尼创办的《大世界》和《满江红》两份杂志，它们一直持续到1995年前后才相继停刊。澳洲华文作家交流协会会长黄惟群谈到“如今活跃在澳大利亚华人文坛的大多数作者在澳大利亚的创作都始于这两本杂志”（黄惟群，2009，pp. 105-106）。继这两份杂志之后，又出现了中国大陆留学生创办的周报——《华联时报》，这份报纸成为澳大利亚华人文学的活跃园地。这份周报还创立了特色专栏，刊登短小灵活、不拘形式的千字短文，在澳洲大受欢迎(p. 106)。还有一份在澳洲华文文学史上起了重要作用的华文报——《自立快报》，这家报社是中国台湾投资移民合资办的，创办于1992年4月(詹秀敏，2004，p. 75)，这家报社曾经举办过世界华文文学奖征文活动(黄惟群，2009，p. 106)，推动了澳大利亚华人文学的发展。大约从1996年起，澳大利亚华人文学的阵地集中到了开始由中国大陆人创办、后来转到了马来西亚地产商手中的《东华时报》。《东华时报》开办了两个文学版，一个是千字专栏版，一个是小说、散文版。另外，还开辟了艺术长廊和人物专访版面，吸引了以中国大陆背景为主的新老移民作家。这家报纸到2001年年底宣布停刊(pp. 106-107)。发表在这些报刊上的华文作品从不同角度描写了留学生生活的各个方面。王晖预言，新移民作家不但有东方文化的背景，又有西方生活的经验，他们用新移民文学独有的跨文化视角，积极反映新一代华人移民的精神风貌，有能力和潜力跻身主流文学的地位(日晖，2007，p. 48)。

21世纪之交，澳大利亚的华文周报曾经有十多家，如《东华时报》《澳华时报》《新时代报》《大洋时报》《澳洲侨报》《华夏周报》等。此外，在悉尼还有免费赠送的《华声地产》《社区周报》《华商报》《华文镜报》《雪梨导报》，在墨尔本有《新海潮报》《澳华导报》《大华时代》《广告天下》等，在布里斯班有《多元文化报》《华人商报》《大洋报》等。此外，还有堪培拉的《首都华文报》和阿德莱德的《南澳时报》等。2003年在澳大利亚发行的华文日报一共有四家：《星岛日报》(1982年在悉尼发行)、《澳洲新报》(1987年在悉尼开始发行)、《澳洲日报》(它的前身是印支澳籍华人创办的《华声报》，1992年改为《华声日报》，1997年改为《澳洲日报》)、《华人日报》(2002年创办)(詹秀敏，2004，pp. 74-75)。

澳大利亚华人报刊里对华文文学发展起重要作用的刊物有1982年墨尔本同善社创办发行的《海外风》、1983年创办的《汉声》、1984年悉尼的"澳洲华裔相济会"出版的《文萃》等，此外，《华声广场》《海潮报》《华声周报》《文艺之路》《华联时报》《东方邮报》等也都重视文学作品(心水，1996，p. 25)。目前在澳大利亚华文报纸中出版文学副刊时间最长的是《澳洲新报》，其文学副刊《澳华新文苑》于 2002 年 3 月创刊，由何与怀担任主编。悉尼还有一家报纸——《澳洲新快报》于 2009 年也创办了文学副刊《新快文荟》(何与怀，2010)。另外，还有墨尔本发行的中英双语文学杂志《原乡》，刊载诗歌、小说、散文和文学评论等(詹秀敏，2004，p. 76)。

澳大利亚本土的英文文学刊物有：由悉尼大学创办的《南风》(*Southerly*)，1939 年创刊，1940 年该杂志第 1 期曾刊载了一篇关于中国的长篇小说《金瓶梅》的短文，2005 年第 1 期刊登了欧阳昱翻译的李白、杜甫、孟浩然、王维的诗作；由墨尔本大学创办的《米安津》(*Meanjin*)，创刊于 1940 年，1983 年第 1 期发表了高博文(Brian Castro)的短篇故事，1994 年第 1 期发表了丁小琦的《女儿楼》(*Maidenhome*)，1996 年第 1 期发表了来自新加坡的余燕珊(Audrey Yue)的作品，1998 年第 3 期出版了亚洲专辑，发表了澳洲本土华人作家简·哈钦(Jane Hutcheon)、陈顺妍(Mabel Lee)、Natasha Cho，以及来自中国大陆的赵川(Leslie Zhao)、桑晔、欧阳昱等的作品；墨尔本的《横跨大陆》(*Overland*)创刊于 1954 年；由西澳大学创办的《西风》(*Westerly*)，创刊于 1959 年；1964 年创刊的《诗歌澳大利亚》(*Poetry Australia*)在 1965 年第 7 期上曾经介绍过几位新加坡华裔诗人的诗歌，如唐爱文(Edwin Thumboo)、Wong May 等；还有 1975 年创刊于布里斯班的《赫卡忒》(*Hecate*)、1994 年创刊的《原乡》(*Otherland*)、1996 年创刊的《热》(*Heat*)、1999 年创刊的《箱形风筝》(*Boxkite*)，以及 1997 年创办的网刊《夹克衫杂志》(*Jacket Magazine*)等(欧阳昱，2011，pp. 37-42)。

除了报纸和刊物之外，还有一些文学专辑也值得关注。最早的两部专辑被称为“九女(也称九妖)八怪”——“八怪”指的是悉尼七位男性作家——大陆、储小雷(楚雷)、阿忠、袁玮、钓鳌客、超一、莲花一咏，加上一位墨尔本的男性作家高宁，他们的杂文合集《悉尼八怪》由悉尼墨盈创作室于 1995 年编辑出版，“九女”指的是悉尼九位女性作家——王世彦、莫梦、千波、施国英、小雨、凌之、林达、毕熙燕、西贝，她们的中短篇小说合集《她们没有爱情——悉尼华文女作家小说选》于

1998 年也由悉尼墨盈创作室编辑出版。庄伟杰主编的 2002 年由中国福建省福州市的海峡出版社出版发行的 5 卷本《澳洲华文文学丛书》汇集了 100 多位澳大利亚华人作家的 400 多篇作品(詹秀敏，2004，pp. 75-76)，这部丛书分为“散文”(《渴望绿色》)、“小说”(《与袋鼠搏击》)、“报告文学”(《男儿远行》)、“诗歌”(《大洋洲鸥缘》)、“杂文随笔”(《人生廊桥梦几多》)五个集子。庄伟杰还主编了《澳洲华文文学方阵》，不断推出澳大利亚华人作家个人专著，分别由悉尼国际华文出版社和北京中国文联出版社出版。已出版的华人女性作家的著作有：张典姊(笔名雨迟)的散文集《写在风中的歌》、林达(原名魏抗凝)的中短篇小说集《女人天空》、苏珊娜的散文集《悠悠蓝山情》，以及海曙红的长篇纪实小说《水流落花》等(何与怀，2010)。

此外，还有 2003 年冯团彬主编的《大洋文丛》，由中国文联出版社出版，冯团彬是墨尔本《大洋时报》的总编，他主编的这套文丛由 11 位作家各自独立的作品集组成，其中的华人女性作家和她们的著作有：蔡子轩(笔名子轩)的散文小说集《墨尔本，世纪的错觉》，真真(本名俞新)的散文小品集《一个女人一本书》，苏珊娜的散文集《闯荡澳洲的岁月》，陶洛诵的小说、传记合集《留在世界的尽头》等。冯团彬还主编了上下两卷的《澳华文萃》，2003 年由中国文联出版社出版，一共收集了 82 位作者的 204 篇作品(何与怀，2010)。

侠外主编的三卷本“第三类文化系列丛书 · 澳洲专辑”也是值得关注的。这套丛书分为小说卷《人 欲 望》、散文卷《事 情 理》和纪实卷《国 家 业》。主题是表现东西方文化的结合、交融、互补，展示移民大潮中的文化杂交及其优势(2004，p. 2)。不过，这个专辑收集的作品分类并不是十分严格，比如纪实卷收录的蔡子轩的《不变的你》(pp. 187-194)的体裁严格来说是散文或者短篇故事而不是纪实文学。

诗集方面有澳洲酒井园诗社社长冰夫和雪阳主编、由北京华龄出版社 2006 年出版的《酿造的季节》。

张奥列也编辑了澳大利亚华文文学的专辑，第一卷《澳华文学精选》已于 2008 年出版，收录了来自悉尼、墨尔本、布里斯班、阿德莱德等城市的15位作家的作品。

何与怀也先后编辑了三卷“澳华新文苑丛书”，第一卷《依旧听风听雨眠》于2006年由台北秀威出版社出版，第二卷《最后一课》于2015年出版，第三卷《生命从高峰跌落》于2017年出版。

三、女性作家

“华裔女性作家在全球英语文学舞台上享有令人瞩目的成就：汤亭亭(Maxine Hong Kingston)、谭恩美(Amy Tan)、马严君玲(Adeline Yen Mah)、张戎(Jung Chang)、任碧莲(Gish Jen)等的作品不仅畅销全世界所有说英语的国家，而且激励了很多其他人书写类似的故事，集中在诸如寻找文化根基、新旧社会体制对女性的压迫、作为亚洲人在西方国家成长面临的挑战等主题。澳洲华人作家也涉及这些主题，但很少以直接的方式表达：对她们而言，这些成功的华裔作家是她们综合文化遗产的一部分，她们与之关联，但也需要保持一定的距离。”(奥门森，2018，p. 52)

这一时期的大多数澳大利亚华人作家是第一代移民，其中很多是来自东南亚国家的华裔人士：来自马来西亚的贝思·叶(Beth Yahp)、张思敏(Hsu-Ming Teo)、米歇琳娜·李(Micheline Lee)，来自菲律宾的阿琳·蔡(Arlene Chai)，来自新加坡的廖秀美(Lau Siew Mei)和黄贞才(Lillian Ng)，还有从中国大陆经由新加坡来到澳洲的李牧原(Isabelle Li)。她们发表作品的时间比美籍华裔作家要晚得多：贝思·叶的小说《愤怒的鳄鱼》(*The Crocodile Fury*)发表于1992年，黄贞才的《银姐》(*Silver Sister*)发表于1994年，另一部小说《云吞》(*Swallowing Clouds*)发表于1997年。阿琳·蔡的《最后一次见到母亲》(*The Last Time I Saw Mother*)发表于1995年。这些作品和作者的背景一样纷繁复杂，但读者和评论家对全世界的女性作家有一种成见，认为她们一直都在探寻当今世界不断变化的文化环境下身为女性(女儿，母亲，情人，妻子)意味着什么的问题。作为华裔女性，她们中的很多人还得面对西方世界加在其身上的那些对中国女性的种种成见：暴力父亲和丈夫的受害者(如谭恩美的《灶神之妻》中的薇妮 Winnie)、性玩物、东方主义想象中的神秘客体（如严歌苓的《扶桑》中的白人少年对女主角扶桑的迷恋）、龙女、虎妈（Amy Chua 的《虎妈》中的故事叙述者）等。"一个沉重的东西方文化负荷萦绕在很多这些文本里面和人物身上，但让读者印象最深刻的不是文化模式的堆积，而是其中建构的各种方式来抵制这些模式，寻找变通的方式来呈现当代世界女性的生活。"（奥门森，2018，p. 52）

张思敏孩提时就来到了澳洲，方佳佳的父母是澳洲新移民，她俩的作品都注重移民对亚洲家庭的影响，以及父母和他们受澳大利亚教育的子女的关系，还有亚洲孩子所承受的压力，他们夹在父母的期待和他们在学校及广泛的社会所体验的不同文化中间十分困扰。张思敏的《爱和眩晕》（*Love and Vertigo*）"探索萦绕心头的异化现象——无论是在家里还是在主流文化中都感到被异化了，家庭成员之间互相异化——同时还用尖锐的妙语和讽刺探寻一个文化冲突消解的社会"。张思敏"也是一个文化历史家，她后来发表的小说《月亮之后》（*Behind the Moon*）叙述了三个与社会格格不入者从学生时代到成年的经历，他们必须应付这些复杂的身份问题（种族、性别、性征、阶级、辈分），而这些成了检验他们脆弱的友谊的试金石"。方佳佳在她的非小说类作品和最近发表的青少年文学作品比如《罗琳达女校》（*Laurinda*）里"探索不同种族和阶级之间的交流问题，当那些有天赋的亚洲学生突然被投进学校里，如同进入一个独立的世界"。这里都是白人学生，他们一副天生就享有特权的样子，于是这些亚洲学生"不得不在新的文化环境里、在机会和陷阱之间调整自己的立场，还有他们辛苦工作的移民父母的立场"（奥门森，2018，pp. 52-53）。

"贝思·叶和廖秀美的小说场景都是她们的祖国，和她们的移民意识相呼应"，她们结合历史、神话、魔幻现实主义来创作，她们的作品是她们的文化的重写本。贝思·叶的《愤怒的鳄鱼》"讲的是马来西亚的故事，从殖民后期到独立，直到经历了三代女性。重点放在孙女探索祖母虚构的神话和马来西亚的传说的意义"。阿琳·蔡"在讲述她故事里女性的私密生活时，涉及政治、爱情、神秘、历史的介入的时候也用到了魔幻现实主义"（奥门森，2018，p. 53）。

不少从中国大陆过来的女性作家用汉语发表短篇故事和小说，这些作品很多是反映20世纪90年代的新移民生活，只有丁小琦的小说和蔡子轩的诗歌被翻译成了英语。丁小琦的短篇故事集《女儿楼》(*Maidenhome*)由Chris Berry和Cathy Silber翻译成英文，里面的故事除了最后一个之外，其他都选自作者移民澳洲之前在中国发表的两个中短篇故事集《女儿楼》(1986)和《另外的女人》(1989)。英译本里面的故事大部分场景设在中国，只有最后一个故事《愤怒的水壶》发生在澳洲，讲的是一个中国女留学生和一个同屋的本地人之间发生冲突的故事。这个白人希望这个留学生讲标准的英语，因此总是纠正她的错误，让她常常连把话讲完的机会都没有。而且这个白人还希望这个中国留学生不要做饭，和他一样吃三明治，以免油烟污染了他的水壶。故事以第一人称的视角讲述，中国留学生为叙述者。这个故事表达了文化霸权和种族歧视的主题。丁小琦的其他故事主要描写“文化大革命”期间和之后女性的生活，表明作者身陷一种政治体制和文化之中的感受，这种政体和文化让她无法实现她想要的独立自主，无论是作为女性还是作为个人。她们都在自己的作品里批判中国以及中国移民的传统性别角色(奥门森，2018，p. 53)。

很多女性作家和丁小琦一样也用华语发表小说，比如蔡子轩、金杏、何玉琴、凌之、苏珊娜、西贝、毕熙燕、夏儿、王虹等。她们作品的主题是爱情、婚姻、死亡等，她们作品中的男性人物通常都是不合格的丈夫或情人。其中很多故事都带有美化西方男性的倾向，正如黄忠所说的，自20世纪早期开始，这种倾向就常出现在华人女性作品中，可以视之为东方主义刻板形象的宣言(参阅奥门森，2018，p. 53)。相比之下，来自中国的另一位女性作家李牧原用英语发表的短篇小说集《中国事情》(*A Chinese Affair*，2016)在描写两性之间的亲密关系时，“很有趣地颠覆了两性以及澳大利亚人和中国人的刻板形象”。李牧原从新加坡来到澳大利亚，“她用英语创作，她的作品象征着一批新时代作家的来临，这些新人认为中国和西方的话题太陈旧了，不值得书写，而种族问题在描写异性之间的交流方面也不再占主导地位”(奥门森，2018，

p. 53）。李牧原喜欢用典故或者谚语来给自己的故事取名，比如《如鲠在喉》，形容心里有话说不出来，难受；《绿如蓝》取自白居易的诗《忆江南》的那句“日出江花红胜火，春来江水绿如蓝”；《滴水之恩》取自谚语“滴之水恩，当涌泉相报”等（2016，p. 339）。标题故事《中国事情》讲的是一个年轻华人女子和一个白人长者的婚姻生活，于平淡中显出中西文化的差异和融合。虽然存在文化冲突，但是他们彼此能够用理解和包容去化解，所以相安无事。这些故事既有发生在澳大利亚的，也有发生在中国的，作者在叙述这些故事的时候充满了伤感和怀旧的情绪。

第四节　女性华文书写

前面提到的“九女”，即悉尼九位女性作家收集在《她们没有爱情——悉尼华文女作家小说集》里面的故事分别是：千波的《绿蜥蜴咖啡室》《大鸟笼》《回》，小雨的《离婚的女人们》《心坠》《吃梦》，王世彦的《优美的，活着，死去》和《哭泣的歌》，西贝的《一枝桃花》《美的终结》《愤怒的蜥蜴》，林达的《天黑之前回家》，施国英的《洋尼姑》《二十岁的冬天》《马克的故事》《比尔的故事》，莫梦的《风高月黑的夜晚》《寂寞而已》《风筝》，凌之的《希望来世》和《如果灵魂可以哭泣》，毕熙燕的《四奶》和《凯西的故事》。每个故事都很精彩，都有它的写作特色，展现了这九位女性作家的创作才华和技巧。这些女性作家和她们的精彩作品打破了一些评论者对澳华文学的偏见：“澳洲华裔文学的发展仍然相对落后。就作家的素质及作品的品质来说，整体水平偏低，仅有个别非常出色的作家出现。”（郭建等，2012，p. 81）

千波本名辛千波，出生于中国天津。1988 年毕业于北京大学中文系，曾任天津电视台记者和编辑，1989 年来澳，后来定居悉尼。她爱好读书和写作，1994 年获第一届澳洲华文杰出青年作家奖。千波认为写作就像喝咖啡一样是生活的一部分，“咖啡香浓醇美，写作令人陶醉”（庄伟杰，2002，p. 92）。1995 年，千波获悉尼大学东亚系文学硕士学士，第二年又获麦觉理大学教育系研究生文凭。她的职业为教师和翻译，她是自由撰稿人。千波的著作有散文集《旅澳随笔》以及与其他九位女性作家的小说合集《她们没有爱情——悉尼华文女作家小说集》等(冯团彬，2003a，p. 1)。她还和田地、吴棣一起被称为“三驾马车”组合，他们一起出版了小说合集《留学词典》，内容是关于男女问题的(何与怀，2018b)。千波的《结婚记》和三毛的《结婚记》不一样，后者讲的是三毛和荷西两个人在异国结婚的过程，千波的《结婚记》讲的是四个合租房子的中国留学生学习、打工、恋爱、结婚，从留学到移民，从单身到成家立业的故事。

千波笔下的人物内心都是孤独、压抑的。她的《绿蜥蜴咖啡室》里的叙述者——咖啡室的女侍者出生在单亲家庭，从来都不知道父亲的存在，母亲不让问，她也就从此不再惹母亲生气。她上大学的时候抽烟，而卖烟的人对她总是板着脸另眼相看。毕业之后男朋友离开她去了美国，而她也离开母亲来到澳大利亚。她的经历让她有一个特点——不苟言笑，就算拼命挤也难得挤出微笑来，为此，咖啡室的老板总是批评她。她在这里打工的时候认识了一个名叫韦恩的白人男孩，可是没过多久韦恩就很少来咖啡室了，于是她就拿着韦恩家的钥匙去找他，结果发现他和别的女人躺在床上。故事的结尾各种意象交织在一起，充满了象征含义，令人深思，表现了叙述者内心的压抑、愤怒和恐惧。有评论者说这个故事的情节性不强，因为作者的重点不在于说故事，而在于表达生活的现实，所以说千波的风格带有现代派或者是后现代派的特点(参阅何与怀，2018b)。

第二个故事《大鸟笼》的叙述者则是一位男性，就像故事的标题暗示的那样，他生活在一个狭小的空间里，看不清外面的世界，能够看到的也是片段的、不真实的。这种狭小的生存空间象征着人物内心的压抑，这一主题和第一个故事是相同的。

千波的最后一个故事《回》的叙述者也是一位男性，他从中国来到澳大利亚，住在一个白人家里，这个白人女性应该是他的情人，而他在中国有一个妻子，还有母亲，他是在单亲家庭长大的，出国后他的妻子照顾着他的母亲。他和白人女性的生活明显不和谐，所以当他收到妻子的来信得知母亲去世的消息时，就毫不犹豫地回国去了，留下愤怒的情人玛格丽兹和她的宠物狗——被叙述者一脚踢翻了的阿拉斯加。千波的主题和写作带有荒诞派戏剧的风格。

小雨本名张沅，曾经是上海《解放日报》的记者。她的《离婚的女人们》叙述了一群生活在澳大利亚的华人女性离婚的故事。作者用预言导出话题，然后展开这些女人的故事。依依和丈夫离婚不是因为两个人的感情问题，而是因为一手带大她丈夫的婆婆的干预——婆婆生怕儿媳抢走了儿子，就连两口子在家里的举动都要受到限制，他们只好经常去外面亲热。在这种紧张、压抑的家庭氛围下，依依三次流产，导致不孕，而丈夫是独子，没有孩子肯定不行，所以两个人只好离婚，虽然分手时难舍难分，两个人相拥而泣。

罗琳的情况似乎比较常见——她的丈夫是个赌徒，家产都被他输光了，跟他离婚他不肯，法院也是劝和不劝散，拖了八年没离成，没办法，她就只好“逃”出来了。她的离婚感言带着一种阿 Q 精神：“离婚万岁！没有离过婚的女人太肤浅，太平淡，太缺乏生活阅历。”(pp. 31-32)幸亏她们是离婚女人圈，否则她的这番话势必引起一场争论。

紫馨对罗琳的经历发表了她的看法：“我认为妇女真正解放的标志不在于婚姻自由，而在于离婚自由。”(千波等，1998，p. 29)很自然地，话题就转向了她。紫馨的丈夫很体贴，他们的婚姻很平静，但就是这种平静让她感觉生活少了些什么，而且两个人之间的交流越来越少。后来她当编辑之后生活发生了变化。她和室里的一个老编辑非常聊得来，而且这个老编辑给了她很多的帮助，让她完成了几本书的写作。但是他们之间并没有超出同事和朋友的范围。可是后来老编辑的老婆闹到单位来了，说紫馨勾引她的老公，还跑到紫馨家里去闹，害得她两面受气，于是离家出走了。走之前她干脆对那个老编辑说她爱他，要和他一起生活，那个老编辑当然不会这么做，劝她出国去读书，她接受了他的建议。紫馨上飞机的时候老公给了她一封信，向她道歉和认错，说他不该错怪她，但是已经没有用了。紫馨的感言是：“在中国多少家庭有真正的幸福，多少夫妻有真正的爱，还不是凑合着过日子。”(p. 30)这里面既有几分真实，又带着自我安慰的成分。

下一个故事的主角是怡君，她的婚姻本来很幸福，可是她的丈夫是个出国迷，一心想要出国，还让怡君和他假离婚。结果怡君拿到了签证，她丈夫被拒签了。来到澳洲的怡君被一个澳洲人追求，于是这些朋友们就劝她接受这个后来者，让她的前夫自食其果。

圆月是个痴情女子，她的丈夫比她先来到澳洲，有了新的女友。他的这个女友倒是个善良的女人，她帮助圆月的丈夫把他的老婆和孩子都接到了澳洲。圆月的女儿开始很排斥她的“准后妈”，但是后来也慢慢开始喜欢她了。圆月理解和接受了丈夫和那个女人的感情，平静地分了手，独自忍受对前夫的爱恋和不舍。

天羚的故事与众不同，她和丈夫离婚是因为现实中的他并不是她心中理想的那个他，她对丈夫的爱是在一种美化的理性状态中。后来丈夫从中国来到澳洲一起生活之后，她发现现实生活中的丈夫越来越让她失望，最后在没有第三者的情况下两个人离婚了。

雨薇的情况和很多女人的经历差不多——她的丈夫喜欢上了她的同学。雨薇做了很多努力试图挽回丈夫的心，软的硬的都试过了，她甚至又多生了一个孩子，可是都没有用。最后她无计可施，就跑去打了那个女人，这也表示她在这场婚姻保卫战中的失败。身心疲惫而又无力改变现实的她只好退出了。

雪菲的故事是从她的前夫听涛的角度叙述的。先来到澳洲的她情况和很多华人女性一样——为了身份而找本地男人。听涛来了之后两个人经常秘密约会——她的爱还在前夫这里。听涛让雪菲离开那个男人，他们重新开始生活，但是只差两个月便可以拿到身份的雪菲不想前功尽弃，于是随着她的新任丈夫搬家了，听涛也从此离开了她。这个故事从男性的角度展开，表达了作者对男性的理解和同情。叙述者在心里对雪菲说的那句话“你错过了一个最好的男人”(p. 43)表明了叙述者的态度。

可可的经历比较坎坷，她经历了三次婚姻。第一位丈夫是在她“下放”的时候为了生存而找的一个本地的木匠，后来，政策说，知识分子可以回城但结婚的不行，那个丈夫为了成全她而主动提出了离婚。第二任丈夫是个大学老师，他们离婚是因为丈夫有了外遇，她不能忍受。有过两次婚姻的她受不了别人的指指点点，于是来到了澳洲。在这里，可可的妹妹给她介绍了一个澳洲人，这个澳洲人看起来文质彬彬的还不错，可是结婚之后可可才发现那个人是个酒鬼，而且喝醉之后就家暴，没有办法，她只好再次离婚。有过三次经历的她再也不敢恋爱结婚了。

最后一个故事的主角是晓旭，她的离婚最离奇——为了挽回自己的尊严。她的丈夫是个英国人，工程师。谈恋爱的时候为了让自己能够配得上他，晓旭"提高"了自己的学历和档次，但是结婚填表格的时候她的真实情况暴露了，丈夫不肯原谅她的撒谎和欺骗行为。为了让她能够得到身份，他还是答应维持这段婚姻，直到她拿到身份为止。在此期间，晓旭努力学习、勤奋工作，在家里也努力地做一个好"妻子"——虽然是分房睡的名义夫妻。协议期结束的时候她的"丈夫"越来越喜欢她、离不开她了。但她坚持要离婚——不是真的要跟他分手，而是给他一个机会重新追求她，一个和过去不一样的她，一个诚实的她。这个故事是所有这些女人离婚故事中最富有喜剧性的离婚——离婚不是为了离，而是为了婚——继续晓旭和她的英国丈夫的婚姻。这个故事改变了这群女人的故事的整个基调——它轻松、愉快、喜气——以晓旭每天收到"前夫"的花结束。

小雨的另一个短篇《心坠》情节跌宕起伏，构思巧妙。故事的女主角叫凌，叙述者是她的大学同学。凌在上海，叙述者在悉尼。叙述者收到凌的一封信，附上一张名片、一张照片和一个心形项链坠子，让叙述者帮忙在悉尼找照片中的这个男人。他们在上海认识，成为恋人，并且打算结婚，可是男人说回悉尼开结婚证明，之后就杳无音信了。如今凌已怀了那个男人的孩子，她有心脏病，又不能把孩子打掉，只好希望叙述者能够帮她找到孩子的父亲。茫茫人海，凭着一张模糊的照片和名片上留的打不通的电话号码和找不着的地址太困难了，而且叫名片上的名字——山蒙·陈的人一大把。叙述者于是心生一计，在报纸上刊登广告，以售出心形吊坠的珠宝店的名义，说是某个特定的日期在他们店购买过一对心形吊坠的购买者中奖了，领奖的条件是带上购买的那对吊坠中的另一个到店里来，如果两个吊坠吻合了，就证明是那个人没错。这一招果然管用，前后有十几个顾客上门来“领奖”，但都对不上。正一筹莫展的时候，一个人上门了。叙述者一看这个人的长相，和照片里的人十分相像，所以当他的心形吊坠和凌的那个不是百分之百吻合的时候，叙述者也没有怀疑。他们一坐下来叙述者就把这个陈先生批评了一顿，责备他不该弃凌于不顾，说她已经怀了他的孩子。这个陈先生一脸诧异和委屈，因为他听说他的那个女朋友用情不专，同时还是另一个男人的情人他才决定不理她的。叙述者向他保证凌不是那样的女孩子，于是他同意回上海去看她。回到上海后才知道搞错了，他的女朋友叫Lin，而不是Ling。故事到这个时候又来了一个大转弯——虽然认错了人，但是陈先生发现凌是他喜欢的那种类型，于是两人开始交往。不久凌也来悉尼了，并和那个陈先生结婚了。故事的最后，读者又读到一个转折——吊坠的真正吻合者出现了，不过不是来“领奖”的，而是凌在购物中心碰巧看见的。但是至此情节没有再出现大转弯——凌没有和真正的山蒙·陈相认，她也不想让他知道她和他儿子的事——孩子这个时候已经出生了。

小雨的最后一个故事《吃梦》设计更加巧妙：作者在叙述故事的时候穿插了一个声音——一个“吃梦”的怪物——貘。貘时不时地插入叙述过程进行评论。故事的主角是一个中年单身华人女性，叫霭，从中国来到澳洲。她多年来心里一直装着自己曾经喜欢过的那个男人，叫隅。在故事里，隅因公出差也来到了澳洲，碰巧在霭的杂货铺里买香烟，于是他们重逢了，在一起度过了难忘的八小时时光。不过在临别之际，霭认识到了隅不再是以前那个论文谈情的男人了，而变成了一个庸俗和腐败的官商，他已经彻底放弃了文学，现在满嘴谈的都是激励霭如何赚钱，如何成名。他的一个不经意的左拥右抱的动作让她看清了他现在的真实面目，于是她从梦中清醒了。貘这个角色在故事中起着给读者诠释的作用，它的语气非常幽默、风趣。在评论女主角整天做梦的时候，貘感叹道：“可怜的女人！……她眼一闭就做梦，所以成了我的长期顾客……”(p. 54)在阐释从中国来的留学生的双重生活时，貘是这样说的："中国来的留学生都活在两个世界里，真实的世界里他们是打工的、卖花的、开出租车的、做清洁的，而梦中的世界里却是过去的生活——开刀的、写稿的、教书的、画画的。几年过去了还是日夜两个世界，所以我不愁没吃的，没见我白白胖胖的？"(p. 58)这番话向读者对比了这些留学生过去和现在的生活，既富有讽刺的意味，又包含同情的语气。最后，女主人公从梦幻中清醒过来之后，叙述者一句"一夜无梦，貘失望了。它的肚子饿了"，极其幽默、巧妙。

王世彦 1982 年毕业于福建师范大学中文系，1989 年来澳，喜爱画画和写作(庄伟杰，2002，p. 203)。她的《优美的，活着，死去》曾获 1995 年澳洲中文创作短篇小说最佳奖(庄伟杰，2011，p. 37)。与其说它是短篇小说，不如说它更像散文。因为它没有情节，只是描写了单身女人的生活，重点在于两个华人女性，另外还提到了两个白人女性，焦点聚集在她们共同的孤独上。她们都人到中年，两个华人女性一个至今未婚，另一个离异过；两个白人女性中一个是法国寡妇，丈夫去世十几年了；另一个是两个华人女性中一个的老板，被怀疑对这个华人女性感兴趣，也就是说她有同性恋的倾向，华人女性受到警告后辞职了。因为这两个华人女性都是单身，所以经常聚在一起，而且她们的思想也有共鸣的地方，比如她们都属于那种爱恋旧和爱幻想的女性，作者的那句"追昔往日的光荣与憧憬未来的幸福，是女人们生存下去的支柱"(2004，p. 105)不仅描述了这几位女性的心理状况，也概括出处于孤独和无奈境遇中的女性普遍的生存状态，这一点是没有人种之分的。

如果说《优美的，活着，死去》有点涉及同性恋的主题的话，那么《哭泣的歌》更接近同性恋——两位女性不只是和第一个故事里的女性一样经常聚在一起，她们是住在一起。杰西卡就像丈夫一样赚钱"养家"——交房租，给她的女伴乔生活费，还给乔买衣服，说"我愿意你穿上我买的衣服。我愿意把你从头到脚打扮起来"(p. 80)。但她们没有身体上的亲密接触，所以她们的关系只是精神层面的，严格来说，不算真正的同性恋，可以算是"姐妹情"。两个人都经历过恋爱、结婚、离婚。她们上的同一所大学，一起"下乡"的时候住过同一间房，回城后各自谈恋爱，结婚，再次重逢之后又各自离婚，而且乔是因为见到杰西卡之后而离婚的，“乔的丈夫从第一次见面就看见一个事实，总有一天，乔会随杰西卡而去。当他看见杰西卡像小脚女人一样摇着步子走近他，停下来对他说，我找乔。他就知道，乔要走了”(p. 73)，乔的丈夫的话透露给读者的是两位女性之间非同寻常的关系和对彼此的吸引力。后来她们在悉尼邂逅并住到一起的时候，两个人之间的对话又酷似恋人之间的对话：“乔说：杰西卡，你怎么这么迟才回来，我担心死了。要是你出了事，我可怎么办？杰西卡闭着眼睛，说：是啊，我要是出了事，可怎么办？乔，我不会出事的。我命大。我会想，我死了，乔怎么办？在这里，乔，你是唯一挂念我的人，是不是？我丢不下的也只有你，这多奇怪。乔，谁能想得到呢？”(p. 78)杰西卡对乔的那种倾向好像更明显：“乔，如果你是男人，你会爱我么？真正的爱，很深很深的爱。肯为我牺牲一切，放弃一切的爱。”当乔表示她不相信这个世界上会有这样的爱的时候，杰西卡接着问她：“乔，再问你一个问题，如果你是男人，会分出一点心思关心我的灵魂，因为我的灵魂而爱我么？”乔的回答是：“我只能说，我愿意永远和你在一起。”(p. 81)两个人一起出去喝酒的时候，杰西卡又问乔是不是真的愿意永远和她在一起，乔说她是这个世界上最无用的人，杰西卡说“只有无用的人才接受我的爱。乔，你需要我，是不是？”(p. 82)这些信息让读者理解到的是杰西卡有同性恋的倾向，可是故事的发展又给读者新的信息：杰西卡似乎又是一个异性恋者，因为她疯狂地爱着一个男人，只是这个男人无法接受她的爱。后来这个男人出现在她俩吃饭的餐馆。杰西卡看到他后脸色大变，并且把钱包塞给乔让她赶快离开悉尼回中国去，而她自己则走向正在餐厅演奏的乐队，拿起话筒唱起一首歌，乔听到了这样一句“风从远远的大洋上吹过，你知道我最爱谁吗？”(p. 84)听到这句的时候乔颤抖了一下。似乎这两位女性之间隐隐约约有着那种爱恋。总之，王世彦的这个故事的同性恋主题既明显又含蓄，扑朔迷离，充满了神秘色彩，留给读者无尽的思考。

西贝擅长描写华人夫妻在移民生活中的冲突。她姓贾，生于天津，毕业于南开大学数学系，1991 年移居澳洲。文学是她的业余爱好，她曾任澳洲华人诗人笔会理事。她的作品有散文、小说、诗歌，发表在澳洲，以及中国大陆、台湾及香港的报刊上(庄伟杰，2002，p. 214)。西贝的短篇故事《愤怒的蜥蜴》以性爱和死亡为主题，描写了中国新移民夫妻在澳洲的生活。与他们在国内的生活相反，在澳洲，女性往往很容易融入澳洲的文化，适应澳洲的生活，而男性则因为语言、文化冲击、工作、自尊心乃至性格问题，常常难以适应新的环境。《愤怒的蜥蜴》中的那对华人夫妻就是如此：妻子的生活丰富多彩，早出晚归，而丈夫却总是退缩在家里。他看着越来越晚归的妻子打扮入时，喷着香水，一个人在后院默默地用斧头砍着地上的树桩，以此发泄自己内心的不平和愤怒。这部作品不仅描写了现代人的孤独，而且更深入了——从孤独到异化。故事的主角是一个华人男性，因为语言的障碍让他只能屈尊在一个鸡肉加工厂工作，而且无法融入澳大利亚的社交生活。他变得越来越沉默和孤僻，最后在蜥蜴身上找到一种认同感，也常常梦见自己变成了蜥蜴。后来当他看到女儿的宠物猫在咬一只蜥蜴——他认为是他的同类之后，愤怒地出手赶走了猫，他伤了这只猫，也伤了女儿和妻子的心，她们无法理解他的孤独，他和她们的关系更加疏远了，她们之间的交流也都改用英语了，就连那只猫也都远远地躲着他。而他只好在拼命工作中得到发泄，虽然语言不通，但也不容别人欺负自己。在家里，他的发泄方式便是用一把生锈的斧子不停地砍着后院里的树桩(p. 98)。西贝的小说富有灵性，文笔细腻，饱含感情色彩的同时带着深沉的理性，两者能够恰到好处地融合在一起(何与怀，2018a)。

西贝的《一枝桃花》有点像英国作家詹姆斯·乔伊斯(James Joyce)笔下的中短篇故事《阿拉比》(*Araby*)：故事的叙述者也是一个年轻男性，两者都是从对女性的朦朦胧胧的爱恋领悟到人生的某种哲理，就像西贝这个故事中的男主角所顿悟到的：“当我回到车中，好一阵呆坐在那里，茫然地望着车窗外，似乎什么东西失落了，但究竟失落了什么？我努力地回忆着，而脑子里一片空白。也许岁月对所有的事物都是这样残酷？也许事物的本性就是瞬间即逝？也许你以为失落的东西实际上根本就没有存在过？……”(p. 90)这位男士是因为爱上了同住者的女朋友陶圆圆，因为她美丽、清纯，如一枝桃花，就像标题所象征的那样。但是当他后来发现他所爱恋的这枝桃花随着岁月的流逝被现实改变了，不再那么美丽，也不再清纯了的时候，她的“花神”形象也从叙述者的头脑中消失了，接下来就是刚才那段他的内心独白，感叹现实对美的残酷摧毁力量。

《美的终结》是西贝又一个富含哲理的故事。故事中的女主角是一个很胖的欧亚混血儿，因为胖而没有男人愿意和她交朋友，后来因为生病而突然瘦了，显得漂亮了，于是老板对她更加关照了，想接近她的男士也多起来了。后来她有了男朋友并且和他同居了。可是故事的结尾是她死了——她是有病的人，但是她拒绝吃药，因为担心病好之后又会胖起来，会失去现在的一切。这个女人为美——或者说是因为害怕孤独而付出了生命。叙述者是一位女性，她也是担心美的稍纵即逝会让她失去吸引力而感到忧郁——她们都害怕孤独。

林达本名魏抗凝，1983 年毕业于广州外国语学院，曾在《广州日报》担任副刊编辑，在《收获》《花城》等杂志上发表过中短篇小说，1991 年旅居澳大利亚。她在 20 世纪 90 年代发表了两部出色的中篇小说——《天黑之前回家》和《最后的天堂》，收集在她的中短篇小说集《女人天空》里，于 2004 年由中国文联出版社出版。2012 年，林达出版了她的第一部长篇小说《金融危机 600 日——经纪人手记》，由广州花城出版社出版。这部小说“现场感十足”，情节“错综复杂”，“让人掩卷沉思”(何与怀，2015，p. 108)。《她们没有爱情——悉尼华文女作家小说集》这个故事集里只收集了林达的《天黑之前回家》。

《天黑之前回家》用幽默、诙谐的语言描写了三代人对家的概念，作品中流露出女性主义的意识。这个短篇故事是以女性第一人称的视角叙述的，讲述的重心也是三代女性的故事。第一代讲的是叙述者的外婆，因为她的果断和智慧使得她在家里处于主导地位。外婆第一次的果断决定是日军侵略中国的时候她在逃难途中因为跟随朝东走的人而失去了三个孩子，于是她果断决定不随人流继续朝东走了，而是选择了朝南走，这样就保留了他们唯一的孩子——叙述者的母亲。外婆第二次的果断决定是在一次百年难遇的台风之中，她和外公以及几十个无家可归的人一起在一间大屋里躲避台风，外婆突然拉着外公的手冲出大屋，并且对众人说房子要塌了！于是大家一起冲出了大屋，果然，一刻钟之后大屋真的倒了，这件事让外婆成了英雄。外婆第三次的果断决定是挽救了她唯一的女儿——叙述者的母亲的性命。叙述者的母亲持续发烧38天，连医生都束手无策的时候，外婆果断地带着母亲寻求民间秘方，最后她调制了一个方子让母亲喝下去了，母亲的烧果然奇迹般地退了。在父权制熏陶下的外公自然是不满外婆在家庭中的主导地位的，他不接受外婆的指令“现在我忙了，家里的饭你来煮”，他的回答是“这怎么行，让人家笑话”(2004, p. 291)。他的反抗就是离家出走，可是几次的离家出走最后还是以回家告终。第二代讲的是叙述者的母亲的故事，她选择的职业与众不同，是一般女性都不愿从事的工作——法医。她继承了外婆的冷静和果断。第三代就是叙述者本人。她的反传统的角色是最彻底的：她不顾上两辈人的反对，坚持去留洋；而且她选择的方向更不一般——神学，尽管母亲千方百计想让她学医，但是没用，她要自己主宰自己的人生。作品在讲述三代女性故事的同时，蕴涵了作者对人生、对死亡、对历史乃至哲学的思考，寓意深刻。在尾声部分，叙述者讲到自己的母亲躺在医院病床上即将离世的时候，她陪伴在母亲身边，对母亲讲一些让她能够宽心的话，她自己内心的那段话“……那一刻，我相信了一切有关‘原罪’的说法，我相信我的出生与罪恶紧紧连在一起。许多东西可以篡改，包括解剖手记、浩瀚无边的书籍，以及历时的各种细节，但留在人心里的罪恶感只能长留心底”带有宗教神秘感，发人深省。有评论者说“这部小说的成功已完全超越了故事”，它的成功在于“它身姿一样飘忽的语言——难以确实捕捉，却确实优美诱人”，还在于“隐藏在飘忽语言下的深深的伤感，这伤感也可说是环境变动而引发的对生存价值的天问”(黄惟群，2009，p. 108)。

施国英出生于1965年，毕业于上海师范大学中文系，曾任上海《文汇报》“笔会”编辑。她年轻时追求冒险和刺激，喜欢写作，中年后崇尚和平与快乐。她是一个悲观主义者，也是一个享乐主义者。在澳大利亚华人圈里属于一个有争议的人物(冯团彬，2003a，p. 76)，争议的焦点源自她的一篇文章《和澳洲喜人结婚幸福吗》(1994)，在文中施国英大胆地发布了她的“二八宣言”：西方男人几乎都善于做爱，十个里面有八个都是很棒的，另外两个也算马马虎虎；而中国男人在这方面正好相反，两个马马虎虎，另外八个都很糟糕。这个论断在华人圈里引起了骚动，引发了一场关于“大男子主义”“女权机会主义”“激进民族主义”“东方主义”“西方主义”的论战，这场论战被称为“茶杯里的风暴”(奥门森，2018，pp. 49-50)。她是位非常成熟的作家，在情、爱、性、欲以及爱情与婚姻等问题上都有独特的看法(何与怀，2018b)。在两性关系上，施国英在她的作品中颠覆了以男权为中心的传统文化。

施国英的代表作《错爱》是一部带有自传色彩的中篇小说，讲述的是一个来自中国的名叫李琳的留学生的故事。李琳带着作者的影子——都是享乐主义者。小说描述了李琳和众多男人之间的性爱故事，这些男人多数是白人男性。她的另外两部短篇小说《一夜情》和《二十岁的冬天》都是有关爱情的，故事里的女主角都是年轻的单身女孩，而且都爱抽烟、喝酒。

《一夜情》的叙述者也是一位李小姐，她以第一人称的视角向读者讲述她一夜情的经历。在得知她原来在中国的情人出车祸去世的时候，她一个人抽烟，继而飙车，哪怕自己只是一个持临时驾照的准司机，她还是把时速开到140km，希望能被警察抓住并关上一个晚上，可是所希望的刺激没有发生。于是她跑去酒吧喝酒，很快就发现一个来自中国的男子也进入了酒吧。一个年轻女孩子深更半夜在外面喝酒，自然很容易引起关注，这个故事里的中国男人也一样。于是他走向她，他们一起喝酒、聊天，一起去旅馆发生了一夜情。这个故事的女主角是反传统的：在两性关系中，她是采取主动的那一方。在酒吧的时候，她主动给那个看她的中国男人传递眼神，鼓励他向自己靠近。喝完酒之后她又把车钥匙给他，主动让他送自己回家。不过她并没有回自己的住所，而是把这个陌生男人带到宾馆过夜。第二天早上那个男人还在熟睡中的时候，她又主动去买了单离开了宾馆。对她而言，这个男人只是她的性经历中的一个，而且这个男人只不过是让她找回了“久违的中国男人的感觉”（p. 80）而已——她嫁的是一个外国男人。她的中国旧情人一直等着她，尽管她对他说她不会是一个好妻子，而且即使她和洋丈夫分居后她也不愿意回到旧情人的身边，于是旧情人去喝酒，然后酒驾出事了。所以叙述者以这种和中国男人发生一夜情的特殊方式来祭奠她的那位旧情人（p. 81）。

施国英在《她们没有爱情——悉尼华文女作家小说集》里的故事最多，有四个。第一个故事《洋尼姑》讲的是一个很特别的瑞典女人，虽然实际年龄是45岁，但看起来非常年轻。她是一个按摩师。故事叙述者是一位年轻的男性，他被这位瑞典女人吸引了。因为受伤去找她按摩的时候对她想入非非，事后请她吃饭，但被她拒绝了，反过来她邀请他到她的住所，对他讲了她的经历，并且打消了叙述者对她的非分之想——因为她是尼姑，已经戒色了，虽然她喝酒、抽大麻。年轻的时候她有过不少情人，包括中国男人。后来她和她的印度情人在印度旅行的时候目睹了印度人对生死的看法，这对她的触动很大，于是她滋生了遁入空门的想法，并且坚持了下来。听了她的故事，叙述者顿时感觉自己的心灵也得到了净化。

《二十岁的冬天》改变了叙述方式，以第三人称的方式讲述一个女孩二十岁的时候和一个“摸索到她的灵魂”的中年作家之间发生的故事。这个女孩是有着“悲惨和苦难”（p. 83）经历的女孩，所以她比别的女孩要成熟，表现在感情方面，她不像其他女孩那样缠绵，而是对感情抱着一种很淡定、很洒脱的态度。所以即使后来她和那个中年男人一起来到澳洲了，他们只是保持一种淡淡的朋友关系，从这一点来看，这两个故事中的女主角有着共同之处，或者可以说两个故事很可能讲的是同一个女孩在不同时间的经历。

《马克的故事》则是从一个男性的角度讲述一个与众不同的白人男性——马克。马克的特别之处就是跟着自己的心走，不受别人的影响。他曾经是一个政治人物，有着辉煌的政治前途，但是他放弃了这一切，因为这些在他看来没有意义。于是他陷入平静、平淡而且贫穷的生活，靠教桥牌维持生活。学生越来越少之后，就打点零工。叙述者找他学英语，请他修改稿件，于是了解到他的生活。马克的房东非常理解他，租给他那么大的房子却只象征性地收一点点房租。马克是一个愤世嫉俗者，他看问题很深刻，对艺术也有独到的见解。当叙述者对他放弃显赫的政治前途，甘愿过着穷困潦倒的生活感到不解，认为他可以做一个好的政治家，一个可以改变人类生活的政治家时，他是这样回答的："你以为这个世界会变得越来越好吗？人类比以前更聪明了吗？我们仍然像几千年前那样相互残杀，只不过杀人的武器更先进罢了……一个人成为政治家就不再是他自己了。比如一个政治家就不能是一个同性恋者。我宁可选做同性恋者而不是政治家，因为前者才是我自己，是我生命本能的需要。"(p. 147)而身为同性恋者的马克对男性朋友的理论是："找有意思的男朋友谈话，跟无聊的男人做爱。"(p. 145)而医生、律师之类的人物被他列入了无聊者的范畴。作者叙述马克的故事的时候，欣赏、钦佩的态度跃然纸上。

《比尔的故事》讲的也是一个白人男性——一个六十五岁的老头。比尔把第一次婚姻中的四个孩子都送去上了大学之后，觉得生活太平淡，就坚决和妻子离婚了。和第二个妻子的生活很和谐，但是妻子不能忍受日益发胖的他而坚持和他离婚，这才使得他有了第三次婚姻——这一次的妻子是一个四十五岁的华人女性张云。张云跟比尔结婚不是为了和他过一辈子，而只是想利用他拿到永久居住权，然后把女儿——她和前夫的女儿从国内接到澳洲来，在大学教书的前夫因为看上了比张云更年轻的女学生而和她离婚了。结婚之前比尔就知道了张云和他只是过渡夫妻，但他还是欣然同意和她结婚。在张云就要如期拿到永久居住权之际，张云告诉比尔她女儿来了之后他们就要分开了，比尔很难过地点点头。他不但没有怨恨张云，反而很大方地将自己的三明治店送给了张云，这样她就不用去做清洁工了，她们母女俩可以靠这个店生存下去。比尔说他自己可以向政府申请到养老金。这个故事将身为白人的比尔和身为华人的张云进行了对比——后者的自私衬托了前者的无私和大度。

这几个故事中的白人形象让有些评论者认为施国英这些华人女性作家有“美化西方男性的倾向”(参阅奥门森，2018，p. 53)

莫梦，真名莫海燕，毕业于中山大学经济系，1992 年来澳。她在中学、大学读书期间就发表过诗歌、散文、小说和游记。移居澳洲后写作是她的业余爱好，她不断在澳大利亚华文报刊发表作品，包括散文、杂文、小说等(庄伟杰，2002，p. 284)。她的短篇小说《风高月黑的夜晚》看似一个离奇的故事，却反映出中国传统婚姻中的普遍问题：女性在夫妻的性关系中总是处于被动和接受的一方，她们的性往往是去满足男性的需要而不是被满足的，因而也是被压抑着的。这个故事中的蓉就是这样的一位女性。她每天忙于生活琐事和对生存的焦虑以及对孩子的照顾方面，对于夫妻之事，她不是担心他们之间的动静会影响到睡在隔壁房间的孩子，就是没有心情——因为丈夫在外面有情人。所以当那个蒙面持枪来家里抢劫的黑人拿到钱财之后想要对她施暴的时候，她居然不由自主地接受了他——这个“身材魁梧”的男人唤醒了她长期处于压抑状态下的本能的欲望和需要。作者对她此刻的感受做了非常细致的描写：“……蓉觉得自己好像从桎梏中解脱出来，长期浮游着的身体突然触到了真实的土地，她情不自禁地呻吟起来，带着一种悲怆却夹杂痛快的感觉……”(2004，p. 117)这段描写非常逼真地表现出了女主角的本我和自我之间的冲突。故事的结尾，她拒绝在法庭上承认她是被黑人强奸的，“她当然明白，光凭这一条，黑人就要多坐好多年牢”(p. 119)，揭示了她对这次奇特的经历的认同，最后她和丈夫“毫无争议地签署了离婚协议书”，这进一步表明了女主角的心迹。作品还揭露了两性关系中双重标准的传统——故事中的丈夫有了外遇，妻子依然包容着他，而妻子和黑人这个奇特的插曲却让丈夫无法忍受。

莫梦的短篇小说《寂寞而已》对比了一个过于小心谨慎的华人和一个单纯寂寞的白人。他们是在火车上偶遇的。白人男子总是想找话题和这个华人女性聊天，但是华人女性对他始终抱着一种戒备的心理，对他不理不睬。当她慢慢意识到那个白人对她没有恶意的时候她才开始搭理他一两句，但也是无关紧要的话。最后，那个白人为了想要知道她的名字宁愿坐过头再坐回来，而华人女性也不过是随口说了一个名字他都高兴不已。最后下车的时候他还很不舍地告诉她，他在单位很孤独，同事都不理他，认为他很怪，他只有一条狗和他相依为命。他还告诉她，他不是一个坏人，仅仅是因为孤独，没人和他说话，所以想和她聊聊天。华人女性这才开始为自己的过于冷漠而感到羞愧。

莫梦的最后一个故事《风筝》具有双关的含义——既可以理解成远在大洋彼岸的游子就像那风筝，无论飞多远，线还是拽在国内的家人手里。还有一层含义是叙述者逝去的爱情就像那断了线的风筝，飞到很高很远的地方去了，再也找不回来了。叙述者对读者讲的就是这样一个故事：在澳大利亚留学多年的她带着对家人的牵挂、对恋人的思念回国了，亲人依然是那么可敬可亲，而恋人已经不知去处了。

此外，莫梦还有一个名为《六合彩风波》的故事值得一提。这个短篇故事具有欧·亨利的写作风格：书写城市普通人特别是穷人的生活，情节跌宕起伏，结局出乎意料。这个故事是以第一人称的叙述方式展开的，叙述者是一个将近三十岁的华人男性青年，在澳大利亚的一个大公司当电气技术工人。他用诙谐幽默的语气给读者讲述了他的曲折经历，同时也向读者倾诉了他那孤独的情感世界。他“虽然平凡”，却有着“远大的抱负和崇高的理想”，可是在现实生活中没有女朋友的他感到非常孤独和无奈：“……看着公园里长凳上的一对拥吻着的恋人，我不由得顾影自怜……难道我不想结婚吗？可总有女孩子肯嫁给我才行啊！……公司里女多男少，可这并不妨碍女孩子对我的忽视……”(pp. 284-285)他把自己找不到女朋友的原因归结于自己的长相：“我想我至今还找不到女朋友的原因是自己的包装。我个子不高，眼睛和鼻子还长得算争气，可下巴太短，稍尖了一点，最要命的是满脸拼命往外疯长的青春美丽疙瘩豆……”(p. 285)后来他想起曾经在什么刊物上看到过追女孩子的三大法宝：人才，钱财，奴才，心想自己既没有人才，想做奴才也没有机会，于是就想在钱财上下工夫——经常买六合彩。有一次接到电话通知他中了一等奖——165万澳元，他高兴得不得了，很豪气地请同事吃饭喝酒，买自己平时不敢买的衣服，去汽车公司订新车，异常兴奋的他爱心和慈悲心大发，向偶遇的穷人和孩子奉献爱心，给他们捐钱和送礼物，而且最尴尬的是，他认为自己是有钱人了，不适合继续做一个小小的技术员了，就潇洒地把工作也辞了。等该收到支票的日子支票却迟迟未到的时候他开始紧张了，于是他打电话去彩票公司询问，才知自己被愚弄了，他懊丧不已。在绝望的时候又接到一个电话，原来通知他中奖的是一个"玩笑公司"，说他被这个公司的电脑节目选中了，原因是他的名字——他姓周，于是英文名字就叫 Joe，可是被同事们改为 Joke（玩笑），因为他总爱说一些黄色的段子——"玩笑公司"通知周在第一次接到电话之后的开销用于公益事业的部分是可以报销的，故事似乎有了转机。可是接着还有下文，就是他用于公益事业的部分必须要有发票。他捐钱的时候心想区区小数目对于将要有 165 万澳元的他来说根本是九牛一毛，他于是很豪爽地对别人说不用票据。故事在周陷入一片恐慌之中结束，它揭露了人类本性中最真实的一面和生活的戏剧性。

凌之本名刘海鸥，毕业于北京大学哲学系。1988 年赴澳攻读哲学博士学位，后因病中途辍学。她于 1994 年开始写作，曾用笔名逸儿、沙瓯、苏丰、楚石等在澳洲华人刊物上发表过《手术》《中部人情》《异乡人》《圣诞节的礼物》《绿头发》《昨夜星辰》《自梳女阿巧》等作品，体裁有小说、散文、纪实文学（庄伟杰，2002，p. 181）。她和下文中将要谈到的另一位华文作家毕熙燕一起著有《桥上的世界——走进澳大利亚》（2000），这是一个游记、散文、杂文集。

凌之的《希望来世》以一种感伤的笔调叙述了一个华人单身女子的情感经历。故事的主角叫艾嫱，三十六岁仍然单身的她决定为了找到一个理想的丈夫而出国，因为按照她的分析，她单身的原因是因为"刚强有余，温柔不足""中国男人不喜欢找女强人做老婆"（p. 256）。可是来到澳洲九年了，她依然没有达成自己的心愿，但是她还是坚守自己的爱情理想主义，"在爱情观上，艾嫱是纯洁的，是理想主义的，她鄙视商品交换式的买卖婚姻或风云莫测的政治联姻，她相信爱情产生于在共同事业的奋斗中，像马克思和燕妮、周恩来和邓颖超……"（p. 255）。她试过婚姻介绍所，可是守身如玉的她见了五个男人都没有结果。后来婚姻介绍所的人开导她，在澳洲处对象在性方面要放得开，因为“他们认为只有通过性的关系才能发展爱情，并考虑对方是否适合做婚姻伴侣”（p. 260），艾嫱于是做出了妥协，准备接受这种文化。在这之前她觉得不能便宜了洋人，她要把自己的第一次献给自己的同胞。而《希望来世》这个故事里的艾嫱却实现了她的愿望——同租一套房的华人青年小张“不辱使命”“帮了艾嫱这个忙”（p. 262）。富有讽刺意味的是，等到她完成这个“壮举”，准备按照澳洲文化再次和那个洋人约会的时候，却发现那个洋人已经有未婚妻了，他去相亲只不过是想要体验“和世界上所有的女人睡觉”。在挫折和屈辱中，艾嫱做出了一个决定：“国家不强盛，就要被动挨打，就像中国曾经被帝国主义列强瓜分。女人不自强，就要被形形色色的男人玩弄。”（p. 264）她绝不做那种为了钱或者房子而出卖自己尊严的女人（p. 258），于是她决定还是要自己先强大起来——努力工作。她的能力是很强的，凭着自己的努力和勤奋，她不但做着白领的工作，而且获得了永久居民身份，不止于此，她还拥有了自己的事业，当上了老板。可是九年过去了，她仍旧是独身一人。于是在她四十五岁生日的时候，她做出了一个重要的决定——和那个一直很欣赏她，并默默地关心她、照顾她的老威廉由朋友关系变成情人。在威廉的心里，艾嫱就是夏洛蒂·勃朗特笔下的那个独立坚强又正直善良的简·爱，他也一直称呼艾嫱“简”。艾嫱发现自己已经爱上了老威廉，和他在一起她很快乐，感觉他们就像是一对一起生活了几十年的老夫妻一样“平稳、和谐、默契”（p. 270）。为此她不想再坚守自己的原则，也不想继续约束自己了。故事在艾嫱和威廉情与欲的缠绵之中结束，艾嫱的幻想留在读者的心中：如果有来生，她一定不会虚度那么多的光阴，她要和威廉结婚，生孩子（p. 272）。在现实生活中艾嫱的梦想是无法实现的，因为威廉有家，他是爱家的老男人，每天晚上十点必定离去，所以他一直小心翼翼地维持和艾嫱的朋友关系。小说的叙述语气幽默中带着讽刺意味，故事充满了悲凉的色彩。

凌之的《如果灵魂可以哭泣》设计非常别出心裁：通过一个灵魂访问死者生前爱过的男性并与之对话，向男权提出了控诉——这些男人合在一起，造成了死者的悲剧人生和生命的终结，当然其中也有她自己的错，但大部分的责任在于男性，那些玩弄她、欺骗她的男性。这个不幸的女子叫玲，是一个不谙世事的华人女子。她在澳大利亚爱上的第一个男人叫小征。他们在一个暴风雨的晚上邂逅，小征让玲上了他的车。接下来他们经历了一场轰轰烈烈的“爱”，两个月之后小征宣布结束他们的关系——他对她没有爱，只有性。他利用玲的无知和轻信，引诱她和他在一起，只不过是想满足他对处女的好奇。当新鲜感消失了，他就不想和她继续下去了。玲的灵魂进入小征的梦里，和他对话之后，得知了他和她交往的真实动机之后，伤心不已。

玲爱过的第二个男人叫迪生，他和玲在一起也不是出于爱，而是因为寂寞——迪生有一个妻子，在国内。当他漂亮的妻子来到澳大利亚之后，迪生很快就甩掉了玲。玲的灵魂与之对话之后，非常气愤和失望，因为迪生不仅说玲从外到内都不如他的妻子，而且反过来说玲利用他的身体作为她失恋的补偿。更让玲的灵魂气愤的是他说玲太轻浮，太“容易上床”了，不配做他的妻子。玲的灵魂听了他的这番话之后，愤怒不已：“虚伪！你们男人引诱女人上床，却反过来以此作为衡量女人的道德标准。那你们自己又算什么？”(p. 200)

如果说这两个男人从玲这里得到性的满足的话，那么下一个男人——阿雄不仅从玲这里得到了性，而且得到了钱——他骗玲和他一起“投资”，骗走了玲的所有。玲的身心都受到了很大的伤害——她怀了阿雄的孩子，阿雄携款逃之夭夭之后，玲到处找他，结果别人告诉她阿雄是一个骗子和惯犯之后，她去做了人流。阿雄不仅是骗子，而且还很无耻。玲的灵魂质问他的时候，他不但不承认那个孩子是他的，而且还把自己比作男妓，说他和她一起睡觉，她给他这笔钱是公平交易，而且算下来一天才二十元，和别的男妓相比真是太便宜她了。玲的灵魂简直听不下去了，觉得自己是自取其辱，于是这个哭泣的灵魂变成了诅咒的灵魂。

一连被三个男人骗了之后，玲把目标转向了白人。她爱过的第四个男人是一个名叫瑞的澳洲人，这个男人是真心喜欢她、对待她的，可是玲嫌他太穷，出手不够大方。在她找到一个更大方的男人之后，把瑞甩了。这是她第一次甩男人，然而她又错了——瑞原来不是乞丐，而是王子。他不穷，他很富有。他那么低调是因为想找到真爱，找到一个不是为了钱而和他在一起的女人，结果他找到了，而且过得很幸福。得知自己因为爱钱而失去了这么一个既爱她而且很富有的男人，玲的灵魂悔之又悔。

那个让玲甩掉瑞的男人叫马克。原本马克是追求玲的室友的，玲把他抢过来了。可惜她抢到的不是一个宝贝，而是一个摧毁了她的爱情观的男人。不仅如此，马克还是一个性虐待狂，玲居然也享受这种变态的性爱。她又一次全身心地投入了对马克的爱之中。可是当她提出想要一个孩子，想结婚的时候，马克对玲说，他离过两次婚，不再相信爱情和婚姻，他不在乎和什么女人在一起，只要他能得到性就可以了。他还说男人只有性没有爱，性就是爱，爱就是性。马克的一番话不仅打破了她的梦想，而且摧毁了她的爱情观，改变了她的人生态度。从此，玲开始自暴自弃、自甘堕落了。离开马克，她自己租了一套房子，和各种各样的男人在一起，她不在乎和谁一起睡觉，只要能得到钱，她觉得自己变成了一个妓女，和这些男人在一起，只有性和钱，没有感情。直到她生命中的最后一个男人——季宏的出现。

季宏是从中国台湾来澳大利亚读电脑工程硕士的学生，只有二十五岁。他就像当初的玲一样单纯。他对玲是真心的，玲想要什么，他都满足她。可是经历过无数次被男人骗之后，玲变得非常谨慎，戒备心也很强，所以当季宏向她求婚的时候，她怀疑季宏是为了利用她拿身份而没有接受。而且她利用季宏买给她的电脑上网，交网友，偷偷和别的男人约会，上床，但发现他们都不能让她产生感情——季宏给她的人生带来了意义，让她重新变得积极向上了。随着相处时间变长，她发现季宏不是想要利用她拿身份的时候，她暗自在心里想，等到季宏毕业的时候就告诉他，她想和他结婚，可是已经迟了。季宏毕业后拿到了工作签证并且交了新的女朋友，而且准备结婚。季宏搬出去的时候玲如梦方醒，最后的爱情又是令她失望的结果，她彻底绝望了，于是用安眠药结束了她的生命。当她的灵魂和季宏对话的时候，他告诉玲的灵魂，他要的是平等和相互尊重的爱，而玲的爱掺杂了太多了杂质，而且最不能让他接受的是她的戒备心，她对他的怀疑以及用物质交换爱情的做法让他感到屈辱和不能接受。当玲的灵魂解释说是生活和伤痕累累的经历教会她这么做的时候，季宏很认真地告诉她："你应该有一个不变的生活原则，有一个完善的自我，然后你才能真正地爱一个人，真正得到一份爱。"(p. 211)他的教训虽然有理，可是已经晚了。他的离去将玲对爱情和人生燃起的最后一点希望之火浇灭了。

故事结尾的安排也非常巧妙：葬礼的第二天，有个男人来到玲的墓地向她献花和默哀，和故事开头的玲的死亡和葬礼相呼应，给故事画上了一个完美的句号。不仅如此，作者没有表明这个男人的身份，给读者留下了想象的空间：这个神秘男人究竟是谁呢？是真心爱过她的瑞或者季宏吗？还是其他几个人中的一个？后者通过和玲的灵魂对话之后变得良心发现了，在这里向玲默哀和忏悔吗？总之，这个结局耐人回味，带给读者无尽的猜想和思考，足见作者的匠心。

在"九女"作家群里，毕熙燕的作品有着独特的主题。其他作家笔下的女主角都在为身份而焦虑，她们要么为了身份而牺牲自己的身体，要么为了身份放弃爱情，但毕熙燕笔下的女主角却可以爱情和身份双丰收。毕熙燕1957年生于北京，1977年考入北京师范大学中文系，后在本校继续攻读古典文学硕士研究生，毕业后在中国人民大学中文系任讲师。毕熙燕1990年出国留学，现在澳大利亚悉尼大学任教。她的主要作品有小说《天生作妾》，和刘海鸥的合著《桥上的世界——走进澳大利亚》，另有译著《婚姻家庭与自我完善》、英文著作《中国古典文学读本和汉语语法》(*Classical Chinese Reader and Grammar*)及中国古典文学方面的专著多篇。

她在《她们没有爱情——悉尼华文女作家小说集》里的《四奶》是她的小说《天生作妾》中的人物，所以关于这个人物将放到她的这部小说里一起讨论。另外一部短篇小说《凯西的故事》用同情的笔触讲述了一位名叫凯西的白人女子的不幸遭遇——她在英国的时候被男朋友感染了艾滋病。如果说华人女性作家有美化白人男性的倾向的话，那么毕熙燕的这个故事就打破了这个偏见：她笔下的这个白人男性就是一个灵魂丑陋的人，他自己身患艾滋病，对这个世界充满仇恨，却把仇恨宣泄在一个无辜的、原本很快乐的凯西身上。让读者感到欣慰的是，善良的凯西没有像那个男人一样继续传播病毒和仇恨，当一个名叫瑞的非常英俊、善良的男人追求她的时候，凯西宁愿选择痛苦和孤独，而没有将病毒传给瑞。

《绿卡梦》(1996)是毕熙燕的第一部长篇小说，由北京华夏出版社出版。小说带有自传的成分。故事的场景设在澳大利亚，时间是20世纪90年代初。作品中的邹易(Zoe)很明显带有作者的影子。和作者一样，邹易也是北方一所大学中文系的学生，读了文学硕士研究生，也是在大学里面当讲师。来澳洲的时间和当时的年龄也和作者一样，都是1990年来的，那时候也都是33岁(毕熙燕，1996，p. 170)。邹易为了出国办理了停薪留职手续，她出国是为了摆脱情感的纠葛——第三者的角色。这个角色搅得她恐惧不安，晚上做噩梦，梦醒后提心吊胆，却又欲罢不能，只好希望用出国的方法来求得解脱。她来到澳洲之后一边在国际语言培训中心学英语，一边在食品厂打工，后来在培训中心一个名叫奥斯卡的老师的帮助下从合租的房子里搬到奥斯卡朋友布莱尔和安吉拉的家里租住，不久又在奥斯卡的帮助下找到了在一所大学担任图书管理员的工作，而作者本人也做过同样的工作。

小说文笔流畅，语言通俗易懂。作者善于制造悬念抓住读者的注意力，有时候一个冲突没有解决另一个冲突又出现了，环环相扣，引人入胜。比如开篇作者就以主角邹易的一个噩梦吸引了读者的关注，想知道她到底发生了什么事，可是这个悬念一直到了故事将近结尾的地方才得到释放：原来邹易卷入了一段三角关系，充当了第三者，男的是她学校历史系的老师，后来他的妻子到学校闹，邹易差点因此没有拿到她的硕士学位，后来还受到聘用她的学校的羞辱(pp. 192-193)。至此读者才明白她要摆脱的感情纠葛原来是这样，也理解了她为什么过了三十岁依然是一个人，而且在个人问题上非常谨慎。有时候看似无关的人物随着故事的展开却发现都是相互关联的。小说采用第三人称全知叙事的方式讲述。以邹易为中心，围绕着她展开了她和其他几个新移民的故事。小说重点讲述了邹易本人，她的大学同学、后来一起来澳洲的同学姜建明（詹姆斯）和他的妻子苏云（苏），邹易刚来澳洲时合租房的同屋玛丽，以及他们语言培训中心的一个名叫凯西的同学的故事。他们放弃国内舒适的生活，体验在澳洲生存的艰辛。他们为了生存每天打很长时间的工，有的在餐馆，有的在工厂，有的在老人院。为了节约，他们住合租房，有的房间连床都没有。这部小说表现了新移民生活的艰难：求职、学习、生活各个方面。其他中国人有的睡大街，有的打黑工或者干下等工。他们还要忍受种族歧视，比如被本地人骂"bloody stupid Chinese（该死的愚蠢的中国佬）"（p. 41）。还有找工作以及生活方面也要遭受白人的异样眼光和歧视等。小说的重点放在这些新移民为了获得长期签证和永久居住权也就是标题中的"绿卡"而采用的种种方式。他们中有成功的，有失败的。还有很多留学生在澳大利亚人面前不承认他们是中国人，作者写到"在邹易的厂子里有上海来的'日本人'，天津来的'菲律宾人'等"，虽然作者没有对此进行道德评价，但从叙述的语气以及标点符号的使用可以读出讽刺的意味。

姜建明的妻子苏云为了出国，卖掉了房子，将他们的儿子过继给了苏云没有孩子的三姨。姜建明来澳洲后在妇女医院附属老人院做护工，他的工作是每天早上给 11 位老太太洗澡换衣服。他骗人说是在大医院里搞病房护理。苏云后来也来到了澳洲，知道了丈夫所谓的医院护理工作实际上是"整天给人家洗脸洗澡"（p. 75），他每天四点钟起床，下午还要去语言培训中心上课。苏云当初是因为姜建明学业上的才华而嫁给了他，可是"当权位、势力和人际关系成为主要的谋生之道时，他成了废物"（p. 73），于是她把希望都寄托在老公出国身上，指望着他出国、挣钱、发财、成名。为了给他筹钱，她把父母留给她的房子都卖掉了，却不料是这般光景。原来表面光鲜的背后是难堪和屈辱，苏云心里难以接受，夫妻俩大吵了一场。作者对姜建明是同情的，对苏云一手遮天，甚至瞒着老公把唯一的儿子都送给了别人的事也流露出不认可的态度。

在澳洲团聚后，所有的矛盾聚在一起，终于爆发了“战争”：“詹姆斯（姜建明）被压抑很久的男性意识苏醒了，揪住老婆骂她混蛋……掀翻了桌子，甩了一个耳光在苏云脸上，骑在她身上捶打她……”（p. 74）小说还指出了澳大利亚的很多社会问题，比如家庭暴力，“澳大利亚家庭暴力很多，妇女，特别是亚裔及其他穷国家的妇女受虐待的事情很常见”（p. 125），所以小说中苏云的遭遇并不罕见。

如小说指出的那样，在他们这些留学生中日益时髦的两个题材是如何解决身份问题和与之密切相关的结婚或同居的手段问题（p. 70）。三十岁左右的苏云为了获得身份并把儿子从她三姨那里接回来，和姜建明由假离婚变成了真离婚，然后又和一个大腹便便而且秃顶了的澳籍老头在一起。可是这个老头就是不让她如愿，苏云情急之下偷了这个人的钱找中介办理第三国移民，结果又被骗，最后疯了，被移民局遣送回国。而姜建明则依靠自己的努力和奥斯卡的帮助，获得了悉尼大学医学院的奖学金，过上了体面的生活。21 岁的凯西在小说中是一个肤浅、轻浮的女性，16 岁和自己的亲父亲、体育老师，还有别的男人睡觉，从他们那里获得物质上的补偿。来到澳洲后她为了获得绿卡，不断勾引有可能给她身份的男人。后来她和布莱尔在一起，可是布莱尔只把她当做安吉拉出国期间的性玩物而已。安吉拉回来之前布莱尔要跟凯西分手，凯西赖上了他，软的硬的手段都用尽了，布莱尔就是不肯跟她在一起。故事的结尾是说她“下海”了——当了妓女。一再背叛安吉拉的布莱尔也付出了代价：安吉拉坚决和他离了婚。

玛丽为了获得长期签证，好把国内的老公和女儿接过来，就和一个叫杰的比她小的中国男青年在一起。本来同居之前说好了等她老公和孩子过来之后他们就分手的，可是时间长了杰对她很依赖，不愿意放手。后来玛丽的老公过来之后，杰有意识地让玛丽的老公目睹了他们在床上的镜头。玛丽不想失去老公和孩子，就想摆脱杰的纠缠，她试图开车撞死杰，结果被警察带进了监狱。

《绿卡梦》这部小说不仅展现了中西文化的冲突，也表现了传统和现代的冲突，还对比了中外女性的不同。奥斯卡是加拿大移民的后代，他很叛逆，为情抛弃父母和博士学业来澳。可是结婚后他的澳洲妻子不能忍受他的传统思想——奥斯卡整天想着要妻子给他生几个孩子，于是他的妻子就离开了他。后来，在语言培训中心任教的时候奥斯卡被小他十岁左右的邹易吸引了，他的真诚打动了她。“东西方在文化上的隔阂不能否认，但我相信人类的感情是相同的。”(p. 194)在作者的笔下，西方女性很独立，作为妻子她们不像中国女性那样为了家庭委曲求全。比如安吉拉外表漂亮温柔，但内心坚强独立，自我意识和生活能力强。她在事业上能独当一面，在夫妻感情问题上也要求彼此忠贞。虽然奥斯卡曾经迷恋过安吉拉，但她从来不给奥斯卡机会。布莱尔之前有过几次出轨，但由于他坚持自己对安吉拉的爱是唯一的，对别的女人只是一时身体上的迷恋，而且愿意“改邪归正”，安吉拉才原谅了他。可是安吉拉去英国的期间布莱尔又和凯西在一起，安吉拉得知后决定再不给他机会了。相比之下，中国的传统女性则是逆来顺受、贤妻良母的典型，比如玛丽，她从小就很本分，没结婚之前在娘家就是挣钱帮助父母一起养大弟弟妹妹，结婚十年一直都是贤妻良母，只是为了身份才和杰在一起。她甚至为了把老公和孩子接过来忍受着杰的性虐待。杰从折磨她的过程中获得一种复仇之后的快感，“他和玛丽之间的感情并非真的爱……但令他发疯的是玛丽那份难得的温顺，以及那种在特定的情形下造就的绝对的逆来顺受。他日益发现这一点：每当向她发泄怒气之后，玛丽就愈发温柔甚至都显得高兴一些。也许是因为她把受虐待视为一种赎罪情节，不论是对她的丈夫还是对杰”(p. 222)。和玛丽相比，凯西是一个很现代、很开放的女性。她对同胞提醒她不要让外国人占便宜的好意不以为然。在这些女性中，只有作者的化身邹易似乎是唯一一个能够化解中西文化冲突，能够在中西方女性之间获得一种平衡和协调的人，所以她可以不失尊严地和奥斯卡在一起。故事以他们俩的结婚蜜月结束，她是唯一一个获得爱情、身份双丰收的人。

此外，作品还对比了中西婚姻家庭观的不同：外国人一段感情结束了，离婚是很容易办到的事；而在中国，很多夫妻虽然没有了感情，就算分居了很多年也很难离婚。传统在中国婚姻中的影响力在毕熙燕的另一部小说《天生作妾》里面表现得更为透彻。

《天生作妾》(2003)和《绿卡梦》一样，自传的成分很大。作者在序言里讲到她父亲有过两次婚姻，而两个妻子都有合法地位，这显然指的是民国时期的事情。她母亲去世得早，作者在母亲生前看过她的日记，里面写有“负屈含冤已六年”之类的诗句，当她问母亲的时候，母亲什么也不肯说。作者提到她还有一个“奶奶”，实际上是她父亲亲戚的二姨太，在他们北京的家里帮佣。作者的婆婆是欧洲犹太移民，年轻的时候拉小提琴。于是小说中的五个主角就可以和作者生活中的五个人物对号入座了：“四奶”对应在她家里帮佣的那位奶奶，“佩珊”对应她的母亲，“洛丝”对应她的洋婆婆，“芭芭拉”是她洋婆婆小时候的同学，而“小六”则是作者自己的化身。

小说的背景设在中国北京和澳大利亚悉尼，时间跨越了整个20世纪，从民国(1912—1949)一直到20世纪90年代，讲述了四代人的故事。小说叙述的是五个女人的故事，中心人物是小六，其他人都和她有关，就像《绿卡梦》里的邹易一样。在小说里，四奶是小六爷爷的四姨太。五个中心人物里面有两个是欧洲人：小六的婆婆洛丝以及洛丝的朋友芭芭拉，她们都是匈牙利人，“二战”时期移民到澳大利亚。这五个女人虽然有着不同的文化背景，在不同的环境下长大，但是她们有着共同的特点：那就是传统对她们人生的约束力。整个小说中，作者不停地强调传统的影响，五个人物都摆脱不了各自的文化传统，以至于作者认为她们有着相同的命运——“天生作妾”，就是逆来顺受的性格命运。据作者自己解释，“妾”在小说里是“逆来顺受”的意思，它不是针对具体某一个人，而指的是人对命运的服从(毕熙燕，2003，p. 4)。

小说中除了四奶和佩珊是非常典型的逆来顺受者，还有一个次要人物香香也是，她是谢慎德的原配。小说里面的传统用在中国文化方面，则指的是男尊女卑的厌女思想和习俗，比较突出的是贞洁观、一夫多妻制和裹脚。

在中国，自西周(公元前1046—前771)父权社会开始，女性就处于附属地位。她们的活动领域仅限于闺阁，或者是内室，不能参与公共事务的讨论，在家庭大事上也没有发言权。她们还要遵守“三从四德”。传宗接代是她们的重要职责，如果生不了孩子或者只能生女儿，她们就会遭到鄙视(罗慧兰，2016，p. 42)。厌女思想不仅表现在对女性的歧视上，而且表现在婚姻的不对等方面：男子可以休妻，而反过来妻子不可以和丈夫离婚。女子触犯了七条中的任何一条都可以成为被休的理由：无后，私通，不事姑舅，多言，偷窃，嫉妒，恶疾。春秋战国时期(公元前 770—前 221)，人们的厌女思想更是层出不穷：儒家提出“唯女子与小人难养也，近之则不逊，远之则怨”，法家的韩非子则明确规定妻子要侍奉丈夫，丈夫要用自己的武力和威严来使妻子臣服(p. 46)等。在这些思想的禁锢下，女子没有思想和言论的自由。

女子的贞洁观早在秦朝(公元前 221—前 206)就开始了。秦始皇规定女子如果带着孩子改嫁，则被视为背叛公婆，她的孩子可以不认她(p. 150)。到了宋朝，程朱理学的程颐提出女子“饿死事小，失节事大”，贞洁甚至高于生命。可男子则不一样，他们可以休妻，可以再娶，这就是性的双重标准。官府也鼓励这些思想，给那些贞洁女子树立牌坊，她们的家人还可以从中得到奖赏。到了明朝(1368—1644)，这种做法越发盛行。贞洁观到达了一种荒谬的极端：有些未婚女子甚至在未婚夫死后拒绝结婚，如果有人劝其结婚，她们则通过自残的方式来反抗。如果她们被别的男人接触到自己的身体，哪怕只是受到他们的调戏，她们也会选择上吊、焚烧、绝食等方式来证明自己的清白和坚贞。清朝(1616—1911)成千上万的女子因此而死亡。更有甚者，她们在生病的情况下，即使忍受病痛或者承受病死的危险，也不让男医生为她们诊断(pp. 234-237)。《列女传》关于元、明、清三代记载的许多割股刺血、取肝凿脑等血淋淋的事件反映了男权社会下女性的贞洁成为压倒一切的道德标准，对女性的束缚和禁锢到了灭绝人性的地步(pp. 241-242)。

厌女传统的另一个表现是一夫多妻制。它是一种不平等的婚姻制度，建立在男性对女性的绝对特权和支配的基础上。在这种婚姻制度下，男子可以想娶多少配偶就娶多少，只要他的条件允许。多妻制一来可以满足他们的性欲，二来可以达成他们传宗接代的目的，同时还是男人财富、地位、权力的象征。根据孟子的思想，男子不孝有三：一是他们不假思索听从父母的意见，即使父母错了也不指出来；二是他们不勤奋学习努力做官，挣钱赡养穷老的父母；三是无后。而在三者里面无后是最为不孝的。虽然明朝的法律对皇族和郡王、各级官员以及富商地主、普通百姓娶妻纳妾的数量有所限制，可实际上很多有权有势的人都是妻妾无数。隋唐时期妻妾制最为盛行，有钱有势的人家里的妻妾成百上千。男子娶妻讲究后者的德行，而妾只要年轻漂亮，能够满足他们的身体需要就可以了(pp. 86-88)。妾如同商品和货物，可以被他们当作礼物送人，而且在妻面前要毕恭毕敬，要听从妻的使唤。妻是受法律保护的，而妾不行，她们连生命都没有保障，可以任意被处死(p. 93)。

最后是裹脚的陋习。裹脚的起源问题存在分歧，有说是春秋时期开始的，有说是战国时期开始的，或者两汉、两晋的，亦有说是五代或唐朝的。中外学者比较一致认可的是唐朝末期(参阅罗，2016，p. 82；Kristeva，1977，p. 222)。始作俑者是唐后主李煜，他让其宫嫔缠足起舞，众人仿效，于是流传下来。裹脚被冠以美名“三寸金莲”，被认为可以表现女性的阴柔之美，实际上是视女性为玩物，满足男性的一种变态审美(罗，2016，p. 223)。为了迎合男人对这种“美”的需求，女孩从三四岁就开始忍受缠脚以致双脚畸形、身体变形的痛苦，所以古有“小脚一双，眼泪一缸”的说法(p. 225)。因为小脚不仅强调女性气质，满足男性的审美要求，而且是社会地位的象征，所以有钱人家娶妻首先要看新娘是否有一双小脚，一双小脚也代表着女性的顺从和服帖。这些都是男权社会的象征。

虽然以上这些压制女性的种种做法从 19 世纪末开始被开明人士主张废除，但是直到 20 世纪初才真正慢慢消亡：首先是废裹脚，接着是废一夫多妻制和贞洁制度，但是贞洁观即使是到了现代社会也依然盘踞在中国人的头脑中。这些在《天生作妾》这部作品里面都有表现。

小说中内化这些传统厌女思想最深的是四奶，她本名叫司秀莲。出生后不久母亲就离家出走了——因为家里太穷。司秀莲自己替自己裹脚。她父亲是个秀才，她就在父亲教书的学校上学，父亲指望她将来能够嫁个好人家，可是她偏偏被谢修成看上了。谢修成已经有一个妻子和两房姨太太。司秀莲的父亲是一个很开明的人，谢修成来提亲的时候他便征求女儿自己的意愿，原本以为司秀莲不会同意给谢家做妾的，可是司秀莲竟意外地答应了这门亲事，她喜欢谢修成很有文化、很有修养的样子，于是她嫁到谢家，成了四奶。司秀莲觉得她能够嫁给谢修成这样的人是她上辈子修来的福气，因为谢家是有名望的，谢修成又是司秀莲父亲教书的学校的校长。嫁给谢修成之后她不但心甘情愿伺候他，而且还伺候大太太和其他几个姨太太。大太太的那双臭脚因为小时候没有裹好，经常化脓、发臭，司秀莲硬是把大太太这双臭脚给修理好了。她还帮其他姨太太照顾她们的孩子，给孩子们缝补四季的衣裳，并且还帮助佣人做家务。后来解放军在农村进行土改，“斗地主”的时候谢修成一家都被处死，只有司秀莲因为出生贫苦，品德又好，就免于一死，但她的儿子被一起处死了。

失去了家的四奶就到北京投奔大太太的儿子谢慎德，被他收留在他北京的家里帮佣。她整天就没闲过，不是上街买菜就是打扫卫生，做饭，洗衣服等。谢家的活干完了，她便去邻居家帮忙。她的一生就是这样劳碌，可是总是受到佩珊的鄙视，因为佩珊不喜欢四奶的奴性。小六为此非常难过，为四奶的悲剧人生落泪。四奶虽然遭到鄙视，但她无怨无悔，总是逆来顺受。四奶非常认命，觉得自己出身于穷人家，能够嫁入谢家，现在又能够被谢慎德收留，都是她上辈子修来的福气，所以她非常满足。她总说自己上辈子一定作了什么孽，才害得谢家遭此劫难，她觉得一切都是她的罪过，所以这辈子一定要好好赎罪。后来小六在澳大利亚定居下来想把四奶接去她家享福的时候，四奶死活不答应，说是怕自己受不起这样的福气，会让小六遭灾。她对小六说：“你爷爷知书达理，一辈子从没对人粗声大气过，没缺过德。怎么就会遭那灭门之灾呢？我都想了这么多年了，是我！贪福贪的把报应招到了家里。你想，四奶能去再害你吗？我亏了一辈子的心了，不敢再做糊涂事了。”(毕熙燕，2003，p. 38)厌女思想对她的毒害之深让她把不属于自己的过错全部往身上揽，把别人的遭难也归因于自己。她遵守父权社会的一切标准，包括自己裹脚、认同妻妾制度而心甘情愿做妾。一辈子她都是任劳任怨地服侍他人。她是父权社会妇德的典范：勤劳、节俭、孝顺、谦卑。

佩珊是一夫多妻制下的又一个受害者。她鄙视四奶是因为后者让她想起自己为妾的地位。她和谢慎德结婚的时候不知道他之前还有一个妻子，就是香香。谢慎德以为香香已经死了，因为他弟弟写信告诉他香香在抗日战争期间出去躲日本兵了，一直杳无音信，怕是凶多吉少。谢慎德和佩珊在河南省的一个小县城安的家，后来香香带着儿子找到了他们的家，看到了佩珊，佩珊告诉香香她是谢慎德的妻子，香香当即给了佩珊一耳光，并且讥讽地骂她是“臭婊子”（p. 76），还炫耀似地给她看他们的儿子。谢慎德回来大吃一惊，为了安抚香香，他陪了香香母子三天三夜。回来跟佩珊解释，佩珊这才知道谢慎德有过一次婚姻的事，尽管谢慎德一再解释这门亲事是父母包办的，他对香香没有感情。他给佩珊看了他给家里写的信和法院的文书，他是得知香香没有死之后给父亲写的，要求和香香离婚，告诉家里他已经和佩珊结婚了，可是他父亲说什么也不同意，认定香香生是谢家的人，死是谢家的鬼，说她孝敬老人又为谢家传了香火，休妻再娶乃损人之事，有违谢家家风，他建议谢慎德把佩珊收为二房。谢慎德和父亲抗争，说他是新时代的人，不会像他父亲那样做那种“三妻四妾”的腐败之事，父亲恼了，把谢慎德所有的信退回去了，说他要休妻的话就不认他这个儿子了。香香看到谢慎德要和他离婚，便告他就像陈世美不认前妻，后来由法院裁定维持他们的婚姻，同时承认谢慎德和佩珊的合法同居关系（pp. 77-78）。可是佩珊受此奇耻大辱，咽不下这口气，坚决要求离婚，她觉得谢慎德欺骗了她，但是谢慎德死活不肯离婚，苦口婆心解释说他对香香真的没有感情，只是定期给她寄点钱回去罢了。正好这个时候佩珊的第一个孩子出生了，看着儿子她感觉责任重大，也就忍了下来。香香也没有再来闹，日子也就这样平静地过着。后来在土改中谢家被处死，香香得到娘家的口风，带着儿子提前跑了。这给佩珊后来的蒙屈埋下了伏笔。果然没几年，这种平静生活又被打乱了。原来香香的第一个儿子发生意外死了，谢慎德接到电报回老家了一趟，待了两个月。第二年香香又带着一个婴儿找上门来了，佩珊一下子就明白了这是谢慎德上次回老家陪香香的成果。她再一次忍受了屈辱，硬是把自己的大床让给了香香和谢慎德。她带着自己的孩子回娘家住了几天，直到香香回老家了才回来。这些经历对佩珊来说是对她的自尊和骄傲的巨大侮辱。除了在家里忍受的这些，在外面她还要忍受邻居们的闲言碎语。这些邻居太太也是父权思想的中毒者，她们认为女人就应该伺候老公，做家务带孩子，不应该有事业心。她们常常私下里议论当上工会主席的佩珊："……太太们忽然意识到女人当主席其实未必是件值得得意的事情：女人当了主席不也变不成男人吗？……男人不把女人当人固然可恶，可一大半的女人们也有她们自己的错儿。比如女人要是不能把男人侍奉好，男人干吗要反过来心疼你？……女人要是有了本事就没了女人样儿，还不如没本事的吸引人。男人在外边干活累了一天，回家再没人招呼，还要女人干吗呀……"（pp. 49-52）在这些太太们心里，性别分工的传统观念根深蒂固，她们成了维系父权思想的力量，当然她们对佩珊的不屑一顾里面带着嫉妒的成分，因为她们对佩珊的中性打扮有发自内心的羡慕和欣赏："谢太太一看就不是爱打扮的人……可谢太太一亮相就让人觉得的确不凡……那天谢太太穿了一件洗得发白的列宁服，双排扣、掐腰、大翻领衬出她挺直的肩背，配着编成辫子又盘在脑后的发式……这身装束既使她拥有一般女人所不具备的干练气质，又令人感觉到一种含而不露的贵族气息……"（p. 45）

香香同样是父权社会的牺牲品。她 16 岁就嫁给了谢慎德，还生了一个儿子。谢慎德离开家乡去城里上学并且留在城里工作，就遗弃了她和佩珊结婚了。香香原本可以和谢慎德离婚，开始自己的新生活，可是她没有这么做，而是坚持留在谢家侍奉公婆。她这么做就是守着父权社会的贞洁观，认为自己既然嫁给了谢慎德，就抱定她生是谢家的人死是谢家的鬼的思想，要一辈子忠于自己的丈夫和婆家。即使是守活寡她也乐意。她自己是厌女传统的受害者，还加入伤害其他女性的行列，仗着她自己大太太的身份，一次一次地辱骂佩珊，甚至出手打她，她意识不到她们同样是父权制社会的牺牲品。佩珊一辈子活在屈辱里，香香也在孤独中度过一生。(p. 81)。

四奶、佩珊、香香这三位女性都是厌女传统的受害者，四奶的骨子里都是这些传统思想，她无知，也认命，所以她的一生在知足和"赎罪"中度过，香香也是为了贞洁心甘情愿守候一辈子的女人，只有佩珊有知识、有思想，有女性意识，不愿意屈服于现状，但是另一方面她不得不考虑她的儿女，为他们着想，她也深知单身母亲的不容易，所以她不得不屈服于现实，最后在怨恨中得癌症去世，临终也没让女儿回来看她一眼，生怕打扰女儿的生活。为了不让自己的女儿重蹈她的覆辙，佩珊对小六的要求非常严格，她费尽心思培养女儿，送她出国，不让她遭受和自己同样的命运。出国之前小六和一个有妇之夫有瓜葛，佩珊不愿意让女儿步入自己的后尘，千方百计送她去了澳大利亚。可是在新的国土、新的文化里，小六并非像她母亲期待的那样过得幸福，因为她的洋丈夫西蒙和她婆婆的朋友，也就是芭芭拉关系暧昧，而且对芭芭拉的女儿乔安也表示出过分的关心。不过小六并不像她母亲那些传统女性一样向命运屈服，她很独立和勇敢，果断地从家里搬出，自己另外租住。

厌女的传统不是中国文化的独有产物，西方文化也一样。基督教《圣经》里的《创世记》也是充满厌女思想的：夏娃只是上帝为了打发他的寂寞而制造的，用的是亚当的一根肋骨，而且她更容易受到罪恶的诱惑。因为女人天生就必须依靠男人，因为她们是罪恶的化身，而男人才是理性和智慧的代表(Rogers，1996，p. 4)。《旧约》里提醒男人不要被女性的诡计骗了，《新约》则贬低性关系和婚姻，引起男人对性以及性目标的恐惧，把欲望视为罪恶和堕落，继而厌恶和排斥女性，认为她们是欲望的化身，是引诱他们犯罪的根源，因此将女性置于他们的控制之下和统治之中(pp. 7-9)。

西方文化的摇篮——古希腊罗马文化也充满了厌女思想。《荷马史诗》里面的女性形象有很多贬低女性的(Coole，1988，p. 11)。和中国文化一样，西方文化也要求女性的贞洁。海伦(Helen)背叛希腊国王墨涅拉俄斯(Menelaus)导致了特洛伊战争，克吕泰涅斯特拉(Clytemnestra)背叛了阿伽门农(Agamenmnon)导致了政局的混乱，可是她们的丈夫却不是只有妻子一个女人。阿伽门农除了妻子还有那些女奴。在他们眼里，女人都是不动产，被当作战争中的赏赐品。赫西奥德(Hesiod)的故事讲到潘多拉(Pandora)——第一个女凡人，如何不听警告，被好奇心驱使打开魔盒，把灾难带到人间(Rogers，1966，p. 22)。他还讲到女人的作用就是等男人老了之后服侍他，并为他生儿育女(p. 24)。希腊历史学家普鲁塔克(Plutarch)认为妻子应该绝对服从丈夫，从肉体到灵魂。这和中国传统文化如出一辙。维吉尔(Virgil)、埃斯库罗斯(Aeschylus)、欧里庇得斯(Euripides)、亚里士多德(Aristotle)等都是厌女主义者，埃斯库罗斯的作品表现出男人对女人的性控制(Coole，1988，p. 18)，欧里庇得斯笔下的女性满是邪恶的化身和灾星。亚里士多德则认为女人在智力和道德方面天生不如男人，所以她们的社会地位和家庭地位自然要在男人之下(Coole，1988，pp. 34-37)。

罗马文化同样如此。罗马诗人朱文诺(Juvenal)认为女人都是欲望的化身，她们不应该超越她们的传统角色，涉足男人的公共事务，不应该在公共场合发言等(p. 39)。奥维德(Ovid)认为女人的天性就是脆弱、愚蠢、贪婪(p. 50)。罗马人对女性的矛盾情绪对后来的西方文化传统产生了深远的影响。罗马诗人一方面认为女性贪婪、欺骗、多变、不懂真爱；另一方面又表现出女性身上具有不可抗拒的力量，让男人坠入痛苦的爱情深渊(pp. 52-53)。基督教、希腊、罗马文化一致认为女性是引诱男人堕落、犯罪的根源，这和中国传统文化中“红颜祸水”的厌女思想达成了共识。古希腊罗马文化也主张女性要保持贞洁，以保证男性家族血统的纯正。据公元4世纪的一名男子称，他们有高级妓女为他们提供娱乐消遣，有妾为他们做家务，而妻子则是他们家园的忠实守护者，为他们生养合法的子女(Coole，1988，pp. 26-27)，他们的文化也反对女性接受教育，认为开发她们的智力是一件危险的事情(Rogers，1966，p. 129)，这和中国传统思想中的“女子无才便是德”有着惊人的相似。一直到17世纪还有人认为女性不能自己选择丈夫，她们要听从父母的安排(p. 149)，这又和中国封建社会的包办婚姻一样。西方的厌女思想从过去到现在在文学作品里面比比皆是。

除了上面谈到的“九女”作家之外，还有一位文坛新秀苏玲，她原名李卓文，1975 年出生在上海，1995 年移民澳洲。据称她是因为喜欢苏青和张爱玲而给自己取笔名为“苏玲”的，她是施国英发现的 70 后新秀美女作家(庄伟杰，2011，p. 38)。苏玲从小喜欢看小说，相信爱情。她的理想是守着她爱的男人，生一群孩子，对创作充满了热情和期待(冯团彬，2003b，p. 1)。苏玲的小说主要描写从上海来到澳大利亚的年轻女性的情爱生活：《沉香记》的女主角是来自上海的少女小宝，她爱上了好朋友翠翠的男朋友振华并与之发生了关系，但是振华没有选择她，而是和翠翠结了婚。可是小宝对振华依旧恋恋不忘，回到上海还是和他约会，翠翠在婚姻里感觉不到爱与快乐而自杀，心怀内疚的小宝决定嫁人以退出这段三角恋，可是她始终无法让自己的心沉静下来，在感情的世界里痛苦挣扎，在情欲和道德之间无法定夺，不能自拔。

苏玲的另一个故事《小玉》也是关于一个上海少女的故事：持旅游签证的小玉来到澳洲后想留下来，为了身份而急切嫁人，但是爱情和身份总是不能两全，于是就产生了理想和现实的矛盾。苏玲的小说还有以母女生活为主题的《肯斯花园》和《公元 2030 年》，后者也是关于未来的幻想小说，另外，她的《我是一条鱼》是一个寓言故事，影射了澳大利亚并不是中国移民想象的人间天堂。苏玲的小说语言简洁、幽默、辛辣，善于运用比喻，富有创新性，表现了作者的机智和跳跃性思维(张劲帆，2011)。

在用华语写作的女性作家里面还有一位引人注目的作家是苏珊娜。她是广西人，艺术专业出身，曾经在广州军区战士歌舞团任专业舞蹈演员兼编导，转业后在深圳从商。苏珊娜 1989 年来澳，六年后开办了“苏珊娜世界艺术王国”画廊，业余时间专心写作。出国之前她曾经在国内的刊物上发表过诗歌、歌词，出国后从 1995 年年底起在澳洲中文报刊《华声日报》《东华时报》《唐人商报》《星岛日报》《自立快报》《华联时报》《大洋时报》等上面发表作品。她的主要著作有《我的悉尼第一夜》

《悉尼开画廊的甘苦谈》《我的泰国之行》《粉红楼里的女人》《悠悠蓝山情》等(苏珊娜，2003，封页)。

和很多其他的华人女性作家一样，在她的散文和中短篇故事集《闯荡澳洲的岁月》(2003)里，苏珊娜也把自己写进她的作品，写到对自己的认识和肯定，写自己的经历和身边人的故事，写自己的奋斗历史、失败与成功等。比如她在《女人的心魂意悠悠》中(pp. 26-28)写道：

> 女人一向给人温柔体贴、善解人意的人生秉性，可近代女性在拼命燃烧自己的同时，也渴望冲出厨房走向世界。不说只求辉煌，也会为无拘无束而流放心野。许多有棱有角的女人、有能量去释放的女人，或是拼命去找到自我的女人，总是企图冲破横卧在现实与理想之间的差异与束缚，去寻找美丽和价值的意义。在都市与乡间僻静的夜晚，除了继续绘画命运的蓝图，还有读写孤独与寂寥的心曲，或是欣赏心魂中的流浪与漂泊……女人不是洪水猛兽，也不一定是喜怒无常，可是女人除了温柔贤德，也会有天生好强，还有涌动生命春潮的能量。这是崭新的女人，是新时代的产物，这也不是什么可怕的新女性，敢作敢为的女人不避忌在人前谈天说地，或大谈文学与艺术、古典与近代，还有美学的知识与享受。(p. 26)

这篇短文就是苏珊娜向读者展示的自己的面貌：一个集传统与现代、既下得了厨房又入得了厅堂的新女性。就因为她不甘于把自己局限在那个传统的角色里，不愿意做男人的影子，所以她放弃了等待她一起步入婚姻殿堂的男朋友，义无反顾地只身来到澳大利亚打拼。即使开始的岁月非常艰难辛苦，但她没有气馁，而是坚持下来了。为了生存而打工，做着繁重的体力劳动，几年下来生活不仅没有将她打垮，反倒让她变得更健康强壮(p. 144)。凭着她锲而不舍的精神和对艺术的执著，她终于走出了迷茫，重返自己喜爱和向往的艺术领域(p. 146)。她成功了，她开办了“苏珊娜澳华艺术庄园”，也有了自己的画廊，还不断地发表作品，在文学和艺术领域都获得了成功。

和很多觉得澳大利亚像天堂一样的新移民不同的是，苏珊娜觉得澳洲既像天堂又像地狱：像天堂是因为有生活的基本保证，像地狱是因为它人少，太寂寞荒凉(p. 52)。所以她在作品中时不时表达这种孤独。苏珊娜写作的目的不仅仅是为了和读者分享她的人生经历、快乐和悲伤，她写作的另一个重要目的是为了给自己"疗伤"，赶走孤独和寂寞，正如她自己所说的，在她累了倦了，感到孤独无助的时候，她也"渴望前方有个驿站"——她心中的驿站就是"一个坚实男人的肩头"(p. 29)，让她可以停靠和依赖，让她能够得到休整，感到慰藉。她说到每当她觉得孤独苦闷的时候就潜心写作，"写完了，苦水不见了，想哭的感受也没有了。人倒好端端地干活更有劲了"，所以她把写文章看成是疗养、保护身心健康的一种积极有益的活动，是一种最高精神境界的追求(p. 248)。她写作还有一个好处是给她的画廊带来了一个广告效应，她的作品给她带来了很多读者的同时，也给她的画廊带来了更多的顾客。

正因为她是画家的缘故，苏珊娜的作品总能营造出一种美的意境。作者用她艺术家独特的敏锐和同情心去捕捉生活中的美，比如她在《巧遇林荫下》(pp. 48-51)中表达了对一个为家庭和孩子牺牲了自己的青春和光泽的女性的深深理解和同情。《悠悠蓝山情》这个短篇故事中的主角就是作者的影子：传统和现代的组合。尽管作者在序曲里面说到这是她朋友的故事，而且说明是她朋友坚持要她用第一人称去写的，但这个女主角无论是外表还是思想，以及语言都充满了作者的个人印记：女主角小兰和作者都是单身，都过着飘逸的生活，都热爱艺术，懂艺术，喜欢离群索居，即使在热闹的场合也能找到一处心灵僻静的港湾，她们都在自己的坎坷人生路上等待着可以让自己歇息的"驿站"(p. 74)。小兰等到了。

苏珊娜的骨子里是很传统的，从她对自己的描述，从她的故事里，还有她的语言中都可以读到她的传统思想。虽然她认为女性可以很独立，可以焕发出光彩，可以在事业上很成功，但是她认为："尽管现在是世纪末端的阴盛阳衰的气氛特浓，无论女人如何进步，翻身了，能干了，但从整体上来说，还是男人比女人棒的。这是天定的，尤其中国更是这样。中国的厨师、裁缝、医生、科学家……哪一行都是男人最棒的……”(p. 161)正是作者的传统和现代思想的结合，决定了她作品里的人物不可能陷入放纵的行为不可自拔，他们最终都回归到了现实生活。即使是《一位性画专家》(pp. 140-191)和《性的微笑与困惑》(pp. 192-245)这两个中短篇故事里的那位放荡不羁的欧洲“性画专家”，最终也守着因为他而出意外导致下身瘫痪的伴侣，照顾着她，对她负责。

此外，还有一位叫金杏的作家的才华也比较出众。她的代表作有《悉尼的故事》《异域》《天堂鸟》《澳洲情人》等。

除了这些来自中国大陆的华文作家以外，还有来自中国台湾的张典姊和夏祖丽以及来自中国香港的江静枝也比较有名。张典姊身兼数职，还在麦考瑞大学教书，著有诗歌《幻》、短篇小说《书香子弟》以及散文《湖边的故事》等几十篇作品。夏祖丽的母亲是世界著名华文作家林海音。夏祖丽的作品有散文、报告文学、儿童文学等，著有《异乡人·异乡情》。她和她的先生张至璋珠联璧合，被称为文坛伉俪。江静枝的代表作有《随爱而飞》(李景艳，2006，p. 141)。

另一位华文作家何玉琴打破了传统的两性关系中女性处于从属和被动的状态。何玉琴属于新一代华人作家，原籍广东，毕业于中山大学中文系。1996年移居澳大利亚，在悉尼住了一段时间后来到堪培拉读书，后来在澳大利亚联邦税务总局工作。何玉琴热爱文学创作，作品以中短篇小说或散文杂记为主，主要反映华人在澳大利亚的工作、生活以及情感。她的作品刊登在《东华时报》《新时代报》《澳洲日报》《大洋时报》《首都华文报》《堪京文苑》《女友》《城市节拍》等澳大利亚的刊物上，以及《宝安日报》等中国的刊物和北美的《华夏电子周报》等媒体上。

《爱的补丁》(2003)是何玉琴的一个短篇故事集，内容涵盖了两性关系、婚姻家庭、打工生活以及老年移民等方面。在两性关系中，不再是男人出轨，女人在家当留守妻子，而是妻子也在爱情和性方面占主导地位，比如《妓女的奉献》讲的就是有妇之夫吴非和有夫之妇悠心之间的性爱故事，虽然开始悠心有些矜持和顾忌，但是最终还是没有抵制住吴非的诱惑。当她意识到吴非对她只有性而没有爱，她感到和他在一起她就像是一个妓女一样的时候，她果断地冲出了吴非的家（何玉琴，2003，pp. 11-17）。故事集里面的第一个故事《溜猪》和《妓女的奉献》有一点关联，男主角都是吴非。第一个故事里的女主角叫梦子，是悠心的朋友。故事采用的是第一个人称叙述，更有利于叙述者袒露自己的内心活动。梦子是单身女子，她心甘情愿做了吴非的情人，还一个人去医院打掉了意外中怀上了的吴非的孩子。在她识透了吴非的谎言，尤其是亲眼目睹了吴非和悠心的秘密，以及吴非和他从加拿大探亲回来的妻子在一起幸福甜蜜的样子，而非他所暗示的那样并不爱自己的妻子，对她只有责任，他爱的只有梦子一个人等之后，受骗和受伤的梦子结束了这段关系。

当然，身份问题一直是华人作家笔下的常见主题之一。《爱的补丁》里面有一个故事《出色男人》（pp. 46-67）讲的就是一个利用两性关系以取得身份的故事。故事的无辜受害者叫小艾，她回国探亲的时候在上海机场偶遇正要去澳洲担任访问学者的红雨，她要去的地方正好是小艾的家所在地——堪培拉，看到在澳洲无亲无故的红雨连住的地方也没有，小艾主动让红雨去她家住，正好她和老公张黑土还没有孩子，而他们家正好有一个空房间。等到小艾探亲回来时红雨不但和张黑土睡在一起了，而且还告诉张黑土说她的"男朋友"要找张黑土报仇，他逼张黑土交一大笔钱的分手费，否则要去炸掉小艾的父母家。张黑土东挪西凑地凑够了这笔钱，等到红雨签证快到期的时候她又说她不敢回国了，因为那个"男朋友"扬言要杀了她，无奈张黑土只好和小艾离婚，与红雨结婚，这样红雨不但可以继续留下来，还可以拿到永久签证。等到这一切实现了之后，红雨"逮到"张黑土和另一个女博士生的不正当关系，于是很快就和张黑土离婚了。不久，人们就在机场看到红雨和另一个男人还有一个六岁的孩子——很显然是红雨和她前夫的儿子。至此，读者才明白小艾原来是稀里糊涂地做了一回东郭先生，而张黑土也不过是红雨的一颗棋子，他是既赔了夫人又折了兵。

《爱的补丁》这个故事集里还讲到了老年移民的故事。这些老年移民中有过得幸福的，也有过得很悲惨的。《菜园》（pp. 147-161）讲的就是一对老年人的成功移民生活。他们得到幸福的秘密就是不干涉后代的生活，尊重和包容他们。故事是以一个小孩的视角展开的，这个小孩就是老人的孙子。老人的第三个儿子和他妻子，也就是叙述者的三叔和三婶和老人的冲突最多，老人很明智，从这个儿子和儿媳家里搬出来了，给他们独立的空间。三婶不让老人带孩子，而是宁愿花很多钱送孩子去幼儿园，老人也尊重他们。但是后来他们还是吵，最后三婶还带着女儿和三叔分居。三叔开始还非常耐心地想哄她回来，但不奏效之后也就放弃了。后来三婶看到三叔带女人住到了家里，她才紧张起来了。故事以大团圆结束：三婶带着女儿回家了，那个女人被三叔知道了她并不爱他，而是想利用他取得身份。老人家也获得永久居住权并得到房补，他们单独租房子住，回到语言学校学英语，全身心地投入新的移民生活中去了。

老人移民故事中最悲惨的是《第三笔积蓄》（pp. 139-146）里的钟叔和他的老伴阿娥。他们初来澳洲什么都不适应，最不适应的是和儿子与“儿媳”在一起的生活。他们这对年轻人对老人漠不关心，对家里的宠物狗的关心都胜过对老人的态度，他们对老人的关心的反应也很淡漠。老两口为了打发时间，也想自己赚点钱花，于是他们分别找到两个条件很差的工厂打工。有一天阿娥发现“儿媳”跑到厂里来了，以为她来找自己的，可是没想到她是来找厂长的，原来她是厂长分居中的妻子，还没有正式离婚，阿娥还听到一个小孩喊她“儿媳”妈妈，怪不得老俩口催他们结婚要个孩子，他们的“儿媳”非常反感，说他们的儿子可没有要求自己嫁给他，更不用说生孩子了，还说“我才不理会你们中国人的什么鬼习惯呢”（p. 143），好像她自己不是中国人一样，她其实也是华人，只不过是马来西亚的华裔罢了。阿娥受不了，就先回国去了，钟叔说等他赚够了两万澳元再回去。第二年春节，阿娥收到寄来的信件和包裹，信件里是告诉她，钟叔已经赚够了两万澳元，这笔钱他要交给和自己同甘共苦几十年的老伴，包裹里是钟叔的骨灰，他元旦加班的时候在机器旁边倒下了。他的葬礼还是厂里的人一起凑钱办理的。这个故事反映出的不仅是父母和子女之间的冲突，也是中西文化的冲突。子女在西方国家接受的是西方独立自由的思想，而中国父母依然秉承着养儿是为传宗接代、养老送终的想法，两者之间不能互相调和，就注定只能以悲剧收场了。

《爱的补丁》里面收集的故事真实感人，作者的语言也非常自然、流畅。如澳大利亚堪培拉中华文化协会会长周昕所评论的，“何玉琴的小说创作风格独特多彩，笔法灵巧细致，不落俗套。她描写男女关系淋漓尽致，述说父子婆媳摩擦精妙入微，读来津津有味，令人爱不释手”(见何玉琴，2003，封底)，而且平凡的故事里包含着丰富的哲理，作者看似没有对故事进行褒贬评价，可是读者却可以从中读出是非曲直。

散文写作很好的作家还有蔡子轩(1965—)。她是北京人，1988年毕业于北京大学东方语言文学系，1989年移居澳大利亚墨尔本。蔡子轩从事过记者、编辑、电台节目制作及主持、教师等工作。现专门从事写作和教学。蔡子轩在世界各种中文媒体比如澳洲的《华声报》《大洋报》《原乡》《大世界》，北美的《世界日报》，中国香港的《亚洲华人作家》、中国台湾的《联合文学》等媒体上发表杂文、散文、小说及诗歌。她的诗歌还被翻译成英文发表在澳洲杂志 *Eating Tongue* 上。此外，蔡子轩还为《华声报》撰写过专栏“死要面子”。她还一度是《大洋报》世纪童话专栏的作家。蔡子轩以写墨尔本的风情故事和男女情爱著称，她的散文流畅犀利，影响很大，曾获“澳洲海华文艺季”散文大奖(见蔡子轩，2003，封面)。

《墨尔本，世纪的错觉》是蔡子轩从她在海外零散发表的一百多篇短文中精选出来的六十多篇的合集。这部合集是围绕着作者熟悉的墨尔本城市和郊区，以及人物和场景所记下来的点点滴滴。其中有生活也有爱情，有善良的也有邪恶的，有美好的也有丑陋的，有快乐也有痛苦，有成功也有失败，有亲情也有友情，内容丰富多彩，看似是杂集，却还是有一个中心，那就是歌颂人生的快乐以及人性中的真、善、美，还有人与人之间单纯的真诚和友好(如《从头再来》，pp. 15-17)，同时不乏生活中的丑与人性中的恶，文中流露出作者对澳洲这块土地的热爱，热爱它的广袤、自由，还有它“纯净的阳光、宜人的空气、宽广的草坡和海滩”(p. 3)。蔡子轩的散文读起来如同惠特曼(Whitman)的自由体诗集《草叶集》(*Leaves of Grass*)一样洋溢着活泼、清新、快乐的气氛，让读者感到轻松和愉悦。《澳洲的色彩》写到一位邻居老太太如何把自己的老年生活安排得井井有条、充实快乐，让作者不再“惧怕衰老，惧怕孤独”(p. 5)。《澳洲的童话》(pp. 6-8)则歌颂了中华文化和文明以及中国人的“谦和、自尊”(p. 7)，中国的饮食文化让西方人感到“中国人礼仪好，中国的菜肴好”(p. 6)。

这部合集有一个贯穿全书的主题，就是“爱”。包括：父母对孩子的爱，如《父母心路》(pp. 21-23)；对“家”的爱和憧憬，如《家的寓言》(pp. 30-32)和《留守》(pp. 43-45)；对“自然”的爱：夜晚的“安全、神秘、欣喜”“伴着希望”，如《不变的道理》(pp. 12-14)，雨天的“浪漫”，如《就是墨尔本》(pp. 38-39)，街边的桃花(《那一街的桃花》，pp. 49-50)；对《祖国和家乡》的爱，如《思乡情怀——一个女工的自述》(pp. 230-233)和《温情大地》(pp. 238-244)等。当然，她还领略过暴风骤雨的夜晚之凄凉(p. 104)；也感叹人生的无奈，如她在《无奈单身》(pp. 91-93)中讲到单身母亲等孩子长大后的那种“千斤孤寂”以及强忍泪水要笑对孩子的忍耐和坚强，她们只能在孩子对她们的爱里找到慰藉，或者在美好的回忆里自我拯救，抑或用虚构的荣耀来克服对生活的憎恨。

因为是新移民的缘故，蔡子轩的思想还是很传统的。比如她在《女性国民》(pp. 60-61)中还是主张教育孩子的责任由母亲承担：“……一个国家的发展与交替，甚为关键的一个环节就在于女性——母性。她直接地影响着新一代的自立、革新，汲求进取的速度……一个新的时代，只有从根本上提高女性普遍的心理素质、教育程度，才能改良新生的社会势力。”不过她认为中国女性应该放弃那种“传宗接代式教育”，不能试图从孩子身上找回母亲自己对家庭的牺牲，因为这样会“毁了自己也延误了孩子”，中国需要来一次婚姻、家庭、夫妻生活等方面的观念的深刻冲击(p. 61)。在这方面，作者认同澳洲女性——虽然她们跟随了丈夫的姓，但是在生活上和思想上，她们还是独立的自己。与她们相比，中国女性结婚后虽然保留了自己的姓氏，但在生活和思想上都已经被丈夫同化了，失去了自我。她还认为中国的母亲应该像西方的母亲那样抱着这样的观念：既然给了孩子生命，就给了孩子生存的权利，这就是对其生命的彻底负责。中国母亲不能总是抱着陈旧的观念："既然生了孩子就要对他们负责，要让他们生活在力所能及的美满条件里，事事已就，方能正常成长。"(p. 60)中国的父母也不能为了让孩子少吃苦而自己拼命攒钱，尽量给孩子多留些财产，以便他们将来少吃苦；而是应该如西方的父母那样，攒钱是为了给自己养老，孩子独立之后的未来跟父母无关(p. 61)。

但另一方面，蔡子轩是接受多元文化的，比如对于同性恋的态度，她不像何玉琴在其短篇小说《艺术流氓》(2007，pp. 34-45)里通过古流芳这个人物表现出恐同症。蔡子轩认为同性恋反倒比异性恋更平静、和谐一些，这些同性恋者也和异性恋者一样，"彼此相爱、依恋，共同生活，如胶似漆的"(2003，p. 85)。相比之下，异性恋者矛盾很多，因为"男女之别是说不出谁优谁劣谁正谁误的，生理上的不同造就两性在心理上不可能真正站在对方的角度相互理解和谦让。时间相处越长，生活越复杂，问题必然越多"(pp. 86-88)，于是相互抱怨，难以彼此包容，男女双方无法揣摩出对方的内心，无法迎合对方的需求，因此"同性恋的存在就有其优势占据彼此更多的心灵空间，享受彼此更大限度的关爱与默契了"(p. 88)。虽然如此，作者也不是反对异性恋的，她认为人类的繁衍生息终究还得靠异性恋的组合，因此同性恋也好，异性恋也好，"存在即合理"(p. 88)。

在两性关系方面，蔡子轩指出了一个悲哀的事实：很多男人难免有外遇，澳洲的男人尤其是(p. 190)。在《爱过的日子》这篇短文里，叙述者说到，"男人无一幸免于外遇，因为男人无法抗拒诱惑"，她的男人也不例外。她说根据心理学家的研究，无论从生理上还是心理上讲，一妻多夫制更合乎自然规律。但事实正好相反，所以她得出感慨："女权了半天，真正的权利还是没有争到手。"(p. 194)正因为两性关系存在的不平等，才导致单身母亲的“恐男症”。作者在另外一篇短文《怕男人》(pp. 62-65)里面表达了这种“恐男症”。她列举了各种男人的可怕之处：有钱男人总是用钱来解决女人的要求，把女人当宠物，缺少沟通和尊重，还有精神上的爱抚，他们忙碌于缤纷世界里，“执子之手”的日子很少有；在优秀男人身边的女性被迫压抑着自己的自然本性，不敢放纵自己去飙车、泡吧、找乐子，要围在她们优秀的男人身边转；大男人永远把自己放在第一，他们的女人什么都得听他们的，女人只能做他们认为她们该做的事，他们可以拈花惹草，而她们绝对不可以有这样的非分之想，否则会被他们视为敝履；小男人则优柔寡断、腻腻歪歪，而且大事面前拿不了主意；真心相爱的男人由于他们本能的自私和理性决定了他们不会为情所困，他们会为自己留后路，不会像女人那样患得患失、为爱倾其所有，因此这样的关系中男人永远都是赢家，作者于是总结出女人要的太多，男人永远给不了那么多，这就是男女关系悲剧的原因。

蔡子轩的另一个短篇故事《不变的你》(2004, pp. 187-199)用第二人称的方式向读者叙述了一个传统女子的悲剧人生。故事中的“你”，也就是这个传统女子整天围着丈夫转：

> 以前的日子里，你紧紧地跟着你的爱，努力地做着他的小女人，学做饭理家应酬，学穿套装买化妆品，还要找一份秘书小姐类的工作。可你总也做不到家，连饭也做不可口。他说你不用心；你说话坦率尖锐，他说你净得罪朋友；穿衣服不是他的品位……你是那么相信他，认定他的一切。后来，他说他是家中独子，父母年长，急盼孙子，你就迷惘着怀下了你们的儿子，这也是为了“爱”。(p. 190)

尽管这位女性为了爱失去了自我，但还是没能留住丈夫的心。他爱上了一个对他口味的女人，而且是一个有钱的女人。故事中的“你”失去了丈夫，失去了儿子，失去了家。她的伤痛被丈夫作为“抑郁症”病人对待，并以此为理由剥夺了她对儿子的抚养权。无力又无助的她隐身而退，躲到一个深山里隐居起来了。叙述者遇到她的时候，她视老朋友为陌生人，不愿与之相认。作者叙述这个故事的时候充满了对这位不幸女子的同情和理解，表达了对男权的愤怒和抗议。

新一代移民作家里面写作风格最朴实的要数真真(1966—)，她的散文内容和写作特点如她的笔名一样非常真实和真诚。她的本名叫俞新，上海人，1990年来澳，后来加入了澳洲国籍。她的职业是做销售，创作是她的业余活动。她的作品主要发表在华文报《大洋报》上。据《澳洲侨报》委托人吴晓对真真的访谈记录，按照发表作品的数量来说，澳大利亚华人文坛上来自中国大陆的文人中，真真是最多产的(真真，2003，代序 p. 2)。

《一个女人一本书》是真真的散文集。她的散文集和蔡子轩以及何玉琴的故事集所不同的是，真真的散文集绝大部分内容是她自己生活和经历的写照，包括日常生活中的衣食住行等，比如《高跟鞋》(pp. 150-151)、《布鞋·花袄》(pp. 131-132)、《首饰》(pp. 177-178)谈到她的穿戴喜好；《南北食》(pp. 51-52)、《咖啡与茶》(pp. 100-101)、《咖啡》(pp. 121-122)、《食》(pp. 141-142)讲到饮食文化和作者的偏好；《房》(pp. 37-39)讲的住；《串门》(pp. 87-88)、《赌》(pp. 125-126)、《逛商店》(pp. 167-168)讲的是作者的业余活动等。当然这些短文里面也有很多怀旧的：《老上海》(pp. 44-45)、《我的父亲》(pp. 46-48)、《田园风光》(pp. 164-166)、《母校》(pp. 208-210)书写了作者对老家、对父母、对曾经上过的小学等的怀念，其中夹杂着作者对人、事、物的看法。这些短文里面也有一些小故事，关于作者自己的、朋友的、同事的，或者熟人的，有爱情(《没有爱情》pp. 1-2，《悉尼的爱情故事》pp. 29-30，《二奶的故事》pp. 154-156)、婚姻(《离婚》pp. 23-24，《嫁了的女人》pp. 57-59，《妻的出走》pp. 183-186)、生活(《生病》pp. 33-34，《放假》pp. 35-36)、工作(《店员》pp. 21-22)、学习(《老二上学》pp. 137-138)，每一个小故事娓娓道来，似乎作者在面对面和读者闲聊一样。“文如其人”这个词用在真真身上是恰到好处。她的散文一如她的性格那样平淡而真诚。正如作者本人在文中写到的那样：“……每篇文章都是透彻了作者风格，藏得再好，三五篇一过照样叫你‘显形’……”(p. 42)。

和其他新一代的移民一样，真真的骨子里也是非常传统的，传统得如同她自己的婚姻，没有激情和浪漫，日子就像白开水一样。连作者期待的一个结婚十周年纪念日的红酒晚餐也让老公和儿子在 Pizza 店点一块 Pizza 打发掉了。然而，读者可以从文章中读出作者其实不是一个甘于平静和平凡生活的女性，如同她自己所写的那样：“其实写文章的人都是在登‘征友广告’，于是爱也罢，憎也罢，不可阻挡地为你找到了一批朋友同时也招来一批‘敌人’。”(p. 42)写作是她不甘平淡的一种发泄。在教育孩子方面，真真是上面提到的蔡子轩所批判的那种母亲——她采取的是中国传统式教育：她对孩子很严格，让他们学这学那，“反正我要他好好学习，我完不成的梦想总希望儿子来完成。我希望儿子将来成为一个受人尊敬的人，一个真正的白领，他那么聪明，有那么好的条件，没有理由不求上进”(p. 18)。她反对很多澳洲家长不把教育当成大事，对孩子抱着“听其自然”的态度。她推崇的教子观念是“教育至上”：“因为我太爱我的儿子，我希望他们将来长大成为我的骄傲。”(pp. 108-109)也就是说她在按照自己的意愿和期待安排孩子的人生。虽然作者声称自己“从来就不是女权主义的拥护者”(p. 103)，“我不是女强人，也不想做女强人”(p. 130)，但她的思想和行为所表现出来的“男女平等”的观点、“自强自尊”的信念(p. 103)，以及她在实际生活和工作中的表现都说明她就是一个女强人：事业成功，孩子教育达到了她的期望，成绩优秀。作者的这种言和行的矛盾只能说明她迎合了男权社会对女性的社会与家庭角色的期待。因为作者认识到所谓的“当今时代男女平等”实际上不是这么一回事(p. 139)，男人还是不喜欢妻子的光芒盖过自己，希望下班回家有妻子给他们做好饭菜等着他们回家吃，希望孩子不用他们操心，希望妻子在家庭角色方面比她们在社会角色方面付出更多等，于是作者迎合这种男权思想而“想做个成功的女强人又想做丈夫温柔的妻子”(p. 170)。

这一批新移民作家里过得最艰苦的恐怕要数陶洛诵了。她一个人带着一双儿女在澳洲生活实属不易。她的故事集《留在世界的尽头》(2003)发表的时候，她的儿子才十岁出头，而小女儿只有几岁。她从1980年开始在中外杂志上发表作品，主要有《一个被枪决的有为青年》《是所了解的暹罗锦》《张大千姬人杨宛君》《澳洲随笔》《南洋女儿歌》等。《留在世界的尽头》收集了一部标题中的长篇小说、一个中短篇故事《情妇》和一个人物传记。这个人物传记是关于中国第一代女油画家——1959年毕业于中央美术学院的任之玉教授的故事。刘枫晓所著的《暮年闯世界》写的就是任之玉教授五十多岁在澳洲打拼的传记故事，陶洛诵在她的这个集子里也有提到(p. 169)。

《留在世界的尽头》最初于1991年3月至11月在澳洲的《星岛日报》上以连载的方式刊出。小说以第三人称的叙述方式讲述。实际上它是作者的自传，主要讲的是“文化大革命”时期作者的经历。文中的陈碧珅就是作者的化身，而陈碧珅的爷爷陈因教授则是作者陶洛诵的爷爷陶因教授，著名的海归学者，在日本、德国都留过学，而且成绩非常优秀，在日本的时候是年级第一名，让外国人自愧不如。陶因教授学的经济学，回国后很有建树，担任过安徽大学校长和武汉大学经济学教授。作品的开头是20世纪50年代初陈碧珅的爷爷病逝的时候，而现实中作者的爷爷陶因教授去世的时间正是1952年。作品中的陈碧珅在“文化大革命”的高潮时期正在北师大附中读书，懵懵懂懂的，又处于叛逆期。陈碧珅不听父母的劝告，不继续念书，偷偷跟着同学出去搞“大串联”。很明显这是一部不完整的自传，但是作者的用意很显然是为了揭露“文革”这段时期给很多受害者包括作者自己和家人带来的打击和伤害，所以这部作品属于伤痕文学。

另一个中短篇故事《情妇》是以第一人称的方式讲述自己的感情经历。这个故事反映了澳大利亚的自由和平等：男女在性方面具有自由，单身母亲和私生子都受到法律的保护，他们不会受到社会歧视，而且私生子一样享受父亲的抚养权直到十八岁。这一规定对于那些想要孩子但不想或者不能结婚的女性来说无疑是一个很好的保障。

第五节　女性英文书写

“用英语写作的澳大利亚华人文学和用华语创作的澳大利亚华人文学迥然不同，无论是从作者的背景，还是从作品的性质来看。大部分用英语创作的作者是来自东南亚或者中国香港的华裔，他们用英语接受教育，精通西方和亚洲文化。对于这些作者和出生在澳洲的人来说，中国是一个遥远的，也往往是模糊的文化记忆，他们的身份和复杂的个人历史以及种族等问题交织在一起。他们有时置身主流文化之内，有时置身其外，采用创新手法书写身份问题——写入他们的中国性。与其说他们蒙恩于他们的文化根基，不如说他们是在群体期待和个人记忆之间达成一种平衡”(奥门森，2018，p. 45)。

来自中国的新女性移民用华语写作的作品中常常会流露出对祖国的怀念和对家乡的思念，虽然她们也对中国传统中不合理的因素进行批判。相比之下，用英语写作的，或者比这些新移民更早来到澳大利亚的女性作家在她们的作品中对中国传统，尤其是封建礼教、儒家思想、父权制的批判十分明显，而且是毫不留情的。因为她们不像那些世世代代在中国生活的新移民那样对中国还是有着深厚的感情，而且她们的作品是用英语写作的，在西方国家发表的，她们的读者主要是英语读者，所以她们可以无所顾忌地大肆批判中国文化中不合理的地方。可以说，这是很多华裔女性书写中的共同主题，前面提到的美国华裔作家汤亭亭、谭恩美、马严君玲、任碧莲，英国华人作家张戎等的作品都有这样的特点。用英语书写的澳大利亚华人女性也同样如此。最显著的有黄贞才的《银姐》和《云吞》、钟海莲的《中国佬之女》(第三章将会探讨这部作品)和《来自中国的报道》、贝·思叶的《我的家族写真》(*Family Pictures*)等。下面对这些作品进行讨论。

贝思·叶(1964—　)是马来西亚华人，1984年移居澳大利亚。在她的《我的家族写真》中着重描述了她姑姑的照片并向读者介绍了这个姑姑的性格。在这个作品里面，读者发现华人不管迁移到哪里，都把他们的传统文化带到哪里。比如对女儿的轻视从下面这段对话可以看到：

> Your granddaughter? Wah, pretty girl, come and talk to Auntie.（这是您的孙女吗？哇，好漂亮的娃娃，来，和姑姑说话。）
>
> Aiya, don't make her proud, this girl, she's just another useless girl...（1994, p. 156）（哎呀！你可不要这样夸她，让她得意。她算什么呀，不过又是一个没用的丫头片子罢了……）

年纪大的女性也内化这种男尊女卑和性别劳动分工的思想：

> Ah Po, does Uncle ever help to wash your clothes?（阿婆，叔叔帮你洗衣服吗？
>
> Choy! What bad luck, men washing women's clothes!（p. 163）（说什么话！男人洗女人的衣服，是要倒霉的！）

在那样的环境下长大的女孩通常都有着相同的性格特点——顺从，如同作者的一个姑姑：

> ...her temperament which everyone says was quiet and sweet. Her ability to work like a horse, without complaint, and in spite of being ill...（据说每个人都觉得她是一个文静、甜美的女孩。她干起活来就像牛马一样任劳任怨，即使生病了还是照样干活）（p. 157）。

在家庭条件很差，生活艰难的情况下，女孩通常遭受被送人的命运，如同作者的另一个姑姑：

> The baby girl, after birth, was given to another family. Mum's mother came with a friend to take her when Dad was at

work. Mum was very sad about the adoption. Dad was very angry and bitter. The youngest girl was given away due to financial difficulties. We were very poor then and it would be a great burden to Mum. I think Dad later on found out where she stayed but he refused to tell me. At the time the picture was taken she would most likely be two or three years old. (pp. 165-166)(这个女婴刚一生下来就送给别人家了。外婆带来了她的一个朋友把孩子抱走的。爸爸那时候正在干活。妈妈对于孩子被别人领养了这件事很难过，爸爸更是很生气，很痛苦，可是家里没钱，只好把最小的这个女儿送给了别人。那时候我们家真的很穷，妈妈觉得生活的负担太重了。我猜想爸爸可能后来找到了那个孩子的下落，但是他什么也不肯说。这张照片很可能是她两三岁的时候拍下来的。)

叙述者的语气对女性的命运充满了理解和同情，同时也是对重男轻女的思想和做法的批判，下面这段话中一连串的假设和猜测表达了她为女孩的命运感到的愤愤不平：

Was it because that particular baby was sickly, or malformed, cross-eyed perhaps, or screwing up her face when my grandmother tried to nurse her. Was she dark-faced from some unimaginable birth anger, screaming and kicking away my grandmother's teat. I have heard some babies are like that, from the moment their eyes are open they see and resist their fate. Was it because she was the youngest, and a girl, or because my grandmother was ever an obedient daughter? Because the women thought they were doing her a favour, taking away yet another mouth to feed, another dowry, another girl. You have two already, one more what for? And if some or all of the above was different, the facts twisting to some other configuration, if the baby was healthy for instance, or a boy, would it still have been taken? Would it have been allowed? ... (p. 165)(是因为那个孩子一副病恹恹的样子，长得又难看，而且还是斗鸡眼吗？还是因为奶奶喂她的时候她总是绷紧着她的脸？是因为她带着与生俱来的一种别人无法知道的愤怒，所以她的脸色才那么黑？而且每当奶奶喂她吃奶的时候她就尖声哭着不肯吃奶？我听说有些女婴是这样的：从她们刚睁开眼睛的那一刹那就反抗她们的命运。是因为她是最小的一个，而且是女孩，还是因为我的奶奶自己也一直是一位逆来顺受的女性？抑或因为她们认为把孩子抱走了是帮了奶奶很大的忙——不然她家又多了一张吃饭的嘴，将来为这个女儿又要赔上一份嫁妆？“你已经有了两个女儿了，还要一个干吗呀？”她们这样对奶奶说。假如这些可能性都不存在，或者情况不一样，比如说假使这个孩子很健康，或者是一个男孩的话，结果可能会不一样，这样一来，她还会被抱走吗？他们会允许她被抱走吗？……)

方佳佳的《璞玉未琢》的故事是从船上开始的：她的父母是越南战争末的海上难民，他们逃离西贡市，她母亲在泰国一个难民营里的时候怀的她，父母刚到澳洲几周后她就出生了。她的家族创伤史可以追溯到更远：她的祖父母在国民党下台的时候离开中国，来到柬埔寨。她的父母则为了躲避波尔布特政权而从柬埔寨逃到越南。然而该作品的重点不在于讲述一个受害者遭到迫害的故事，相反，它讲的是一个“爱丽丝漫游奇境记：她的父母就是以刘易斯·卡罗尔这部作品中的人物给她取名的，希望她在这个新的国家过上他们未曾经历过的美好生活。不出所料，澳大利亚这片奇境原来如同作品中的爱丽丝到过的那个兔子洞一般奸诈，但拒绝成为受迫害者的角色是贯穿作品的强烈主题”。方佳佳的第二部自传体小说《她爸的女儿》也是如此，这部作品中“父女两个人的故事交织在一起”(奥门森，2018，p. 50)。

“方佳佳的小说看起来似乎让人联想到西方读者所熟悉的亚洲人的生活故事(难民故事)，实则不然(尽管在两部作品中她最终都回归父母遭到迫害与逃亡的经历），而其他作家在描写华人的生活时似乎更愿意塑造刻板形象。”诸如这样的标题——《龙来的这一年》《宇航员、失落的灵魂和龙》《对拓地龙种》“让人联系到中国人的传统意象”。Diana Giese在《宇航员、失落的灵魂和龙》里将她的故事叙述者分为三类：“龙”是幸存者、赢家，他们的家庭经历几代人之后都成功了或者成为移民队列里的领头人物；“宇航员”指的是那些主要往来于中国香港和移民地的富有的四海为家者；“失落的灵魂”指的是那些没有取得成功的人：“成功者被失败者罩上了一层阴影，后者没能实现他们的抱负，有的背井离乡，忍受孤独，直到老年还在挣扎着勉强度日；有的短命；有的生病；有的受伤；有的精神失常。他们最终被堆埋在贫民墓地里，没有墓碑，无人哀悼。”实际上，作品里面的故事叙述者“和这些标签之间并没有多少关联。故事集里没有‘失落的灵魂’，‘宇航员’也寥寥无几；故事里的人物来自不同的背景，从事不同的职业，他们综合了这些特点，成功了，但过着平凡的生活，他们故事的有趣点不在于其身为澳洲华人的命运，而在于这些故事展现了他们个人和家庭的人生”（奥门森，2018，p. 50）。

方佳佳编写的《亚洲人在澳大利亚的成长》大部分是关于澳洲第二代亚洲移民的故事（奥门森，2018，p. 51）。

钟海莲是第一个澳大利亚电视台非白人记者，在她漫长的职业生涯里，发表了好几部回忆录：《温柔的约翰我失去了你我的爱》讲的是她失去丈夫约翰·马丁的悲痛。她最近发表的《中国佬之女》追溯了她在塔斯马尼亚作为第四代华人移民的童年生活。她的父母在这里经营一个水果店。后来写到她的职业生涯，她是多元文化职业的先锋，这个领域曾经是为澳洲白人文化精英保留的。

钟海莲是土生土长的澳大利亚华人，她的祖先是广东台山人。她之前一直没有去过中国，直到工作需要她作为澳大利亚华人广播公司驻北京记者而去中国工作了一段时间。

钟海莲以一个西方资本主义国家的人的视角表达了她对中国的一种矛盾看法，对中国的态度带着东方主义的色彩。她对中国的批判也是毫无保留的。

澳华女性英语书写中对中国传统厌女思想表现得最为全面的是出生在新加坡的澳洲华人作家黄贞才(Lillian Ng)。她于“二战”时期出生，祖籍是广东汕头，她的父亲是一个非常传统、非常严格的中国人，他甚至不让家里的女孩上公立学校，而是请家庭教师在家里为她们上课。黄贞才接受的是中国传统教育，从小就用潮州话学习中国古典文化，用毛笔写字。她上了医科大学之后给自己取名叫 Lillian。她学的专业是妇产科(obstetrics and gynaecology)，在伦敦当了八年医生。20 世纪 70 年代黄贞才带着女儿和保姆来到澳大利亚，她继续做妇产科医生，现在住在悉尼。她的第一部小说《银姐》(*Silver Sister*，1994)就是基于她家保姆的故事。这是黄贞才以前在夜校学习写作的时候老师布置的写作任务，老师建议她从写自己的故事开始，可是她认为写自己的故事太暴露隐私了，于是就写她家保姆的故事。这部小说于 1995 年为作者赢得了人权奖，她还获得了澳大利亚全国广播公司安格斯·罗伯特逊图书世界奖(NBC Angus & Robertson Bookworld Prize)亚军。她的第二部小说是《云吞》(*Swallowing Clouds*，1997)。

《银姐》是以回忆录的形式写成的。叙述者以第一人称的语气将她在广东的生活与在澳大利亚的生活进行对比，凸显澳大利亚生活各个方面的优越性。小说由五个部分组成，第一部分讲的是阿八，也就是后来的银姐的出生，地点是广东的一个贫穷偏僻的乡村，他们一家人因为战乱和贫穷而逐渐分离、解体。父母双亡之后阿八在邻居的帮助下成为自梳女，被介绍到广州的一户有钱人家——唐家(the House of Tang)当佣人。第二部分讲的是阿八在广州唐家伺候唐太太的生活，就是在这家当佣人的时候她被太太改名叫银姐的。银姐目睹了发生在唐家主仆之间的故事，后来为了躲避战乱，唐太太家的人去了台湾，分别前唐太太把银姐介绍给了她在香港的一个外号叫“小孔雀”的朋友家里当佣人。第三部分讲的是银姐在香港“小孔雀”家里的生活。“小孔雀”年轻漂亮，会唱歌和演戏，她生活过得比较优越，自己可以赚钱，还有情人包养。后来“小孔雀”被包养她的情人的太太毁容之后得到一笔钱，就去美国整容了。于是银姐和几个朋友相约去新加坡找工作，还是当佣人。第四部分讲的是银姐和她几个自梳女姐妹在新加坡的生活。银姐在潼恩(Dawn)家里伺候这位即将当新娘的大小姐。潼恩结婚生了孩子之后也一直是银姐在照顾，直到潼恩的老公彭(Peng)有了外遇，他们离婚了之后银姐才没有继续做了。潼恩刚离婚的时候她老公还出赡养费，可是后来他搬了地方，连人都找不到了。没有了抚养费，潼恩带着三个儿女生活艰难，于是辞退了银姐，除非她实在需要人的时候才请银姐过去帮忙一下。银姐就到处打临时工。后来潼恩的女儿金(Kim)在澳大利亚留学期间认识了一个有妇之夫并且怀了他的孩子，由于她怀的是女儿，那个情人已经有了一个女儿了，于是金被抛弃了。临产之前她给银姐拍电报请银姐过去帮她带孩子，于是银姐做好了去澳大利亚的准备。第五部分，也就是最后一部分，讲的是银姐在澳大利亚的生活。她起先帮金带孩子，后来签证到期后又想办法延期，再后来赶上机会获得澳大利亚的公民身份，成了澳大利亚人，分到了自己的房子，过着十分满足的老年生活。

故事采用追述的方式，从银姐现在居住的地方悉尼讲起——时间是1992年2月，华人春节的时候。从她1912年出生到现在的1992年，历时大约80年。故事是从银姐的视角展开的，讲述了她从一个穷乡僻壤来到澳大利亚定居的过程。每到一处，银姐都聚焦女性的命运，对比了穷人家的女孩和富人家的女孩成长的区别，以及不同文化背景下的女性的不同或者类似的待遇。故事真实又感人。

第一部分的重点在于表现穷人家女孩的悲惨命运。阿八出生在广东龙山(Lung Sun：Dragon Hill)王家(Wong)，父母连她的生日都不知道，但是知道那一年正好是溥仪退位，而那一天正好是冬至，所以她护照上的生日是1912年11月24日。阿八没有名字，因为在家里排行老八，所以就叫阿八。他们家和很多其他家庭一样有着厌女的传统——重男轻女。认为女孩都是“没用的丫头，既不能在田里干活，也不能上战场打仗”(Ng，1994，p. 5)，而且养大之后要嫁人，是别人家的人，所以是“白养的”。她们被视为累赘、负担。阿八的妈妈——王妈和阿八的父亲老王一样抱着这样的厌女思想。王妈总是怀孕，到后面生下来的孩子如果是女孩，王妈就用破布把她捂死，或者用盆子里的水把她淹死。在王家重男轻女严重得连饮食都不一样：家里的肉和米饭是给男人的，女人只能喝稀饭、吃腌菜或者咸菜。家里的活儿全是女性的：缝纫织补、洗衣做饭、打扫屋子、喂鸡鸭狗猪。男人做工回来，女性还受他们的指使和打骂。遇到饥荒的时候王家就把家里的两个女孩卖到妓院，两个女孩卖给有钱人家里当妾，这样大家都不用挨饿，再后来到战乱的时候就把女孩送人。男孩被国民党抓去当壮丁，有一个儿子逃掉了，最后只剩下阿八和她最小的弟弟阿赛。阿八叙述说她之所以没有被卖掉，是因为她长得实在太丑了，没人要她。后来父母相继去世之后，邻居李嫂看到姐弟俩要饭很可怜，就介绍阿八当了自梳女，并且给她介绍了去广州唐家做佣人的活儿。一起做自梳女的姐妹阿音(Ah Yin)和阿芳(Ah Fong)也是被父母遗弃的。唐太太的四个侍女阿金(Gold)、阿玉(Jade)、阿珠(Pearl)和阿宝(Ruby)本来家境不错，受过教育，可是她们的父亲去世之后家道中落，欠债，她们就被卖给了唐太太。她们的命运比阿八更惨：因为她们是女婢，不仅没有工资，而且得陪唐少爷睡觉。唐家是有钱人家，他们家的女孩就和这些穷人家的女孩不一样了，她们吃得好穿得好，还有专门的家庭教师教她们读书、写字、画画、弹琴。

小说除了揭露穷人家的女孩的悲苦命运之外，还批判了裹脚和一夫多妻制的毒害。作者一再强调在战乱中，那些裹脚的女人走不了路只有让儿子背，没人背的就慢慢挪步，有的只能在地上爬(p. 18)。唐太太的一双脚也是废了，阿八的工作就是护理唐太太的一双臭脚。阿八说第一次看到唐太太的那双脚都要晕过去了：看上去就是一株残桩，畸形、发育不良、布满了褶皱，脚指甲又厚又黑。一打开裹脚布臭气熏得银姐几乎受不了。她每天的工作就是给太太的这双脚清洗、抹油、按摩。唐太太对阿八抱怨说她当初裹脚时受过的痛苦，现在站久了就会感到尖锐的疼痛，关节的疼痛让她晚上都睡不着觉。她说："说什么三寸金莲能让女人娇美性感，简直是胡说八道。结婚后孩子一生，男人就对你失去兴趣了，会去找别的女人……"(p. 71)。

《银姐》这部小说里面妻妾制度的罪恶主要表现在唐家。唐少爷是个花花公子，经常去逛窑子。唐太太为了减少他去外面找妓女，就把家里的女婢给他“用”。“妾的另一来源是主人所买的女婢。在中国古代，臣妾并称，都是奴仆，臣为男性奴仆，妾是女性奴婢，都是主人的财产，完全没有人身自由。”（罗，2016，p. 089）阿宝因为还没有来月经而逃过劫难，她的三个姐姐却成了唐少爷床上的人了。其中最惨的是阿金。唐太太生不出儿子，这个任务便由她的这几个婢女来完成。阿金怀孕之后，唐太太便把她送去一个寺庙，表面上是为了阿金和胎儿的安全，唐太太对唐老太太说是怕少爷耐不住性子，让阿金流产了。但实际上据年长的女仆说，唐太太是担心阿金长得好看，又听说唐太太请人算过了，阿金怀的是个儿子，所以唐太太担心将来阿金在唐家的地位会超过她，于是她让阿金住在寺庙，“作为女性奴仆的妾，即奴婢，在伺候男主人的过程中，有时也会得到男主人的‘接幸’。其中有的貌美聪慧的妾与‘接幸’后怀孕生子之妾，或受到女主人的宠爱与接纳成为妾的，她们从专事劳逸职事的妾中分离出来，主要供主人‘接幸’，这部分‘妾’就是后世意义上的妾”（p. 089）。唐太太就是不希望阿金的地位发生改变，她只想要阿金的儿子，并据为己有。她不想接纳阿金，所以她请人在寺庙照顾阿金。阿金的儿子刚刚生下来的第二天就被唐家接走了，留下阿金一个人在寺庙。她不堪命运的悲惨，想以自杀了断，但是被救过来了，之后她便削发为尼。唐太太和唐老太太既是父权制的受害者，也是施害者：唐老太太自己是唐家的童养媳，为了让唐家不断香火，就给唐太太施压，说要给少爷纳妾生子，唐太太就把这个压力转移到女婢身上。

在一夫多妻制消除了的现代社会，另一种形式的妻妾制出现了——男人在婚姻之外包养情人。银姐在唐太太家当了十年的佣人，从十四岁到二十四岁。唐家去了台湾之后，她就被介绍给了香港的“小孔雀”。香港那个时候由英国管理，实行的是一夫一妻制，可是这种婚姻制度并没有阻止男人有几个女人，而且比起一夫多妻制，他们更少了一份责任和麻烦，因为妻子以外的女人和男人的关系没有法律的保障，就像银姐在第三部分讲到的那个“席先生(Mr. Xi)”。席先生有一个妻子叫玫瑰，还包养了“小孔雀”。在席的眼里，“小孔雀”不是和他一样平等的人，只是他的一个宠物，是他的性玩具，这是厌女症的又一种表现——将女人物化成没有独立思想和人格的动物。“小孔雀”的存在就是为了给席寻找乐子的，她的穿着打扮都要按照席的喜好来，他还不允许她有自己的朋友，更不允许她将外人带到他为她租的房子里(Ng，1994，p. 150)。“小孔雀”以前在中国内地是唱戏的，到了中国香港以后又唱歌又演戏，很快就出名了。她和席的关系被玫瑰发现了，玫瑰找到了“小孔雀”，抓住她的头发对她大打出手，一边打一边骂她“臭婊子，狐狸精，偷汉子”等，还威胁她，让她等着瞧(pp. 158-159)。果然，有一次“小孔雀”刚要出门去办公室，还没上车，就听到有人喊她，等她转过头时，顿时有人朝她脸上扔了什么东西过来，她立即感到一阵灼痛——她被硫酸毁容了，再也不能唱歌演戏了。在医院住了一个月出来之后发现席趁她不在的时候把之前送给她的珠宝首饰全部拿走了，她被逼着从那个房子里搬了出来。后来那个曾经逼她交保护费的黑社会的人出面绑架了席的儿子，从席太太，也就是玫瑰那里得到了一大笔钱，以保险费的名义给了“小孔雀”，“小孔雀”在朋友的帮助下去美国整容了。

无论是在中国内地、中国香港，还是新加坡，女人的命运都一样。上面提到的银姐在新加坡伺候的女主人潼恩的遭遇就是如此。潼恩的丈夫经常夜不归宿，在外面玩弄女人，潼恩和他离婚之后他甚至连三个孩子的抚养费都不出了，人影都找不到。而潼恩的女儿金长大后在澳大利亚的遭遇同样也是这样——被男人抛弃了，她们都面临着独立抚养孩子的命运。

总之，《银姐》反映了中国女性从封建社会到现代社会一直受到歧视、剥削的命运，和《天生作妾》这部小说一样，都是关于女人悲惨命运的故事，揭露和批判了厌女传统给女性带来的身心伤害。

黄贞才的另一部小说《云吞》(1997)讲的是女性如何不甘在父权社会受压迫的命运，向男女不平等的地位提出反抗。小说的主人公叫阿仙(Syn)，意为“仙女”，不仅影射她作为女性美的一面，而且更重要的是她代表上一代受压迫的女性向父权社会提出的控诉和反抗，因为她的前世就是一个因为与人私通，之后被众人关进一个猪笼并投入黄浦江溺水而亡的女子，而她的同犯则可以逍遥法外，不受制裁。阿仙此生就是要为她的上辈人复仇。小说弥漫着佛教因果报应、前生、今世、来生、投胎等思想：

> She clung to her only hope: the Buddhist way, the transmigration of the soul, a re-incarnation, a re-entry into another vehicle, preferably human. She vowed as the rays of the sun stretched across the sky to seek revenge and compensation in her next life. Her revenge from man, on man. A redress for this most unfair and unjust death penalty. (Ng, 1997, p. xii)。(她唯一的愿望，通过佛教的途径，灵魂的轮回转世，重新化身为人。当天空阳光四射的时候，她获得了新生，发誓要向男人报仇，要得到补偿，要为她前世的沉江之冤，为那种不公平、不公正的死而雪恨。)

《云吞》这个故事叙述的重点在于阿仙和澳大利亚华人屠夫朱志义(Zhu Zhiyee)的感情纠葛。阿仙来自上海，在悉尼读书。为了生存，她在朱志义的肉店打工。朱志义结婚了并有三个女儿。朱志义的父亲是个商人，很早就移民过来了，后来才把妻子和孩子接过来。朱家有三个女儿和朱志义一个儿子。"白澳政策"废除后他们买了房产和一个很大的蔬菜农庄，靠种菜、卖菜过生活。朱志义的生活比较优越，他是个屠夫，自己开了一个肉店。朱志义的父亲已经去世，他的母亲单独生活。但他经常回去看母亲。当他和阿仙的关系被母亲知道后，老太太是默认的，因为她本来就很讨厌自己的儿媳妇佳靓(KarLeng)——一个很强势的女人，在家里朱志义没有发言权，凡事都是佳靓说了算。朱志义很怕老婆，所以他和阿仙的关系让他找到做男人的感觉。他们的关系维持了三年。佳靓当然不允许朱志义养情人。老太太去世的时候，阿仙去参加葬礼，她那副伤心流泪的样子引起了佳靓的注意，特别是阿仙难过得快要晕过去的时候朱志义情不自禁地扶了她一把，这就暴露了他们的关系。于是佳靓把阿仙赶出了朱家肉店，朱志义也逼着阿仙交出他投资在她身上的钱。阿仙的报复方式是每隔一段时间给佳靓寄去她和朱志义约会时的照片、录音、书信，刺激佳靓并引起他们夫妻的矛盾和争吵。她不但没有把朱志义的钱退给他，而且朱志义给她买的房子也没有还给他。她的生活有了保障，而且拿到了永久签证，还可以把在上海的妈妈接过来和她一起住。不过她自己也付出了代价，怀的儿子五个月流产了，象征她和朱志义的感情不得善终。她的确是报仇了，不过不是为了上辈子的那个女人，而是为了今世的她，为了朱志义对她的抛弃而狠狠地报了仇，虽然这是有代价的复仇。

在这部小说里，作者对他们的相遇做了细致和生动的描写，为此评论家将这部小说列入"东方邋遢文化"(参阅温卡，2018，p. 52)，单纯对这一方面的关注忽视了小说的主题思想内涵：对父权制和厌女传统的揭示和批判。"随着故事的展开，阿仙的主要目的在于将自己从情人身边解脱出来并惩处他，为所有父权制体系下受压抑的女性报仇。小说充满了东方主义的种种成见，虽然对这些的整体效果有些争议，但它们无疑是对读者的期待的一个挑战，改变他们总是关注中国女性的性别与性的成见。"(p. 52)黄贞才的这两部小说，尤其是《银姐》，揭示了从古到今女性在思想、行为、传统习惯、性等方面受剥削和压迫的事实，充满了对父权社会的反叛。

米歇尔·李(Michele Lee)是老挝赫蒙族[1]人，1980年出生于澳大利亚。在她没有出生之前，她父亲得到科伦坡计划奖学金(Colombo Plan Scholarship)在堪培拉读书，她的母亲29岁时于老挝秘密战争[2]过后带着米歇尔·李的哥哥和姐姐来澳大利亚和她父亲团圆。之后又生了包括米歇尔·李在内五个孩子，所以米歇尔·李一共有兄弟姐妹七个。她的回忆录《香蕉女孩》(*Banana Girl: A Memoir*)打破了中国文化中女性在性方面的保守、被动、服从的传统，展现了一个现代、开放、违背传统的女性形象。在作品的开篇，米歇尔·李就非常坦率地暴露了自己的本性：

I'm dressed to be indifferently hip to the outside world without being slavish about it. I think. I think I'm non-slavishly indifferent. I weight about sixty kilos. Okay. Sixty-two. I'm slim but I have big bones for an Asian girl... I actually used to be in a socialist party but I left after three months, and by that time I'd broken rank and had sex with two socialists from two other parties. I have had four proper boyfriends... (2013, pp. 6-7)(我的打扮比较随意，不合外面的潮流，我懒得关注时尚，不愿意盲从，我就是不盲从，不合潮流。我体重六十公斤，好吧，其实是六十二公斤。我的身材苗条，对一个亚洲女孩来说，骨骼大了点……事实上我曾经是社会党的党员，但三个月就退出了，因为我破坏了常规，和其他两个党派的两名社会党党员有过性关系。我还有过四个正常交往的男朋友……)

米歇尔·李给自己的回忆录命名为“香蕉女孩”是有它的文化内涵的。根据邱琴铃(Tseen-Ling Kuo)的描述，“香蕉人”指的是“黄色的外皮包着白色的内心(yellow on the outside, white on the inside)”(2003, p. 1)，意思是物质属性是亚裔人，但是思想、灵魂、行为习惯都是西化了的。这部回忆录用非常真实、直接的语言记录了她和很多异性的交往，更准确地说，是她和与她有着性关系的异性朋友的交往经历。她在回忆录中用了自己的真实姓名“Michele”，而和她有过性关系的异性则大多用的是化名，根据他们从事的工作或者身体特点，或者兴趣爱好等，比如有叫“奔驰先生(Mr Mercedes)”的(p. 47)，是指一个开奔驰的商业房产的经理；也有用本名的，比如“Jackie Winchester”是一个在读博士；还有一个叫“斯巴鲁(Subaru)”的，也是以其开的车命名的；另有一个叫“背包客(The Backpacker)”的，顾名思义，是喜欢背着背包到处跑的人，他是一个英国人(p. 29)；还有一个叫“老公(Husband)”的，是因为他们同居了一年，而且公开了关系。这部回忆录的内容不全是米歇尔·李的性关系史，也记录了赫蒙文化的特点和历史、赫蒙族人的外貌特征以及他们在墨尔本的移民生活等。从内容到语言，这部回忆录无疑是非常前卫和反传统的。

◎ **注释：**

1. 赫蒙族(Hmong)是东亚和东南亚的一个少数民族——苗族的一个子群(sub-group)，“现在分布在中国南部、越南、老挝、泰国，甚至美国(见苗族裔美国人)等国家。在越南被划分为53个法定少数民族之一。18世纪，由于政治动荡以及为了寻找更多的耕地，大量的赫蒙族人开始由中国南部大规模南迁。在越战结束后以及老挝人民民主共和国建立后，许多赫蒙族人受到越南和老挝两国严重的民族宗教迫害，通过泰国难民营进入美国。最早一批是在1975年，只有3466人获准庇护身份进入美国”(https://zh.wikipedia.org/wiki/赫蒙族)。
2. 实际上是老挝内战(1953—1975)，“是左派老挝人民党巴特寮(包括许多北越的老挝后裔)和右派老挝王国政府军的内战，作为一场代理战争，交战双方都得到了来自冷战超级大国的大量外来支持。美国中情局特别行动小组担心老挝人民党取得政权，招募高地苗人秘密介入了战争，这场战争被世人称为秘密战争”(https://zh.wikipedia.org/wiki/寮國內戰)。

本章参考文献

英文参考文献：

Coole, Diana H. *Women in Political Theory: From Ancient Misogyny to Contemporary Feminism*[M]. Wheatsheaf Books Ltd., 1988.

Couchman, Sophie. “Oh, I Would Like to See Maggie Moore Again!”—Selected Women of Melbourne's Chinatown[A]. In: Couchman, Sophie, Fitzgerald, John & Macgregor, Paul ed. *After the Rush: Regulation, Participation and Chinese Communities in Australia*. Fitzroy, Victoria:

Arena Printing and Publishing Pty Ltd. , 2004.

Ding, Xiaoqi. *Maidenhome*[M]. San Francisco: Aunt Lute Books, 1994.

Chung, Helene. *Shouting from China*[M]. Penguin Books Australia, 1989.

Khoo, Tseen-Ling. *Banana Bending* [M]. Hong Kong University Press, 2003.

Kuo, Mei-Fen. *Making Chinese Australia: Urban Elites, Newspapers and the Formation of Chinese-Australian Identity, 1892-1912* [M]. Clayton, Victoria: Monash University Press, 2013.

Lee, Michele. *Banana Girl: A Memoir* [M]. Melbourne: Transit Lounge Publishing, 2013.

Li, Isabelle. *A Chinese Affair*[M]. Witchcliffe WA, 2016.

Liu, Xirang. Chinese-Australian Fiction: A Hybrid Narrative of the Chinese Diaspora in Australia[D]. University of Tasmania, 2007.

Lu, Qiuping. Genre of *The Poison of Polygamy* [J]. *Mascara Literary Review*, 2018(22).

Moss, Irene. Chinese or Australia? Growing up in a Bicultural Twilight Zone from the 1950s on[A]. In: Morag Loh and Christine Ramsay (eds). *Survival and Celebration: Chinese and Their Female Children in Australia from 1856 to 1986*[M]. Melbourne, 1986.

Ng, Lillian. *Silver Sister*[M]. Melbourne: Mandarin Australia, 1994.

Ng, Lillian. *Swallowing Clouds* [M]. Ringwood Victoria: Penguin Books, 1997.

Num, Gwen. A Life with a Difference[J]. *Nation*, 1960 (11).

Ramsay, Christine. Mostly Celebration—A Student Who Stayed [A]. In: Morag Loh and Christine Ramsay (eds.). *Survival and Celebration: An Insight into the Lives of Chinese Immigration Women, European Women Married to Chinese and Their Female Children in Australia from 1856 to 1986*. Melbourne, 1986: 29-33.

Rogers, Katharine M. *The Troublesome Helpmate: A History of Misogyny in*

Literature[M]. Seattle: University of Washington Press, 1966.

Yahp, Beth. *Family Pictures, The Photo* [M]. 1955. Edited by Beth Yahp, 1994.

中文参考文献:

奥门森，温卡．澳大利亚华人(华裔)文学述评[J]．卢秋平，译．长江学术，2018(2)．

毕熙燕．绿卡梦[M]．北京：华夏出版社，1996.

毕熙燕．天生作妾[M]．上海：上海文艺出版社，2003.

毕熙燕，刘海鸥．桥上的世界——走进澳大利亚[M]．上海：东方出版社，2000.

蔡子轩．墨尔本，世纪的错觉[M]．北京：中国文联出版社，2003.

蔡子轩．不变的你．选自：人欲望——澳洲华文作家小说精选(侯外编)[M]．天津：百花文艺出版社，2004.

丁小琦．另外的女人[M]．北京：文化艺术出版社，1989.

丁小琦．女儿楼[M]．北京：作家出版社，1986.

冯团彬．澳华文萃(上卷)[M]．北京：中国文联出版社，2003.

冯团彬．澳华文萃(下卷)[M]．北京：中国文联出版社，2003.

郭建，洪增流．追索与构建——澳洲华裔文学两代作品主题探索[J]．黄山学院学报，2012 (4)．

何与怀．“澳华文学是一块不断崛起的新大陆”. 2015. https://www.aucnln.com/article_ 11335. htm.

何与怀．“写在‘澳华新文苑丛书’发布会之前”. 2017. http://www.au123.com/literature/cities/20170913/420010. html.

何与怀．“性爱情欲：色彩斑驳的澳华留学生文学”(上). 2018a. http://www.au123.com/view/square/20181128/467137. html.

何与怀．“性爱情欲：色彩斑驳的澳华留学生文学”(下). 2018b. http://www.au123.com/view/square/20181212/468749. html.

何与怀．“追寻‘新大陆’崛起轨迹——为深入研究澳华文学提供一些线索”. 2010. 澳洲华文文学网 . https：//www. aucnln. com/article_1015. htm.

何玉琴 . 爱的补丁[M]. 北京：作家出版社，2007.

黄惟群 . 崛起的澳洲华文文学[J]. 华文文学，2009(3).

李景艳 . 澳洲华人文学综述[J]. 黑龙江社会科学，2006(1).

林达 . 天黑之前回家 . 选自：人欲望——澳洲华文作家小说精选[M]. 天津：百花文艺出版社，2004：285-313.

凌之(刘海鸥). 希望来世 . 选自：人欲望——澳洲华文作家小说精选(侠外编)[M]. 天津：百花文艺出版社，2004：254-272.

刘芝 . 1872 年以来澳大利亚华人女性移民研究[D]. 江苏师范大学硕士学位论文，2013.

罗慧兰 . 中国妇女史[M]. 北京：当代中国出版社，2016.

莫梦 . 风高月黑的夜晚 . 选自：人欲望——澳洲华文作家小说精选(侠外编)[M]. 天津：百花文艺出版社，2004：110-119.

莫梦 . 六合彩风波 . 选自：庄伟杰编 . 澳洲华文文学丛书 小说 与袋鼠搏击[M]. 福州：海峡文艺出版社，2002：284-296.

彭钧 . 澳大利亚华人文学研究[D]. 兰州大学硕士学位论文，2007.

千波，等 . 她们没有爱情——悉尼华文女作家小说集[M]. 悉尼：墨盈创作室，1998.

苏珊娜 . 闯荡澳洲的岁月[M]. 北京：中国文联出版社，2003.

王晖 . 新移民文学 20 年的发展演变[J]. 华文文学，2007(1)：46-48，72.

王世彦 . 优美的，活着，死去 . 选自：人欲望——澳洲华文作家小说精选(侠外编)[M]. 天津：百花文艺出版社，2004：102-109.

侠外 . 人欲望——澳洲华文作家小说精选[M]. 天津：百花文艺出版社，2004.

心水(黄玉液). 澳大利亚华文文学概况[J]. 华文文学，1996(2)：25-27.

詹秀敏．澳大利亚华文报刊与澳华文学关系述略[J]．华文文学，2004(1)：24，74-76.

张劲帆．苏玲小说印象．2011．https：//www.aucnln.com/article_14472.htm.

真真(俞新)．一个女人一本书[M]．北京：中国文联出版社，2003.

周小进．澳大利亚华裔作家方佳的自传写作及其特色[J]．外国文学动态研究，2017(3)：87-95.

庄伟杰．边缘族群与"第三文化"空间——以多元文化背景中的澳洲华文文学为参照[J]．华文文学，2003(5)：24-33.

庄伟杰．乡愁·性爱·死亡——澳华新移民作家文本世界里三大母题探析[J]．世界文学评论，2011(1)：35-39.

第二章　澳大利亚华人女性生命书写的真实性与主观性

本章首先梳理生命书写的定义、生命书写的分类、国内外有关生命书写的研究现状和生命书写中最常见的一种体裁——自传，以及生命书写的一些术语等。接着探讨澳大利亚华人女性书写中的生命书写，并围绕生命书写的真实性与主观性的问题重点对两部作品展开讨论，第一部是珍·基廷斯的《华人淘金者的故事》，第二部是诺玛·金·凯的《我母亲的家族史》。

第一节　生命书写的定义

有关生命书写的定义，不同的参考资料有不同的解释。L. L. Langness 是这样定义的：

> An extensive record of a person's life told to and recorded by another, who then edits and writes the life as though it were autobiography. (1965, pp. 4-5)(由一个人听取和记录另外一个人的生平故事，然后编写成自传的形式。)[1]

牛津资料中心是这样阐释的：

> It embraces the lives of objects and institutions as well as the lives of individuals, families and groups. Life-writing includes

autobiography, memoirs, letters, diaries, journals (written and documentary), anthropological data, oral testimony, and eye-witness accounts.（生命书写是指对一个客体、一个机构，以及个体、家庭、群体的生活叙述，包括自传、回忆录、书信、日记、日志(文书形式)、人类学数据、口头证供、目击证人的描述等。）

Life-writing involves, and goes beyond, biography. It encompasses everything from the complete life to the day-in-the-life, from the fictional to the factional.（生命书写包括但不限于人物传记。它既可以是某人整个生平的故事，也可以是其日常生活片段，既可以是虚构的，也可以是纪实的。

It is not only a literary or historical specialism, but is relevant across the arts and sciences, and can involve philosophers, psychologists, sociologists, ethnographers and anthropologists (Oxlifewriting, 2017).（生命书写不仅可以是文学或历史专论，还可以跨越到艺术和自然科学，甚至会涉及哲学家、心理学家、社会学家、人种学家和人类学家的研究。）

维基百科关于生命书写的定义如下：

Life writing is the recording of memories, and experiences, whether one's own or another's. This applies to many genres and practices, under which can be found autobiography, biography, memoir, diaries, letters, testimonies, personal essays and, more recently, digital forms such as blogs and email.（生命书写记述作者本人或者别人的回忆和经历。很多体裁都可以纳入这个范畴，比如自传、传记、回忆录、日记、书信、证词、个人札记，以及近来出现的电子版本，如博客和电子邮件等。）

Life writing can also be linked with genealogical study: when recording one's life it is common to become curious about the lives of others that have affected one over time and, if they have not recorded their own life, to start doing it for them.（生命书写可以和宗谱研究关联起来：记录一个人生平故事的时候，会对与这个人一生中有关的其他人产生兴趣，如果还没有这些人的生平故事记录的话，就会想到为这些人书写他们的故事。）

The continued popularity of the biographic form can be seen with the recent publication of the *Oxford Dictionary of National Biography*, an updated version of a 19th-century publication, containing 50,113 biographic articles about 54,922 people who have significantly affected and shaped Britain.（https://en.wikipedia.org/wiki/life-writing）（传记这种体裁一直很受欢迎，这一点可以从《牛津国家传记辞典》的出版看出。这部辞典是19世纪版本的修订版，收录了有关54922个人物的传记的论文，这些传记书写的都是那些对英国这个国家的建立以及发展产生过重大影响力的人物。）

从这些定义可以看出，生命书写涵盖的范围很广，只要是记述个人、家族、群体，乃至一个客体的生命历程有关的书写几乎都可以算是生命书写。

对于一个人什么情况下采用什么样的形式来书写自己的生命故事，是用自传体好，还是用回忆录或个人札记好，Angeliki Coconi 是这样建议的：

Autobiography（自传体）

If you are famous and you know that people would be interested in your life story, then you can write a full autobiography and cover your life from when you were born until today. Turn back time, dig deep and track down all the things that made you who you are. Find out the meaning of your life. Let everyone know the real you; give your readers inside information. If you are distinguished and well known for what you have accomplished, then there is an audience for your autobiography and it probably will be published. (如果你是名人，读者会对你的生平故事感兴趣的话，你可以书写一部完整的自传，从你的出生直到你写作的时候为止。回顾、挖掘、追寻那些成就你的事迹，找到你人生的意义，给读者展示你的内心世界，让他们了解真实的你。如果你有与众不同之处，那么你的自传就会有阅读市场，就很有可能会出版了。)

Memoir (回忆录)

A memoir revolves around a specific time, place or relationship. More limited than the autobiography, it focuses on an important part of your life. It can be a coming-of-age memoir, focusing on your childhood years that made you who you are now. It can be a memoir of place, focusing on your hometown or a place you loved and where you spent a significant part of your life. It can be an ecological memoir and give your life from a spiritual point of view, or it might be a philosophical memoir and show the world through your eyes. It can be a historical memoir and focus on your life's facts given in the form of reportage, or it can be a portrait and revolve around a relationship that shaped you as a person, inspired you or changed you. (回忆录是围绕着一个特定的时间、地点或关系展开的。它比自传的范围要小很多，是聚焦你生命中比较重要的某一段经历。可以是你的成长回忆录，聚焦成就你的今天的童年时光。可以是某个地方的回忆录，聚焦你的家乡，或你所热爱并度过你生命中重要时光的某个地方。它可以是一部从精神视角展开的生态回忆录，也可以是一部有关你是如何

认识这个世界的哲思回忆录。它可以是一部以报告文学形式记录你生平发生的重大真实事件的历史回忆录，也可以是一部个人画像，围绕某种塑造你的人格的关系进行，这种关系鼓舞并改变了你。）

Personal Essay（个人札记）

One of the oldest forms of autobiographical writing, the personal essay originates from Plutarch. The most intimate and artistic of the three types, the personal essay does not focus as much on the story as it does on style and tone. Characterized by its honesty, it revolves around a specific part of your life, which it explores in depth. When writing a personal essay, you are called to present an aspect of your life or a journey combined with your thoughts and emotions, personal discoveries and realizations. (2017)（个人札记是一种古老的自传体书写形式，这种体裁可以追溯到希腊传记作家普鲁塔克。在上述的这三种体裁里面，个人札记是最私密和最有美感的，它花在故事上的笔墨没有花在风格和语调上的多。它的特点是书写者非常诚实、坦率，是对你人生某个特定阶段的深度描写。你可以向读者展示你生活中的某一面，也可以描写你的某一次旅行，表达出你的思想，抒发出你的感情，并且告诉读者你的个人发现和认识。）

Susan Green 指出生命书写是一个开放式的概念，跨越和模糊了传统意义上的自传、传记、小说的体裁，是用不同的方式刻画自我的一种手段。生命书写有助于作者和读者更好地了解自己以及他们与世界的关系，它在事实的基础上进行虚构，是对人生的一种塑造和建构，给人产生一种真实的感觉。在展示生活和自我的时候，生命书写的过程也是一个内心斗争的过程。生命书写同时赋予了作者一种权力，就是作者可以自己驾驭这种独特的体裁，对传统体裁的框架结构进行分解和拓展。人生具有可叙述性，让人有一种冲动想要把自己的人生讲述出来，以便作者和读者能够更好地理解他们自己及其与世界的关系：

> The narrative of a life enables a writer or reader to better understand themselves and their relationship to their world. Life writing is the shaping and constructing of a life, which necessarily draws on both fact and fiction, generating effects of reality and truth. Life writing is a site of struggle in the representation of a life and self, and is empowering because it enacts the authority to broaden and disrupt the traditional generic framing of texts. The knowledge that life is narratable, carrying with it a compulsion to be told, allows for an understanding of our values, ourselves, and our world. (2018, p. 50)

生命书写通过叙述性的语言对我们的人生进行控制、排序和加工而赋予我们自己某种身份。("Life writing is the conferring of an identity on ourselves; it is a controlling, ordering and possessing of one's life through the language of narrative.")正如 Seyla Behabib 所说的那样，我们通过叙述来刻画我们自己。("We are who we are, or the 'I' that we are, by means of a narrative.")(请参阅 Green, 2018, p. 50)。罗兰·巴特认为身份具有可塑性，通过语言进行塑造，在文本中展现出来("Barthes maintains that language produces the identity and that therefore identity is artificial and only evident through text.")(p. 51)。

生命书写很有阅读市场，其中一个重要的原因在于它的真实性。Susan Green 在另一篇论文里面论及了生命书写的真实性在这种文体中所占的重要地位：

> People love to read life writing. Its appeal and respectability have changed over time but in recent decades there has been a

"popular explosion" of the genre. We are now in the "golden age" of life writing. It is, however, a hybrid genre, increasingly porous and shifting in form. Perhaps this inexactness, this resistance to precise definition and containment, is part of its appeal: its form encodes the complexity of its content. Life writing, like the novel, explores life and lives but, unlike the novel, life writing engages with elements of verifiable truth. It explores the construction of a self or selves over time, personal and collective memory, identity, and issues of representation and, very often, it considers the inherent difficulty of writing a life. (2012, pp. 26-27)(人们喜欢阅读生命书写。它的吸引力和在读者心中的地位随着时代变化而不同，但近几十年来这种文体的人气有了"爆炸性的"提升。我们如今处于生命书写的"黄金时代"。不过，生命书写属于一种混合型文体，渗透性越来越强，形式也在发生变化。也许正是这种不确定性、这种对精确定义和包容性的反抗，使得生命书写极富魅力：这种文体形式预示了其内容的复杂性。生命书写和小说作品一样是对生命和生活的探讨，不过它和小说的不同之处在于生命书写的真实性是经得起检验的。它探析的是个人或群体是如何随着时间的推移建构起来的，以及个人和集体记忆、身份、呈现方式，它通常考虑到生命书写内在的困难性。)

英国著名女权主义作家弗吉尼亚·伍尔芙(Virginia Woolf)也认为生命书写这种文体极具价值，因为：

It represents truth in its hardest, most obdurate form; it is truth as truth is to be found in the British Museum; it is truth out of which all vapour of falsehood has been pressed by the weight of research. . . . for there is virtue in truth; it has an almost mystic power. . . It stimulates the mind, which is endowed with a curious

> susceptibility in this direction as no fiction, however artful or highly coloured can stimulate it. (参阅 Green, 2012)(生命书写坚持不懈地极力展现它的真实性，这种真实性如同你在大英博物馆发现的真实性一般。通过研究，所有的虚假成分都被蒸发掉了……真实是一种良好的品质，它具有一种几乎神秘的力量……读者的心里都抱有一颗对真实性非常敏感的好奇心，生命书写恰恰可以激发这种好奇心；而小说无论多么具有艺术性或多样性，在这方面都不及生命书写。)

生命书写作为一种体裁越来越受欢迎。罗伯特·埃尔巴兹(Robert Elbaz)认为这是因为在我们这个社会“自我具有可推销性(the saleability of the self)”，所以作为个人生命历程最显著表现形式的自传最具市场销售力，在文学领域里遥遥领先(1988, p. 152)。劳拉·马科斯(Laura Marcus)认为20世纪80年代以降，特别是在女性主义文化理论的领域产生了一种对自我的强烈兴趣，生命书写也随之成为重新理解女性文化身份的重要因素(1994, p. 293)。生命书写为主体如何书写自己提供了多种形式，它赋予个体自主性、有效性、可行性，尤其是那些性别、种族、阶级中的边缘人物，生命书写是这些个体用来表现自己的一种新策略(Green 2008)。生命书写为女性探索自我提供了一个平台，如同琳达·安德森(Linda Anderson)所说：“获得了书写自己人生的著作权(to assume authorship of their own life)。”(2001, p. 68)

生命书写是女性，尤其是没有政治话语权的女性用来表现自己以及自我意识的有效工具，因此备受女性主义者青睐：

> Life writing is consciousness-raising-giving space to the uninhibited expression of the female point of view and therefore a vehicle for deciphering or decoding the female self. The autobiographical text is a voice for the female; she is no longer a “linguistic absence” but a disruption to the phallogocentric

symbolic order as she adopts a new communicative position, through the power of genre to represent herself. Life writing is seen as ideologically appropriate to feminism: it is a way of telling women's story, of re-making a female story, creating a new tradition and mode of interpretation of writing for women silenced by institutionalised, monologic discourse. Life writing enacts feminism's strong exhortation to women to break the silence, to claim language and validate their unique subjective experience. Helene Cixous declares that "woman must write herself". Life writing can be a "narrative of coming to power". (Green, 2008)（生命书写有助于叙述者提高自我意识，它为女性提供了一个自由的空间来无拘无束地表达自己的观点，是女性自我解码的一种工具。而自传体文本则是女性发出自己声音的一种很好的形式。在这种文本里，女性被赋予了一种新的交流地位，是对男性为中心的秩序的一个冲击，因为女性的声音不再是缺席的，她可以依靠文体的力量来展现自己。生命书写在意识形态层面上非常适合女性主义：女性可以通过这种方式讲述自己的故事、改写自己的故事，为书写制度化、独白式话语体系下沉默的女性开创了一种新的传统和方式。女性主义者鼓励女性打破她们保持沉默的局面，而生命书写正好给她们提供了这个说话的机会，让她们利用语言这个工具来有效地讲述自己作为主体的独特人生经历。海伦·西克苏说"女性必须书写自己"，而生命书写正是女性"开始拥有力量的叙述"。）

那些有能力书写自己人生的人便写成了自己的自传，那些没有书写能力的人只有借助他们的代言人为他们写有关自己的传记。或者很多情况下，这些人的代言人会主动书写那些没有话语权的边缘人物的人生经历，尤其是他们的苦难史。而关于女性受压迫的生命书写常常被称为"鸿"类故事，这个名称来自英国华人作家张戎的生命书写《鸿：三代中国女人的故事》（*Wild Swans: Three Daughters of China*），它以回忆录的形式写成。书中三位女性分别指的是张戎的外婆、张戎的母亲和她自己。她的外婆 15 岁嫁给一个军阀做妾，生下一个女儿(就是张戎的母亲)，24 岁守寡，26 岁带着 4 岁的女儿改嫁给一个 65 岁的鳏夫医生，这位老医生对她们母女很好。张戎的母亲长大后加入中国共产党，参加过长征，丈夫也是共产党员。张戎 1952 年出生在四川宜宾，下乡当过农民、“赤脚医生”，回城后当过钢铁工人、电工。恢复高考之后考入四川大学读英语专业，1978 年获得机会去英国留学，后来获得约克大学(the University of York)的奖学金攻读博士，1982 年获得语言学博士学位。《鸿：三代中国女人的故事》1991 年首次在英国出版，很受西方读者欢迎，后来多次再版。

美国华人作家、医生马严君玲(1937—)也以生命书写的形式出版了自传《叶落归根》(*Falling Leaves Return to Their Roots*：*The True Story of an Unwanted Chinese Daughter*)。在这部作品中，亲生母亲产下主人公之后去世，她被当成“不祥之物”“扫把星”，受到父亲的冷落和哥哥们的欺负。父亲再娶，她更是受到后母的虐待。父亲去世没有分给她财物，后母去世的时候也没有。她在家里是一个多余的人，所以自传的副标题里面提到“an Unwanted Daughter(一个多余的女儿)”，这是又一部关于女儿的不幸故事。和张戎一样，马严君玲在她的作品中也有一种表现自己的欲望：无论她的后母和同父异母的弟弟妹妹如何虐待她，长大后她对这些人都非常宽容、慷慨、真诚。不同的是，张戎急于向读者表现自己独立、坚强、自我奋斗的一面。

黄玉雪(1922—2006)，一位美籍华人作家，她的自传《华女阿五》(*Fifth Chinese Daughter*)讲述了她在美国从小到大作为女性和作为华人所承受的性别和种族的双重歧视。在家里她所受的是来自父母的传统教育，严格遵守男尊女卑和父母特别是父亲的权威至上的儒家礼教。她作为女儿的职责就是绝对听从父母的一切，对长辈毕恭毕敬。唯一没有受束缚的就是她的双脚，父亲让母亲不要给她裹脚，因为在美国不兴这个，而且小脚女人出门不方便，女性要上学，要工作。父母重男轻女的思想和做法给了她很大的伤害。比如他们家生儿子的时候会隆重庆祝，而生女儿的时候不声不响；儿子不用做家务，而女儿放学回家就得忙着做家务；阿五的大哥可以上他喜欢的学校和学自己喜欢的专业，而她上大学家里就不支持，但她还是靠着自己的努力和勤奋念完了大学。可是找工作的时候还要遭受种族歧视。后来她在唐人街开了自己的陶艺店，过上了独立自主的生活。

张邦梅(1965—)也是一位美籍华人作家，她的生命书写《小脚与西服：张幼仪与徐志摩的家变》写的不是自己的故事，而是替她的姑奶奶——中国著名诗人徐志摩的结发妻子张幼仪写成的。故事由晚年的张幼仪口述给张邦梅，后者经过自己的筛选后写下来的。该书写作历时5年。为了这本书，张邦梅访谈张幼仪长达5年。从1983年到1988年，张邦梅都在筹备这本书。出版的时候女主人公张幼仪已经去世，没能读到关于自己的这本故事，这对于张邦梅和张幼仪来说都是憾事。这种口述—记录方式的生命书写给了既是倾听者又是记录者很大的自主性来决定如何编写、选取哪些材料、着重突出什么等。张邦梅为其姑奶奶书写的《小脚与西服：张幼仪与徐志摩的家变》显然是从作者自己以及张幼仪的视角出发的，内容主要围绕着中国现代史上第一对以“西方形式”离婚的名人夫妻张幼仪和徐志摩七年的婚姻生活展开。故事从张幼仪的小时候讲起，穿插张邦梅对张幼仪的印象和作者对人对事的个人看法。故事一直写到婚后张幼仪对徐志摩的关照以及徐志摩再婚后的不幸与潦倒，徐志摩父母和他自己的死亡以及张幼仪的再婚为止。

《小脚与西服：张幼仪与徐志摩的家变》是从女性主义的视角进行叙述的，它反映了旧社会中国封建礼教对女性的压迫和伤害，比如缠足、童养媳、包办婚姻、妻妾制度等。作品突出了徐志摩的无情和张幼仪的贤淑、豁达、包容、善良，颠覆了徐志摩在那些只崇拜他的诗才不了解他感情生活的读者心中的形象。书中的徐志摩是一个无情无义的小人形象，因为他发生婚外情，他爱上的林徽因是他老师梁启超的儿子梁思成的未婚妻，为此他受到梁启超的谴责。徐志摩最无情的一面是抛妻弃子：他把在英国陪读、照顾他而且怀有身孕的张幼仪丢在他们曾经租住的房子里不闻不问，让她在国外无依无靠，几近自杀。张幼仪想到小时候受的教育：身体是父母给的，不能自我了断，只好去德国找她的哥哥，生下孩子并独自照顾他。不幸的是这个小儿子在德国夭折了。张幼仪本人对徐志摩似乎并不怨恨，她很认命，虽然她的婚姻是她的家人为她安排的，但她对徐志摩一心一意，对公婆也非常孝顺，她是一个典型的贤德女子。她和徐志摩离婚后，与公婆的关系还是一直很好，她的公婆也一直是认可她的。张幼仪在国外的时候大儿子都是公婆在国内照顾，他们还时常给张幼仪汇钱，让她在国外的生活不至于更可怜。老人家一直喜欢这个儿媳，以至于他们去世之前都坚持要张幼仪去料理他们的后事。徐志摩和陆小曼的婚姻并不幸福：陆小曼的生活比较奢华，徐志摩经常囊中羞涩。他经常去找张幼仪帮忙。每次去找张幼仪，她都会接济他，因为那时候他们都回到了上海生活。张幼仪的事业很成功。陆小曼有一个情人，她把情人带到家里来，而且还抽鸦片，因此公婆非常不喜欢她。遇到大事，老人们还是要找张幼仪过来商量，他们心里一直都认可这个前任儿媳。总之，这部生命书写字里行间都透露着作者对她的这位张幼仪姑奶奶的深切同情和敬佩，对徐志摩的放荡不羁和不道德行为流露出谴责和鄙夷。

与美国华人生命书写相比，早期澳大利亚华人生命书写产量要少得多，一是因为澳洲华人移民史比美国华人移民史短；二是因为早期华人移民女性极少，即使有，也只是被走私拐卖当妓女或者是帮佣的，或只是女眷，文人女子几乎没有。如第一章中所说的，民国之前的中国女性没有享受教育的特权；三是因为生命书写这种形式通常女性作家用得多。白澳政策废除后，新的移民浪潮掀起，中国的知识女性和亚洲其他国家的华裔女性来到澳洲之后，促进了生命书写的繁荣，第一章的内容已经涵盖了这一点。在第一章中提到的那些澳大利亚华人女性的华语和英语书写中，很多都属于生命书写，有的写的是作者自己，有的写的是作者的亲人、朋友、同事等。如毕熙燕的《四奶》、陶洛诵的《留在世界的尽头》和《任之玉教授和她的画儿》、米歇尔·李的《香蕉女孩》、方佳佳的《璞玉未琢》、钟海莲的《中国佬之女》、黄贞才的《银姐》等。

第二节　国内外有关生命书写的研究现状

关于生命书写的研究，国际研究气氛比国内的要浓，而且更有组织。国际方面：近几十年来，生命书写的研究学者往往把它划分成不同区域进行研究，比如国别、文化、历史、语言等。在生命书写这个领域的研究队伍不断壮大，成立了一些研究中心和团队，比如夏威夷大学马诺亚校区的传记研究中心、澳大利亚澳洲国立大学国家传记研究中心、南澳弗林德斯大学生命叙事研究团队等。有关生命书写研究的各种形式的国家和国际学术会议已经筹划并开始了，会议主题是研讨国家和区域性的生命书写的写作理论和实践。这些会议中最令人瞩目的是国际自传/传记协会（International Auto/Biography Association，IABA）举办的研讨会。该协会成立于1999年，首届会议于2000年在中国的北京大学举行。国际自传/传记协会是一个跨学科的研究组织，目标是创建和加深对自我、身份、经历等的跨文化理解，并开展有关生命书写的全球性对话。国际会议每两年举行一次，已经在加拿大、澳大利亚、德国、英国、美国、塞浦路斯等地方举行过会议（Cardell & Douglas，2017）。

国内对生命书写的研究大多集中在对现当代中国作家作品的研究，比如对贾平凹（关峰，2016）、陈忠实（李瑞，2018）、萧红（林嘉欣，2017）、莫言（李荣博，2016）等作家的作品的研究；也有对国外作家的生命书写进行研究的，比如马铁伦对多甫拉托夫的生命书写的研究（2018）、戴鸿斌对英国女作家斯帕克的生命书写的研究（2016）等。对华人作家的生命书写的研究非常少，目前可以检索到的有张燕对马来西亚华裔作家林玉玲的生命书写的研究（2018）以及戴冠青对欧洲华裔女作家林湄的生命书写的研究（2017），对澳大利亚华人作家生命书写的研究少之又少。究其原因，笔者认为主要有三个：第一是国内学者常常把外国文学研究的重点放在英国文学、美国文学上，澳大利亚文学对于学者而言属于边缘文学；第二是由于版权问题，中国读者能够接触到的外国作家的作品不多，研究的人也相应很少；第三是国内学者对生命书写这个课题的研究没有形成气候，因为它是一个跨学科的研究，涉及社会学、人类学、历史学、哲学、心理学等多个研究领域，要进行深入的研究具有一定的挑战性。鉴于此，本书将重点放在澳大利亚华人女性作家的生命书写这个研究领域。

在国外，近几十年来对生命书写的研究兴趣越来越浓，因为传记和科学发现是相关联的，生命书写成了研究大屠杀、种族灭绝、证据、认罪、性别歧视、种族隔离等不可分割的一部分，尤其是对生命史的研究。社会学领域对个人史和人证的收集与阐释方面的研究越来越多。究其原因如下：

(1)对实证方法论的淘汰(认为社会科学可以通过合乎标准的方法论揭示经验现实/真理)。

(2)对生命历程的兴趣增长。

(3)对生活的体验使得研究者们越来越关注并试图用最好的方式展示出这些体验。

(4)定性研究的人气上升，数据收集所用的静态研究方法令人失望。

对生命史的研究根源于社会学，生命史的研究涉及很多学科，如女性主义研究、心理学、历史学、文学研究和文化研究等，还被广泛运用于对家庭、移民、政治变化、教育等方面的研究(参阅 Ojermark，2007，p. 2)。

附：生命史研究中常用的词汇(Life History Terminology)(参阅 Ojermark，2007，p. 4)

传记研究：利用自传性的文献、访谈或其他资源对个人生活进行的一种研究，并以不同方式将这种研究成果展示出来，比如根据研究者的陈述和反思程度，采取编辑、书面、视频或口头陈述的形式。(“Biographical research：Research undertaken on individual lives employing autobiographical documents，interviews or other sources and presenting accounts in various forms, e. g. in terms of editing, written, visual or oral presentation, and degree of researcher's narration and reflexivity.")

民族志：关于某种文化或者某个群体的书面陈述。("Ethnography: Written account of a culture or group.")

家族史：对某个特定家庭或者家族过去发生的事情进行的系统性的叙述和研究。("Family history: The systematic narrative and research of past events relating to a specific family, or specific families.")

叙述：即故事，其情节和实体与讲述者的生活区别开来。叙述和时间密切关联，时间是社会活动的基本要素。叙述的过程是把这些活动和经历组织起来的过程，而人生经历建立在过去、现在和将来这些时间概念上。("Narrative: A story, having a plot and existence separate from life of the teller. Narrative is linked with time as a fundamental aspect of social action. Narratives provide the organization for our actions and experiences, since we experience life through conceptions of the past, present and future.")

口述历史：对发生过的事情及其前因后果的一种个人回忆录，也包括为了将过去发生的事件重新历史性地构建出来而对某些人进行的相关访谈。("Oral history: Personal recollections of events and their causes and effects. Also refers to the practice of interviewing individuals on their past experiences of events with the intention of constructing an historical account.")

史例：某个事件的过程或者某个社会历程，不包括某个特定的人物。("Case history: History of an event or social process, not of a person in particular.")

个案研究：对某个案例进行的分析和记录。("Case study: Analysis and record of a single case.")

生命史研究：以访谈和对话为基础而讲述的某个人的人生。生命史以研究者收集到的书面或口头录音材料为基础，然后进行编辑、阐释并选择某种方式呈现出来，通常结合其他资料。生命史研究也可以是专题性的，集中研究某个人经历的一部分；也可以是完整的，即试图对某个人所回忆到的整个一生的所有细节的研究。（“Life history：Account of a life based on interviews and conversation. The life history is based on the collection of a written or transcribed oral account requested by a researcher. The life story is subsequently edited，interpreted and presented in one of a number of ways，often in conjunction with other sources. Life histories may be topical，focusing on only one segmented portion of a life，or complete，attempting to tell the full details of a life as it is recollected.”）

生命故事：叙述某个人对另一个人所讲的关于叙述者本人的一生或者人生某个片段的故事，时间跨越通常是整个人生，但也可以是人生经历中某一个特定的时期或方面，如果是通过面谈的形式讲述的，那么对研究者来说，叙述者和记录者就是一个互动的关系。（“Life story：The account of a person's story of his or her life，or a segment of it，as told to another. It is usually quite a full account across the length of life but may refer to a period or aspect of the life experience. When related by interview to the researcher it is the result of an interactive relationship.”）

叙述研究：与传记研究和生命史研究相似。叙述研究是定性研究子集下的一个比较宽松的参照系，以个人叙述为研究基础。“叙述”是一种话语形式，它通过情节将某个人经历的活动和事件构成一个整体。（“Narrative inquiry：Similar to ‘biographical research’，or ‘life history research’，this term is a loose frame of reference for a subset of qualitative research that uses personal narratives as the basis of research. ‘Narrative’ refers to a discourse form in which events and happenings are configured into a personal unity by means of a plot.”）

证明材料：以第一人称的方式叙述一个真实发生的场面，这个人在其中受到了压抑或者被边缘化了。（“Testimonio：The first-person account of a real situation that involves repression and marginalization.”）

第三节　生命书写的真实性与主观性

虽然澳大利亚学者研究生命书写的很多，但是相对来说，对于第一次女权主义运动浪潮时期的自传和传记的研究很少。本书第一章对早期澳大利亚华人作家的生命书写也没有提及，因此本章的重点放在这一时期的生命书写研究，而这一时期令人瞩目的是珍·基廷斯的作品《华人淘金者的故事》(*The Diggers from China*: *The Story of Chinese on the Goldfields*)。该作品不是个人或者机构的生命书写，而是对于某个群体的生命书写——19 世纪中后期澳大利亚的华人淘金者。另一个探讨对象是诺玛·金·凯的《我母亲的家族史》。这两部书都是生命书写中的生命(历)史书写。

本节主要介绍和分析澳大利亚华裔女性珍·基廷斯(Jean Gittins)的作品《华人淘金者的故事》(*The Diggers from China*: *The Story of Chinese on the Goldfields*)。珍·基廷斯是"二战"后移民到澳洲的。杰弗里·布莱尼在她的另一部作品《我不再是陌生人》(*A Stranger No More*)的前言部分是这样介绍珍·基廷斯和她的作品的：

> 珍·基廷斯是从香港移民过来的。那个时候东亚来的移民非常少，其他各地的移民也不多。她的作品受到广泛的关注。1969 年《华南晨报》发表了她的作品《东方的窗口，西方的天空》(*Eastern Windows-Western Skies*)，该作品被节选出来在香港电台的早播节目里播出过。1981 年四方出版社(Quartet Books)发表了她的作品《华人淘金者的故事》，讲述了华人淘金者的生活和劳动以及他们如何看待澳大利亚这个新世界。香港大学出版社出版了她的另一部作品《赤柱：铁丝网背后》，这部作品是她的又一部著作《我不再是陌生人》的铺垫，前面这部作品记录了 1942 年到 1945 年她作为日本战俘被关在赤柱拘留营的经历，表现了她的勇敢、冷静、自控，给人留下了深刻印象。(参见 Gittins，1981，pp. v-vi)

珍·基廷斯的其他作品在第一章第二节已经提到，在此就不重复了。下面主要探讨她的《华人淘金者的故事》的真实性。

《华人淘金者的故事》

《华人淘金者的故事》真实、生动地展现了20世纪50年代早期华人淘金者在澳大利亚金矿艰苦劳作的故事。布莱尼称之为“一部具有开拓意义的著作”(参见Gittins，1981，p. v)。

它的真实性表现在中国航海史的背景、国内外历史背景、华人淘金者背井离乡远渡重洋的艰辛、淘金过程、欧洲淘金者的冲突，以及英国殖民者对他们的歧视、淘金热过后他们的生存状况等方面，绝大部分的叙述都基于事实，作者为这些在欧洲殖民者的统治下和欧洲淘金者的种族歧视和排斥下没有话语权的、卑微的华人淘金者发出了他们的声音。

早在19世纪50年代，华人移民到澳大利亚的人数就比较可观。在新南威尔士州(New South Wales)内地绵阳牧场工作的华人有数千人，有些人在如今的堪培拉(Canberra)郊区的可视范围内牧羊。金矿被发现以后，更多的华人来到澳洲。在维多利亚的矿场华人的人数超过了欧洲人。维多利亚州的金子被邮寄到珠江流域附近的各个乡村。到1861年为止澳大利亚的华人在38000人以上。他们几乎都是男性。可以说9个澳大利亚男性里面就有1个是中国男人。后来从不列颠过来的移民浪潮盖过了中国华南过来的移民。此时华人移民不再集中在澳洲东南部的角落里，19世纪80年代他们分散在沿着塔斯马尼亚(Tasmania)东北至昆士兰州(Queensland)北部的帕尔默(Palmer)金矿乃至达尔文(Darwin)附近的铁路营地这一带。采矿依然是他们的主业，但也有成千上万的华人洗衣店工人、酒店厨师、鱼贩子、家具制造商、牧场工人等。他们当中还有菜农。这些菜农在城市周围的平地上种菜，装在篮子里或者放在推车上挨家挨户叫卖。他们的菜园改善了澳大利亚人的健康生活。华人种植的新鲜蔬菜对于预防一种叫沙漠疮(又叫巴库疮)(Barcoo Rot)的坏血病非常有效。

19 世纪以来华人遭到越来越激烈的批评，也成了法律制裁的对象，但是 19 世纪最后二十多年对他们的评价开始转向正面。1980 年在中国旅游的外国游客中除了美国人和日本人之外，就是澳大利亚人居多。这些游客回到澳大利亚后对中国的赞扬比批评要多(参见 Gittins，1981，p. vi)。

中国航海知识背景

《华人淘金者的故事》开头介绍了中国的航海历史方面的背景知识。13 世纪晚期蒙古族入侵并占领中原建立元朝(1271—1368)的时候，马可·波罗(Marco Polo，1254—1324)来到中国(1275 年)。在此之前中国早就是世界上最大的商业和海洋大国了。早在 1142 年宋高宗(1107—1187)赵构在位的时候(1127—1162)就发现商业航海带来的利润远比向老百姓征收的税收要多得多，宋高宗被公认为中国航海业的奠基人。中国历史上商人地位低下的现象从此开始改观。中国商船穿过马六甲海峡(the Strait of Malacca)到达印度洋(the Indian Ocean)，有的还经过波斯湾到达了红海(the Red Sea)。明朝(1368—1644)第三任皇帝明成祖朱棣(1360—1424)，即永乐皇帝在位期间(1402—1424)，于 1405 年委派海军将领郑和(后称三宝太监)率领船队开始他七次航海中的首次航行。永乐皇帝在位期间派遣郑和前后六次下西洋。他死后，他的长子明仁宗朱高炽(1378—1425)继位，年号洪熙(1424—1425)，明仁宗反对航海，反对郑和下西洋。明仁宗不仅革去了郑和的职位和其他一些宦官的高职，而且还把郑和的航海日志和航海记录都销毁了。他死后，其长子明宣宗朱瞻基(1398—1435)继位，年号宣德(1426—1435)。1431 年 1 月(宣德五年，即 1430 年闰 12 月)，宣宗以外藩多不来朝贡为由，才命令郑和再次出航，这是郑和第七次也是最后一次下西洋，他在返航中因劳累过度于宣德八年(1433)年在印度西海岸古里去世。这次下西洋的人数据记载有 27550 人。这次航海历时两年，最远到达非洲东海岸。此后，中国航海业几乎处于停滞状态(pp. 6-7)。

中国的影响力名扬四海，可惜永乐大帝的继承人执行的方针和政策导致了明朝的衰败。1592—1598 年的万历朝鲜战争掏空了国库。1644 年清军入关。新的满清政府反对海上冒险和对外贸易。不过边境关系已经建立，舢板船也具备适航性，因此对外往来并未切断。尽管朝廷反对外迁，但华南各省居民依然不断地往菲律宾(Philippines)、马来亚(Malaya)、苏门答腊(Sumatra)、爪哇(Java)、婆罗洲(Borneo)以及当今印度尼西亚(Indonesia)的很多岛屿迁移。从南海往外迁移的居民主要是福建和广东的商人。吸引他们迁移的主要原因一是因为喜欢冒险，二是想从经济上改善自己的生活。有些人出去后再也没有回去，而有些生意人则带着财富和成就回到家乡，建设更好的家园和祠堂，赢得村民们的羡慕和尊敬。他们的成功归因于他们的勤奋、正直、进取的内在品质。更可贵的是他们保持一颗忠诚之心，在海外也保持自己的习俗，回乡之后鼓励年轻人大胆尝试，和他们一样创造财富，然后荣归故里(p. 8)。在这部作品中，作者反复强调华人移民的可贵品质：勤劳和脚踏实地。

珍·基廷斯在此只是描述了郑和领导下的航海经历，然而澳大利亚人类学家艾伦·索恩博士的观点却大相径庭。他认为中国远在旧石器时代晚期就已经到过澳大利亚了。根据他的研究，在旧石器时代晚期，在中国南方沿海活跃着一个被人称为“柳江人”的部族。这个勇敢的部族是大海的征服者。早在几万年前他们就驾驶着当时简陋的航海工具——竹筏，伏波万里，踏上大洋彼岸的澳洲南部，并且在那里定居繁衍……为了证实自己的观点，艾伦·索恩博士曾在 1982 年中澳建交 10 周年的时候亲自赴广东汕头海门镇附近沿海考察当地渔民驾乘竹筏的本领(参阅张秋生，1998，p. 3)。香港学者卫聚贤先生在其所著《中国人发现澳洲》一书中写到，根据中国古籍上的有关记载判断，中国人至少在公元前 6 世纪末就已到过澳洲。他从《春秋》中鲁国史官所列若干次仅在澳洲可见的日蚀记录推论，当时鲁国人已有到过澳洲的，即公元前 592 年到达澳洲北部，公元前 553 年到过澳洲南部，而鲁国人第一次到达澳洲是在齐桓公到越南后 50 年。他还提出澳洲特有的动物——袋鼠在《淮南子》和《山海经》中已有记载。他还认为澳洲土著人所用“飞去来器”

(boomerang)即中国古籍中所说的“枉矢”和“飞刀”，中国篆书的“争”字即状如一人手持弯木之形，又举《山海经》中所言“凿齿持盾，一曰戈”，作为中国人有“飞去来器”的佐证(pp. 3-4)。另有中国学者连云山提出中国高僧法显比哥伦布早 1080 年到达美洲，而他到达美洲的路线是穿过澳洲的巴斯海峡。由此证明中国人先于欧洲人到达澳洲的可能性非常大(p. 4)。

国内外历史背景

华人淘金者热潮的国际环境：英国 1833 年颁布《解放条例》(*Act of Emancipation*)废除奴隶制以后，西印度公司殖民地各种植园对中国劳工的需求大量增加，之前他们都是依赖非洲奴隶。现在离开中原去远航的不是商人了，而是“苦力”(coolie)——苦力的字面意思就是辛苦的劳动力，很真实地说明了这些华人劳工的工作情况。种植园主需要的正是这些劳工的辛苦劳作。他们被派送到各个地方，包括澳大利亚，这里的殖民者迫切需要雇用这些苦力为他们的牧场出力。19 世纪 40 年代中期，随着对劳动力需求的增加(也和英国政府废除往澳大利亚输送罪犯相关，因为以前被放逐的罪犯是很好的劳动力)，中国的劳动力出口开始系统化、商业化了。1851 年爱德华·哈蒙德·哈格雷夫斯(Edward Hammond Hargraves)在新南威尔士州(New South Wales)的巴瑟斯特(Bathurst)发现金矿从而开始淘金热的时候，澳大利亚已经有大约 2000 个华人了(p. 8)。

国内环境：清朝末年，民不聊生。中国南方各省，特别是广东和福建的穷苦人民立即响应这时的国际劳工需求。中国人口的急剧膨胀，政局动荡，使得农村百姓的生活越来越穷苦。1840—1842 年的鸦片战争使中国遭到失败和耻辱；八年之后接着爆发太平天国起义——它是由一群刚刚皈依基督教的教徒组织的一场宗教运动，领导者洪秀全是南方客家人。客家人对南方人而言是陌生的，所以称为“客家”。他们的本土是山东省。秦朝(公元前 221—前 206)的时候他们遭到迫害，四处漂泊，寻求一个安身之地。最后他们来到南方，在广东和广西两省的山区定居下来，可是他们没有被当地人同化。洪秀全相信是上帝授予的旨意，让他启发人们不要朝拜别的偶像，转而皈依基督教。他的起义军主要由贫穷的客家人组成。起义军席卷湖南省，攻陷南京，建立了政权并统治南京达十年之久。然而，由于起义军缺乏领导能力和组织能力，最终于 1864 年被清政府在英国的帮助下平息了。这次起义死伤数百万人，给中国大地造成了巨大的破坏。加上旱灾、涝灾等自然灾害，农民的生活越发困苦，而清朝政府腐败，官员中饱私囊，不顾人民疾苦。内外交困的农民找不到出路。好在他们住在广州附近，广州和外国还有些贸易往来，而且鸦片战争失败后，香港被割让给英国，通过贸易联系，南方人民的眼界朝着新的世界打开了——外国人以及他们的富裕让他们大开眼界。于是，为了改变这种恶劣的生存环境，他们加入了远航到国外的劳工队伍。由于他们没钱买船票，就和中介商签署卖身契，从他们将来的收入中扣除所有的路费和相关资费。厦门和广州是劳工集中输出的地方，19 世纪 40 至 50 年代，数万名年轻人通过这种方式来到国外。有那些不择手段的中介商给他们提供旅费，这些苦力哪怕能够赚口饭吃都足以心动，于是这些贫困交加的契约华工们就很容易成为别人的猎物，心甘情愿地踏上受剥削的旅途。一般来说，这些劳工输出不包括女性，但还是有一些年轻的女孩被走私贩卖到国外华人社区的妓院，村民们称之为“卖猪”(p. 15)。

作者在作品的这部分批判了鸦片战争的不公正。本来是一场贸易战，但是英国使用罪恶的手段，把鸦片输送给中国人民，这是英国历史上永远让他们感到羞愧的事。因为他们明明知道鸦片的危害性，鸦片让人成瘾、丧失斗志，却处心积虑地这么做，没有考虑道德后果(p. 9)。中国海军装备的简陋完全不能与英国强大的海军战舰相比，因而导致中国的惨败，作者在这一点上也对中国深表同情。她还指出 1842 年签署的中英《南京条约》太过苛刻了(p. 12)。作者还批评了那些伙同外国公司或者商人剥削自己同胞的中国中介商，说他们“无耻(unscrupulous)”(p. 15)。

1848 年春，到达香港的船只带来了在加利福尼亚(California)发现金矿的消息，这个消息很快传到珠江三角洲周围的村子，让一些年轻人为之心动。1849 年，成千上万的人加入加利福尼亚金矿的淘金热潮之中。不出五年的时间，澳大利亚又成了心怀发财梦者的理想中的黄金国。到底是去旧金山(加利福尼亚)还是去新金山(澳大利亚)取决于个人。自愿者的路费由经纪人与船运中介商提供或者直接与船家商谈。这些劳工就用自己的劳动作抵押换取所有这些费用，直到还清债务为止。得到亲人和乡村长者的支持，这些人便背井离乡踏上了遥远的旅途。为了还债，也为了赚钱寄给国内的家人，他们辛苦劳作。

劳工输出的来源——珠江三角洲主要由十二个区组成，他们有各个区的联盟。最重要的区是三邑。三邑的人受过较好的教育，说一口纯正的方言，比四邑的人更文雅。四邑的人比三邑多，也更加参差不齐。因此三邑的人常常觉得自己更通晓人情世故，瞧不起四邑的人和他们的方言，认为四邑的方言粗俗难懂，就连珠江三角洲中心的香山地区那些彪悍的农民也瞧不起他们的邻居四邑人。

广东省的大部分居民，无论是三邑、四邑，还是香山地区的，他们都被称为本地人(Punti)，与客家人(Hakka)相对。“土”“客”意为先住民和后住民，是按当地不同族群到来的先后进行区分的(参阅百度百科：https：//baike. baidu. com/item/土客冲突/3846186)。客家人是一个独特的人种。他们身材高大强壮，肤色也比本地人黑，尽管他们住的地方临近，但他们都是各自为营。

客家方言和官方话相近。客家人思想独立，和本地人的性格相反。他们具有组织能力。他们刚迁移过来的时候以雇佣劳动力的身份维持生活，但是他们依靠自己的勤劳和节俭很快就从雇主那里解放出来，建设了自己的村庄。在此，作者讲到了土客女性的区别，令人感兴趣：本地女性性格安静、温和，绝大部分女性从小就开始裹脚，因此这些女性的活动范围局限在家里。而客家女性则让脚自由生长，因此她们可以干男人们干的活。她们可以到处随意走动，赤脚或穿着轻便的凉鞋，她们还喜欢戴宽边草帽——一种布料做的帽冠和带褶皱边沿的大草帽，可以防止她们被太阳晒黑。她们的家在山里，每天上山下山，一路欢歌笑语

(p. 20)。

除了土客以外，还有一个小一点的部族，称为蜑家(也称蛋家、疍家、艇家、水上人等)，是广东、广西和福建一带一种以船为家的渔民。他们属于汉族，但不属于汉族中的广府民系，而是一支独有的、濒临消失的民系。蜑家的母语为汉族粤方言蜑家话，语音与粤语很近似，但有一些专有的词汇。蜑家的起源已无可考，有人认为是先于广府、客家、四邑等珠三角汉族民系到达珠三角的早期南方汉族人，也有人认为是古越族或古黎族等南方水上民族被陆上北方移民排斥，多年来形成的一种独特民系。蜑家原本主要生活在珠三角、粤西沿海，在其他闽、粤、桂沿海亦有分布。蜑家往往以海为家，居无定所。从 20 世纪 90 年代起，随着渔业的进步，蜑家人已逐渐被广东政府安排到珠三角沿海地区上岸定居，告别往日“居无定所”的生活。蜑家上岸的主要地点有惠州惠东、深圳西乡、东莞(参阅百度百科：https：//baike. baidu. com/item/客家/10249)。在《华人淘金者的故事》里，珍·基廷斯写到，这些蜑家人遭到土人和客家人的歧视，土客人都不和蜑家人来往，蜑家人就像是被遗弃者。他们完全靠打鱼为生，有时候靠摆渡赚点钱。有时候也偶尔会参与海盗活动，这是非常有利可图的行当，有的靠此发家购买大型船只远航出海。有些蜑家的船只甚至航行到远在南半球的澳大利亚。土、客、蜑家的人互不联姻，所以土、客人不会迎娶蜑家女子。除此之外，还有更小的民系比如汕头的潮州民系，他们生活在广州东北部，还有从福建至广东东北沿线一带的闽南人等(p. 21)。

作者在此没有提到土客战争，这是发生在太平天国运动时期的土客历史上比较重大的事件。国内学者刘平的《被遗忘的战争：咸丰同治年间广东土客大械斗研究》一书就是有关这个课题的。他用大量的文献对清朝咸丰同治年间广东土客爆发的这场旷日持久的民间大械斗作了比较详细的记述和评论。作者从经济、历史、文化等各个角度分析了土客之战爆发的原因。土客之间的矛盾可以追溯到明末清初，清兵大肆屠杀珠三角地区的太平天国起义军和一切姓洪的及其他参加起义的男女老少，因为太平天国运动是以客家人为主体的，因此很多客家人或改名换姓，或逃亡外地。结果，珠三角人口剧减。康熙初年的海禁令沿海五十里的居民全部迁回内地。同时，粤东已开发得差不多了，人口稠密，土地贫瘠，加上水土流失严重，生存环境恶化，故客家人已经在蠢蠢欲动，向各地作试探性的移民了(粤西，广西，台湾)。康熙后期，清政府解除海禁，但是因为缺少开发者，加上粤东人多地少，所以鼓励粤东惠潮梅之人移民到现在的宝安、江门、中山、珠海等地。当然，广府人也是这次移民的主力。不断增长的移民加上本地人口的增长以及资源的有限，造成客家人的生存环境再度恶化，开始向土人(广府人)租种田地。“客家占地主”“地主排客”恶性冲突也时有发生。至 19 世纪中后期，土客的经济矛盾已相对尖锐(参阅 http：//www.360doc.com/content/12/0606/16/9164342_ 216423662.shtml)。加上广东土人对客家人的风俗、习惯、语言文化等的深度歧视，导致矛盾越来越激化，最后爆发了土客之间的大械斗，双方死伤惨重(参阅刘平，2003)。

张秋生的《澳大利亚华侨华人史》也指出中国东南沿海劳动人民结伴随贸易商船出海谋生始于明代，这一点和珍·基廷斯所描述的相同。张秋生指出中国人作为契约华工被贩运牟利漂洋出国是在 18 世纪以降，到 19 世纪中叶达到高潮，20 世纪 30 年代结束(1998，p. 43)。近代中国移民是世界移民的重要组成部分，在前后长达两百多年的历史时期里，华工出国约达10000000人，全世界各地几乎都留下了他们的踪迹，赴澳的华工就是其中的庞大出国队伍中重要的一支(p. 43)。华工输入澳洲兴起于 19 世纪 40 年代至 50 年代。当时英国、德国、荷兰等西方资本主义国家不断向东扩张，争夺海外殖民地和劳动力市场。广东、福建等中国东南沿海省份中以农民为主体的过剩人口被强迫或自发地引入世界人口迁移大潮。除了清朝腐败、社会动荡、农民起义爆发，使得农民的生活贫困而促使他们外移之外，张秋生认为华工早期赴澳的内部原因还因为明末清初以来中国东南沿海土地得到了充分开发，但同时国内人口增长迅速，庞大的过剩人口无处容纳，形成了土地和通货膨胀的双重压力；与此同时，外国资本主义的入侵使中国原有的小农经济制度也随之瓦解，千百万人无事可做，不得不移往国外。除此之外，还有一个非常重要的因素是清政府解除海禁，苦力贸易合法化（pp. 44-46）。清初法律明令禁止国人移居海外。康熙、雍正以后海禁有所放松，但也只是“给照出洋”，即清朝发给出洋贸易商人的凭照，对私自出洋者仍然课以重罚。鸦片战争以后，随着五大通商口岸的开通、领事裁判权的确立和西方殖民者卷入掠夺性的苦力贸易，清政府对日益猖獗的苦力贸易已无力限制，特别是第二次鸦片战争后，1860 年签订的中英《北京条约》规定了列强在华招工的合法化。随后，与英国、法国、美国、西班牙等国签订的一系列条约使得苦力贸易制度完全确立，海禁条例已在法律上废止，移出的合法化为华工大量出洋提供了有利条件，出洋人数逐渐上升（p. 46）。关于从中国输入苦力开发澳大利亚的主张早在 1783 年就由澳洲人詹姆士·马特拉提出来了，而华工最早何时到达澳洲，《亚洲殖民》（*Colonisation of Asia*）一书中有记载：1823—1825 年，华侨便开始来到澳洲。1834 年 4 月 19 日的《悉尼先驱晨报》写到，有必要着手把中国华南地区的居民有组织地输送到新南威尔士。可以雇用华人当农民工、园丁、机器匠、铁匠、细木工、建筑工等。招募中国苦力的整套办法颇像贩卖奴隶：雇主必须按每人 5 英镑向输送苦力的公司付钱，而苦力的劳动报酬除伙食之外每月不超过 1 英镑（参阅张秋生，p. 49）。外国商人选中了海港优良，与日本、东南亚贸易繁荣而管理相对于福州、广州薄弱的厦门作为从事非法苦力贸易的中心，并在那里相继建立了 6 家外国苦力代理机构，其中只有 1 家为荷兰人开设，其他 5 家均为英国人开设，其中德记洋行最有权势。由于苦力贸易价格低廉，对养羊业繁荣而苦力紧缺的澳洲殖民地吸引力极大，英国政府无法有效制止，于是对各自为政的澳洲各殖民地非法招收和输入华工采取了默许、放任和纵容的态度（pp. 51-52）。珍·基廷斯在《华人淘金者的故事》里没有提到这些背景，因为它是一部生命书写，不是历史书写，虽然以历史事实为基础，但这部作品的文体给予了书写者较大的主动性和能动性，作者可以根据自己的爱好和书写的重点来决定材料的取舍。

远渡重洋

为了家族的福利，各部族的人都想利用海外谋生的机会让家人过得好。筛选出海的自愿者通常由村里的长者决定，特别是由那些在海港和洋人打过交道或有过海外经历的那些人来决定。一旦被选上了，这些部族人就要照顾老人、孩子，以及祭祀祖先，以便帮他们尽孝道。族里有钱人还会出资办学，让这些飘洋过海的人的孩子受到良好的教育，长大了参加科举考试，以便他们有机会入仕途而光宗耀祖。被选入外派劳工队伍的年轻人通常都头脑灵活、身强力壮，因为这些是他们能够被外国人看上的特点。除此之外，相比于单身者，雇主对已婚者往往更为青睐。所以一旦有的单身年轻人入选，他们会在出发之前选个吉日良辰娶个新娘进家门。有的是临时在附近挑一个合适的女孩子，有的则是订的娃娃亲，可以随时迎娶。对新郎家来说结婚是喜事，家里多添一个劳动力，而对于新娘家来说就是损失了。这些婚姻通常都是包办的，结婚之前男女连面都未曾见过，所以是幸福还是不幸，对女孩来说只能听天由命了。婚礼过后没多久，新郎新娘就要忍受分离的痛苦。新郎去了国外，新娘则留在家里侍奉公婆，操持家务，有的还要到田野里劳作。如果怀孕生下孩子，还得抚养孩子。结婚对于女孩来说就是为婆家终身劳役(p. 25)。美籍华人女性作家严歌苓的小说《扶桑》(*The Lost Daughter of Happiness*)里面的女主角扶桑就是如此。扶桑出生在湖南长沙一个山村，她还在摇篮里的时候就与广东一户人家八岁的小少爷订了亲，第二年小少爷随着叔叔们去旧金山淘金了。小少爷家里的人去看过扶桑两三次，对她很满意，不是因为别的，而是觉得这个女孩子不善言辞，把她娶进门的话即使让她当牛做马，她也不会说什么(2001, p. 45)。扶桑十四岁的时候，小少爷的一位叔叔从旧金山带回消息说小少爷想要把他的媳妇娶进门，于是让一只公鸡代替还在旧金山的新郎和扶桑举行了婚礼。婚后扶桑就真的是给婆家当牛做马了：干农活、做饭、打猪草，扶桑成了婆家一头会说话但不开口的牲口——因为她总是沉默不语，只是默默地做事，所以迎娶新娘对男方来说是一件“盈利”的好事。

这些华工从各自的乡村出发去码头的时候，走在路上最引人注目的是他们的长辫子。1644 年清军入关之后，为了让汉族人表示对他们的效忠和臣服，就规定汉族男人必须留长辫子。一开始的时候遭到抵触和反抗，但当这个习俗固定下来之后，他们也就习惯了，甚至以他们的长辫子为豪(p. 31)。在中国当代作家苏童的小说《米》(后来改编成电影《大鸿米店》)这部作品里面，男主人，枫树乡的农民工五龙，和其他村民一样被饥饿和贫困驱使，从乡村来到城市，成为大鸿米店的一名雇工，他被女主角之一，米店老板的大女儿织云(电影里面织云成了妹妹，绮云则是姐姐)剪掉辫子的时候还十分不乐意，剪了之后又舍不得扔，说他的辫子是他父母的精血。这种留长辫的习俗直到 1911 年辛亥革命才被废除。

所有的华工打扮都差不多，全都穿着宽松的蓝色上衣和黑色裤子，头上戴着竹编或是草编的帽子用来遮风挡雨，脚上穿着草鞋。他们前后排成一条长龙，因为各自用扁担挑着两个箩筐，里面装着他们的行李和干粮以及将要到国外生活的一些必需品：四季换洗的衣服，床上用品，餐具茶具，还有锅碗瓢盆、油盐米茶，甚至还有咸鱼腌菜、腊味香肠、豆酱花生酱等食品。对于这些背井离乡的华工，作者充满了对他们的同情，她还用细腻的笔触描写了这些华工离家时的悲苦心情：

> As they reached the first rise of a nearby hill and paused to look back on the familiar scene of home and village spread around the ancestral hall, these travellers were engulfed by sadness. This was their home, the land of their birth and pride. Would they ever see it again? The thought of leaving its sanctuary for even a few years was sacrifice almost beyond the bearing. A sigh would break out: "I will come home". This was no empty promise, but a cry of distress wrung from the depths of every sorrowing heart. (p. 29) (当他们走了一程回头望故乡的时候心里满是愁绪。这是生养了他们的土地，是他们引以为豪的家。此次远行，不知是否还

有机会重返故里，再次凝望他们的家园？哪怕只是想到离开他们的避风港湾就足以让他们难过的了。他们会长叹一声，“我一定会回来的”。这不是一句空头承诺，而是发自肺腑的悲怆之声。)

这些奔赴加利福尼亚的华工当中多数来自广东和澳门，而四年之后去新金山——澳洲的则主要是四邑地区的农民，他们一听到回去的同胞说可以去国外发财，就立即前往澳洲淘金去了。

离家不易，旅途更难。这些人从家乡到广州大概需要三天，然后从广州乘船去香港。他们搭乘的是舢板船。从香港开往澳大利亚的船只主要在11月到3月之间航行，因为这段时间的季风有利于航行。有些华工在城市里有亲戚的，可以趁机去拜访，大多数人则去寺庙烧香拜佛，祈求神灵的保佑和降福。每年的10月到3月之间外国人会在这里开店做生意，用他们的鸦片做交易，得到中国的丝绸和茶叶。这些华工趁机大开眼界，仔细观看这些与自己眼睛、皮肤、头发都不同的外国人以及他们奇怪的动作等。几千年来，他们把这些中原以外的人称为“蛮人”。作者解释道，中国人称外国人为“洋鬼子”没有蓄意伤害外国人的意思，虽然那时候很多中国人自恃他们比外国人更高级、更文明。外国人当然不喜欢中国人称他们为“洋鬼子”“野蛮人”之类的(p. 35)。自从新金山发现金矿之后，这些热爱家乡与安定生活的人们便激动万分，想加入这股淘金热潮。队伍很快就扩大到上万人，于是香港成了劳动力出口的中心海港。从1844年开始的十年之中美国的航船每年由7艘增加到102艘，澳大利亚的航船从9艘增加到67艘，这还只是淘金热的开始(p. 38)。从广州到香港的舢板船非常拥挤，大家你推我挤，叫骂不停。到达香港之后他们要在此等待开往澳洲的船只，而等待期间这里提供给他们的栖身之地的条件糟糕得可怕。极少数人可以投靠一下香港的亲戚，但大部分人都挤在临时搭成的棚子里，能够放下他们的行李已经勉勉强强了，在这里他们移步都艰难，更谈不上有地方让他们能够躺下来歇息。而且因为他们是“契约华工”，那些在他们身上投资了的中介商还严密监视他们的行踪，以防他们逃跑，让那些人的投资白费。在这里，拥挤是一方面，更可怕的是这里还很脏，到处都是蚊虫。而提供给他们的食物则是白饭和一点点腌菜，有时候味道难吃得就连平时他们家里的猪都不会吃。船家也趁机剥削他们，知道他们没有坐船的经验，临时改变船上原本的食宿安排，比如临时加床或者增加供水，船家会向每一个乘客索取高额的费用，纯朴的华工不知道哪些费用该自己掏哪些不该自己掏，全都听任这些人索取(p. 41)。他们好不容易到了这一步，再回头已经不可能了。再怎么辛苦，也还是抱着美好的梦想，希望能够真的淘到金子，偿清债务，然后兜里若是再能揣上几百块钱，那就是一笔很大的财富了，有了这个他们就可以衣锦还乡，引来村民们羡慕的眼光和对他们充满尊敬的表情了。有了这个目标，他们觉得就算吃再多的苦也在所不惜。他们的骨子里有着勇敢和坚强的品质，为了实现自己的梦想情愿面对一切困难(p. 42)。

由于1857年规定在维多利亚港口(Victorian Port)下船的人员要缴纳很高的费用，因此这些航船通常都在南澳(South Australia)的桂珍湾(Guichen Bay)靠岸。那个时候英国政府对航行到澳大利亚的船上乘客被虐待的情况有所耳闻，因此1855年国会颁布了《客运法》(*the British Passenger Act*)，严格规定载客数量按照船的吨位计算，每两吨准载一名乘客。每位乘客的活动面积也有规定，以避免这些船只超载，同时还规定船上不得装载有损乘客健康和安全的物品，此外，还要求每艘船配备合格的医生和翻译。听起来这些规定非常人性化，可这些只能停留在理想状态，实际上由于人性中的贪婪，这些船家、中介商等和贪污腐败的海关官员相勾结，很快就找到对策逃避因为违反规定而必须缴纳的罚金。因为对这些人而言，乘客越多利润越多。他们不会顾虑这样做给乘客带来的拥挤和不适。最直接的后果是水源和食物的不足。这些船只超载的人数往往有一倍以上。这些华工在船上的条件多么艰苦可想而知。而航行的时间要根据船只的大小和天气情况而定，有的只需要几周可以到港，有的则需要数月。美国的航船“凯特·胡珀号”(Kate Hooper)重量1507吨，载客716人，从香港到墨尔本历时47天，而“阿米莉亚号”(Amelia)重量340吨，承载270名乘客，同样的航行距离却花了254

天，历时大半年，因为这艘船超载了 100 名乘客。结果由于食物(只有白饭)和水的缺乏，导致这次航行中有 17 人死亡，20 人被送往内皮恩角(Point Nepean)的卫生院(p. 44)。第一章提到的《多妻毒》——1909 年到 1910 年分 53 期连载在墨尔本发行的《警东新报》上的连载故事里，第 9 集中讲到男主角黄尚康和其他一些自发乘船去澳洲发财的广东人第一次历时 76 天才在澳大利亚登陆，第 27 集(实际上应该是 28 集，因为作品里有两个 25 集，也就是说第二个 25 集实际上应该是第 26 集)中讲到他们回国探亲之后第二次赴澳只花了 20 多天，所以航行时间主要依靠天气而定。

新南威尔士州和维多利亚州金矿的发现

有官方记载的澳大利亚金矿首次发现在 1823 年，一个叫詹姆士·麦克布莱恩(James McBrien)的人在他的野外工作记录本里面写到，他在新南威尔士州(New South Wales)巴瑟斯特(Bathurst)东部的乡间花岗岩石里发现有黄金颗粒。时不时还有没被官方记录的有关发现金子的消息，因此 19 世纪 40 年代成千上万的人相信澳大利亚真的是黄金之地。不过鲜有人知道金子究竟在哪里，也没有人真的去淘金，他们不想浪费精力和时间，因为根据英国的法律，虽然贱金属(比如铜、锡、锌等)的所有权归矿场主，但是金矿、锡矿等则属于皇家矿山，即使找到，也将流向英王室（p. 49)。

最开始金子的发现者主要是牧羊人和牧场工人。这可能是因为他们放牧的时候有充足的时间和广阔的空间去探查地质的缘故。据说有一个刑满释放、叫麦格雷戈(McGregor)的人在惠灵顿(Wellington)(巴瑟斯特西部)牧羊的时候采集到很多的金子，因而被称为“金子的发现者”，这个传说是真实的，因为他采集到的金子在悉尼一家珠宝商的展柜里展示，价值相当于 200 英镑。可是大多数发现者不对外泄露他们的秘密，只有一个英国人，就是前文提到过的爱德华·哈蒙德·哈格雷夫斯。他在澳大利亚度过了半生。1849 年他也投身过加利福尼亚的淘金热潮，在那里待了一年多。这个人夏天淘金，冬天享受温暖的阳光。由于想念澳大利亚的阳光和温暖，第二年他就坐船回澳洲的家了。当爱德华·哈蒙德·哈格雷夫斯得知在新南威尔士州的巴瑟斯特发现金子的时候，他声称自己研究过，发现这里的岩石结构和加利福尼亚金矿的岩石结构类似。他推断自己的发现将会给他带来荣誉、财富以及可观的奖赏。他的第一步举措是得到政府的支持，遭到拒绝之后他就找朋友借钱。他把在旧金山淘到的金沙卖给了悉尼的一个珠宝商，加上借到的 100 基尼(guinea，旧时英国的货币单位，1 基尼相当于 1.05 英镑)的借款，他立即买了一匹马，骑马西行，直奔巴瑟斯特。爱德华·哈蒙德·哈格雷夫斯骑在马背上观测，有几个本地人支持他，听从他的指挥，负责撬开大石块往地下掘，粗砂石下面就是含金泥。爱德华·哈蒙德·哈格雷夫斯教他们做了一个旧金山那种吊架，用这个操作要容易很多。他让这几个本地人在那里继续干活，自己则骑马跑回悉尼想证明给政府看他是真的找到了金子。他还没从悉尼回到金矿的时候，他的同伴们五月份不经意间踩到了他们原本计划要开采的金矿，这个矿场比较大，收获丰厚。于是他逢人就告知他的这个发现，自诩是他的个人成就。他到处炫耀自己作为一个地质学家所掌握的相关知识，他觉得来这里淘金的人越多，就越能证明他这次发现的价值。他将自己的金矿命名为“俄斐(Ophir)”(《圣经·列王记》中的盛产黄金和宝石之地)。最后他得到了他想要的名誉和丰厚的奖赏——16000 英镑。他把在第一个新金山的淘金地——俄斐淘到的金子送了一块给女王作为礼物。由于爱德华·哈蒙德·哈格雷夫斯的大肆宣传，政府开始担心那么多贪心的人从新南威尔士州去巴瑟斯特淘金，加上从维多利亚和范·达尔曼岛(Van Diemen's Land)过去的人一起，将会造成和旧金山发生过的动乱类似的事情，他们立即采取严格的措施控制局面。政府委派了一个特别代表去执行一系列的政策，规定得到许可开采的人缴纳 30 先令就可以在 8 英尺之内的矿址上开采 30 天(pp. 50-52)。政府这么做是为了阻止人们放弃自己的职业加入淘金热，他们收钱是为了支付管理费。尽管收取这些开采执照费似乎合理，但它的强制性使其成为澳大利亚殖民地历史上最具爆炸性的举措。政策刚推行的时候矿工们就抗议这项措施的不公平，投诉警察在强制执行这个政策时候的粗暴。这明摆着就是欺负穷人，维护有产者和统治者的利益。对于华人淘金者来说无疑又是一个很大的负担，他们本来就比别的阶级和种族的人承受了更多的欺压。尽管如此，矿工们还是辛苦而耐心地工作，有些人的劳动得到了回报，他们两周淘到的金子比有些人干了一年淘到的还要多，这些人觉得所有的辛苦都是非常值得的。有的人什么也没有淘到，两手空空地回去了。

继续留下来采矿的人要面临很多的问题。白天他们不停地工作，可是到了晚上就有一些老练的惯犯开始作案了。大部分矿工睡在帐篷里或者棚子里，有的就睡在露天的树下，而他们把采矿的工具和白天淘到的金子就放在身边，更加容易成为那些窃贼的目标。还有些买家从悉尼过去用低价收购别人好不容易淘到的金子，可是回去的半路上也会遭到这些惯犯的袭击，把他们收购到的金子抢劫一空。矿工们的金子被偷后，还得照旧工作，每周六天，只有安息日的时候他们才放下工具，遵守安息日的规定(p. 53)。

不久在维多利亚州也发现了金子。1848 年的一天，一个叫查普曼(Chapman)的牧羊人走进墨尔本的一家珠宝店，把一块重达 38 盎司的金子卖给店主，他告诉店主这块金子是他在主人牧场附近的小溪边挖到的，他主人的牧场在阿默斯特(Amherst)，离墨尔本大概 100 英里。店主欣喜万分，收买这个牧羊人带他的人前往发现金子的地方。可是等他们赶着货运马车往那里出发，还没到达目的地的时候那个牧羊人就跑得无影无踪了。这事虽然有点蹊跷，但足以使人相信维多利亚州金矿的存在。商人们聚到一起商定悬赏 200 基尼给第一个在墨尔本方圆 200 英里的地方找到有开采价值金矿的人。第一个发现者是一个来自可伦斯(Clunes)的丛林居民，这个金矿在离吉朗(Geelong)200 英里以内的地方。这个发现者和爱德华·哈蒙德·哈格雷夫斯一样，也是从旧金山的淘金热潮中退回来的。他带回的金子很少，但掌握了一些金矿知识，懂得什么样的地方可能有金子，以及如何冲洗金沙得到金子。他在朋友的帮助下做了一个吊架，就在他家附近的一个小溪岸边挖掘开采。

1851 年的一天，有一家旅馆的老板和他的朋友在沃伦戴特

(Warrandyte)的雅拉河 (the River Yarra)与一条小溪交接的地方发现一个小小的金矿。7月15日这个消息放出去以后所有维多利亚州的人都为之振奋。8月，有一个铁匠在布宁永山 (Mount Buninyong) 脚下的石英岩石里也发现了金子。1851年年底，维多利亚州的金子产量高于新南威尔士州，于是澳大利亚取代加利福尼亚而成为世界上已知金矿最丰富的地方。这个名声越传越开，随后二十年黄金代替羊毛而成为这个殖民地国家最主要的出口产品 (pp. 57-58)。1852年，欧洲人冒着海上航行风暴袭击的危险也来这里试探他们的运气。两年后，大批中国人从太平洋那边涌过来，登上了金光闪闪的淘金者舞台(p. 59)。

19世纪70年代，维多利亚州发现金矿十年后在昆士兰州也有人发现了金矿，于是掀起了一股新的淘金热。人流涌到了库克城 (Cooktown)。35000人从艰苦的热带地区跋涉到帕尔默河流域，在这里产出了100吨黄金。昆士兰州没有限制移民法，华人淘金者的人数比其他种族的要多很多，可是他们要和恶劣的气候特别是炎热作斗争，还要对抗欧洲淘金者的敌视。他们的生活条件让人几乎难以坚持，此外，他们还要防备土著人的野蛮袭击，这些土著人对任何踏上他们土地的人都是仇恨的。然而华人淘金者就是这么执著，他们具有奉献精神，他们的坚持为他们的国库或者乡村基金提供了资本，澳大利亚菲利克斯的金子经由香港不断流入中国的国土，就凭这点，华人的勇气和毅力还有他们的淳朴都是值得钦佩的 (p. 109)。《多妻毒》第14集中也讲到黄尚康和程南等一行人登陆后去寻找金矿的路途遇到四个手持飞镖和毒箭的土著人的袭击，有两个人差点被生擒活剥吃了，好在程南和向导趁那两个正要对华人下手的土著人(小说中称他们为“黑蛮”)不注意的时候刺死了土著人，他们的同伴才得救，不过由于后来还有土著人来袭，这些华人几乎都是手无寸铁的，那两个获救的华人狂奔逃命之际被后来的土著人又擒获了，后来一个白人狩猎者出现，用猎枪对付那些土著人，这些华人才得以脱险，最后还是有一个华人被掳走了。由于一路条件艰苦，他们挨饿受冻，风餐露宿，加上饥渴、疾病、毒虫和猛兽的袭击，一行人还没到矿地就死掉了一半，最后只剩下13人。

华人淘金者登陆

“凯特·胡珀号”于1855年2月15日，中国的春节刚过之后载着716名中国乘客从香港驶航，于4月5日抵达墨尔本，与半个月前从三藩市港口出发承载219名乘客的“安妮号”(Annie)同时到达。1855年从香港到达澳大利亚的各国船只一共32艘，中国乘客累计达到一万人。其中31艘在菲利普港口（Port Phillip）的霍布森海湾（Hobson's Bay）或墨尔本靠岸，最后一艘插着美国的国旗，在阿德莱德（Adelaide）停靠。乘客们在一片喧嚣和混乱中上岸，完全辨不清东南西北，而且长时间的海上航行使得他们的腿都站不稳了。由于旅途的辛苦使很多人的身体都吃不消，他们已经是精疲力尽了。他们挑着担子不知道该往哪里走。海关官员用怀疑的眼光看着这群新来的中国人。在附近闲逛的人群也用异样的眼光打量着这上千位“奇怪的”中国人，得知这群中国人将要到来的各家报纸为了增加销售量，特别强调“奇装异服、拖着长辫子的中国人”这一点(p. 63)。就在这群中国人茫然不知所措的时候，他们的向导过来领着他们找落脚之地。在码头角落的便宜旅馆里能塞得下多少人尽量塞，实在塞不下，有些人就只有在他们的营地将就。他们的营地就安扎在雅拉河南岸，可以容纳800人，有些地方已经被占领了，店铺也开起来了，食物也开始供给了。他们在露天搭起了炉灶做饭，煮着他们从国内带来的食物。原本他们不喜欢吃羊肉的，因为气味太浓了，不过因为便宜，有些人也开始吃起来了。

他们把行李放在马拉货车上，然后听他们的向导讲解在国外要注意的事项，特别是要注意行为举止不要冒犯这边的规矩。虽然被允许踏上这片土地，但在这个多种族的地方他们还是属于被孤立的一批人(p. 64)。他们的行为规范条款里面有些很有代表性，从中可以看出他们的组织者是如何管理他们这么多人的：

> In the matter of receiving credit, borrowing money, and repaying what capitalists in China had advanced any member, all

> our countrymen must be careful to observe good faith. All loans must be repaid. Failure to do so would cause his name to be posted in the Clubhouse. All debts must be cleared before leaving the country and in this the Society must have first claim. Failure to clear debts will be reported to the magistrate who will prevent him from leaving. (p. 65)

意思是他们每一个成员都要遵守信誉，按时偿还他们在国内时的借款。没有按时还清的人将被列入一个名单里发在他们会馆的公报栏里。他们离开澳大利亚之前必须还清所有欠款，否则法官不让他们离开此地。

他们还强调要互助，特别是在他们的同胞生病的时候。如果有特殊的需要，可以向他们部落的基金申请借款。他们再三强调的是要遵守英国人的法律。如果在采矿过程中发生纠纷，一定要先上报，然后等待调解，千万不能打架斗殴，一旦发生这样的情况，即使你是正义的一方，如果你使别人受伤了你都得赔偿(p. 66)。他们甚至还对穿着方面都有规定：

> Europeans are very particular about their clothing, hats and shoes. No member must go bareheaded or barefooted—not only will he be laughed at, but he will also be in danger of having his feet cut by broken glass which will disable him from digging. Members must wear European style trousers.
>
> Conduct at meetings of the Society:
>
> There must be no clenching of fists or pointing with finger as this would be committing a breach of etiquette. Nor must the speaker raise his voice or bawl because Europeans might suspect there to be a row going on. (p. 66)

意思是欧洲人对穿着很讲究，包括衣服和鞋帽。所以他们不能赤脚和光头，否则不仅会被嘲笑，而且脚会被碎玻璃划伤，这样一来就不能去淘金了。他们还要求他们的成员穿欧式风格的裤子。在社团会议上，他们不能攥紧拳头，也不能用手指着别人，这些是不合礼仪的行为。他们还不能大声说话，否则欧洲人会以为发生了争吵。所有注意事项强调完毕，准备工作就绪之后，这一千多人就分成两队往矿山出发了。他们的队伍不断壮大，从 1854 年上半年的 2000 人左右增加到 1857 年中期的35000人以上。根据奥迪（G. A. Oddie）的研究“1870—1890 年维多利亚州的华人（The Chinese in Victoria 1870-1890）”，到 1854 年为止，华人淘金者到达维多利亚州的人数是 2400 人，到了 1857 年增加到 25400 人，至 1859 年达到顶峰，大约有 42000 人（参阅 Reeves & Mountford）。他们出发的时候墨尔本城里的人都列队在街道上观看，一路上他们都是一道特别的风景，引得这些西方人格外关注。因为这些人当中没几个人真正见过东方人，何况是这么大的队伍。他们的衣服、鞋帽、肤色、发型，以及他们的行李，都是西方人关注的对象。

他们的目的地由墨尔本的组织者决定。有的被派往巴拉瑞特（Ballarat），有的被派往本迪戈（Bendigo），但是大部分人集中在卡索曼（Castlemaine）周边的亚历山大山（Mount Alexander）附近的矿地。安扎在这里的人有一个优势就是靠墨尔本最近，大概 75 英里，他们只需要 10 到 12 天就可以走到。在卡索曼城不远的吉尔福德（Guildford）高原的大片平原上，靠近坎贝尔溪流（Campbells Creek）与洛登河（Loddon River）交界的一块面积不大的地方，驻扎着中国人的营地。最高峰的时候这里曾经有 5000 到 6000 位中国人（p. 68）。

他们每天的日程都是一样。清晨见到第一缕阳光的时候起床。早餐是一碗新鲜的米粥配上一点咸菜，为他们一天的工作热身。午餐很简单，只有茶水和米饼，给他们充饥，然后继续干活直到吃晚饭。晚餐是两碗米饭，配菜是豆子和咸鱼腌菜。虽然一天三顿没有新鲜花样，但是可以吃上一顿热的饭菜，加上晚上也有热水洗澡，对很多中国人来说已经很不错了。厨师和其他的后勤人员都是他们这些人轮流担任，因为担任后勤工作有一个好处就是可以跟着货车随行，到处走走。睡在又潮湿又坚硬的地面上，他们的棉被都发霉了，可是辛勤训练了一天，这些人早就疲惫不堪了，再艰苦的条件他们也顾不上是否受得了，只知道卷起被子就呼呼大睡了，他们可没有失眠的。到最后他们终于到达矿场了。虽然疲劳，但是他们很兴奋。自从离开家园以来他们一路奔波，非常辛苦，可是只要想到发财的前景，他们就不在乎受多少苦了。坚忍是他们另一种良好的品质，在这种情况下他们尤其需要这种品质（p. 72）。

淘金

到了矿场，他们马上开始工作，支起帐篷。他们之间配合默契，各司其职，很快就将栖居地整好了。通常一个帐篷住两个人都算勉强的，可是他们却住四个人，有的帐篷住六个人。他们喜欢群居，好像都不需要私人空间，对于他们来说，安全感是最重要的。似乎这样住在一起就有家的感觉。

他们的野外生活最大的问题是水。水是生活的根本，附近的小溪为他们提供了天然的水源，可是他们不会利用，由此引发了和欧洲人之间的很多冲突，有些冲突非常尖锐。他们刚到墨尔本的时候向导就跟他们讲了要非常注意用水的问题，可是由于他们不了解这边的天气情况加上他们平时的一些不良习惯，导致了很严峻的问题。比如他们用一个蓄水池的水洗手，但是没有注意到这些脏水会流到另一个干净的蓄水池，因而导致了水污染。就是因为他们这样的一些不经意的细节而引起他们和欧洲采矿者的摩擦，这种摩擦在他们采矿期间一直都在发生(p. 74)。

还有一个大的冲突是采矿的习惯。这些中国农民非常单纯，他们想做什么事就立刻去做了，做完了就回家，可是缺乏瞻前顾后往往会给他们自己带来麻烦。再比如采矿方面，他们很少开掘新的矿场，而是在欧洲人开采过了放弃不要了的矿场上下工夫。他们有些人很迷信，生怕掘地会“惊动土地神”。他们的“神”果然酬报他们的虔诚之心——因为在旧址上下工夫经常让他们有意外的收获，他们经常还能淘到价值不菲的金块。尽管他们对此保密，可是还是被那些欧洲人知道了。他们指责中国人是小偷，偷他们打算日后再来处置的矿场里的金子。这些华人淘金者是出了名的勤奋、细致、聪明、节俭，但也正是他们的这些品质让欧洲人憎恨、畏惧。由于他们对中国人的偏见和误解，欧洲人觉得这些华人“面黄如土，表情麻木，充满阴险狡诈”(p. 76)。欧洲人的这些偏见常常导致华人矿工被他们赶出矿场，或者遭到这些欧洲人的迫害。因此他们尽量让自己的穿着不那么引人注目。他们还用赚到的钱买一些欧式风格的衣服和靴子，希望能够让欧洲人接受他们，然而结果适得其反，他们得到的是欧洲人的讥笑。他们遭到排斥的另一原因是他们把辛辛苦苦攒下来的钱都寄回了老家(除了自己必须花掉的部分之外)，因此澳洲人指责这些华人把他们这个国家的黄金和财富输送到了中国的土地上。华人只有越发谨慎了。可是不管他们怎么做，都摆脱不了被歧视和迫害的命运。西方人的偏见，加上报纸的夸张宣传，导致事情越演越烈。报纸谴责华人的营地“拥挤、污秽、发臭，杂乱”(p. 77)。这些华人把食物、工具和他们的所有物品都堆在他们的帐篷里。他们还在棚屋里做饭，到处弥漫着油烟气味。他们还在营地里饲养家畜，人和牲口生活在一起。更有甚者，他们用粪便种菜，营地里的粪坑和他们的帐篷一样多。除此之外，他们还被指控有罪恶的行为，比如赌博，还有更让人难以启齿的事——同性恋。由于他们出来没有携带女眷，因此同性恋很常见。还有，虽然他们不像欧洲人那样酗酒，但是他们在帐篷里抽鸦片。当然也有报纸为华人辩护的，比如《巴拉瑞特星报》(the *Ballarat Star*)就经常为华人说话，该报主张欧洲人和本地人对这些华人多一点宽容和理解，把华人融入他们的生活中，而不要总是指责他们、孤立他们，搞种族隔离(p. 77)。最煽动欧洲人反华情绪的是因为华人淘金者的人数越来越多，他们渗透到所有大的金矿里，加之有人造谣说“中国人全来了”，引起了欧洲人的恐慌，原本那些有意宽容他们的欧洲人又开始排斥他们了。他们还担心成千上万的中国人会很快就把他们的金子淘尽了。1854 年年初的时候华人淘金者大概有 2000 人，到年末就增加到 10000 人了。1855 年 6 月，由于季风有利于航行，天气很好，华人淘金者的数量一下增加到 17000 人，于是每天纷争不断。加上语言不通、交流困难、风俗习惯不同，以及对他们的外貌和穿着打扮的偏见，使得他们与欧洲人之间的矛盾越来越深。还有信仰的不同。这些华人不信教，因此遭到欧洲人的鄙视。有时候欧洲人和他们打招呼，想和他们说几句话，结果这些华人只会说“no”，因此欧洲人认为这些中国人很愚昧(p. 79)。珍·基廷斯对欧洲人的态度提出抗议，她指出这些欧洲人指责中国人愚昧的时候完全忘记了当他们自己还居住在山洞里的时候中国人就已经有了灿烂的文明了(p. 79)，足见作者维护中国文明和中国人的立场。

华人淘金者和欧洲人之间的紧张关系终于在1854年爆发了。一个叫德诺凡（Denovan）的爱尔兰人7月4日召集他们的人集会，在会上他鼓动他们的人一起动手，把华人赶出金矿。这一年的下半年(12月3日)爆发的巴拉瑞特动乱被称为“尤里卡栅栏事件”，导致了尤里卡旅馆(Eureka Hotel)被烧，开采许可证等都被焚毁了，还出动了军队。虽然这次叛乱不是针对中国人的，是采矿者反对英国殖民当局的管理而爆发的动乱，但是这次叛乱导致15到30人死亡，很多人受伤，使得各方面的矛盾更加尖锐化了。政府因此还成立了一个特别委员会，让皇家特派员到各个矿场调查情况，了解矿工们的申诉，并汇报给政府制定相应的政策以改善对金矿的管理(p. 79)。

华人淘金者的内外矛盾

引起特派员们关注的是矿工们对华人淘金者的投诉。他们派了一个政府公务员进行实地调查，传唤了三个矿工为目击证人，还有一个中国商人，以他们的证词为基础书写报告向上级反映调查结果。这个中国商人说他老家在广州，但他在英国生活了9年，还到过新加坡。他来了维多利亚州11个月，到过所有的矿地，他还通过书信往来和报纸了解国内的情况，知道国内发生的事情。作为一个典型的广州人，他很瞧不起四邑区的村民，他说这些村民是“鞑靼(Tartars)人”(野蛮人的意思)，说他们不算真正的中国人。他显然是言过其实了。他把中国矿工的一切问题都归因于他们的部族出身。他说真正的中国人长相和性格都和这些

“鞑靼人”不同，地道的中国人皮肤是浅色的，他们诚实，适应能力强。而这些“鞑靼人”皮肤黝黑，生性狡诈，尤其爱赌博。地道的中国人喜欢采矿，愿意改变自己以适应英国人的生活方式，愿意留下来，而所有的“鞑靼人”则想发一笔大财，无论采取什么手段，只要能把钱赚到手，有了这笔钱就回老家。他理解为什么这么多人来到这里，因为他们看到同村的人带着财富回去羡慕不已，认为即使旅途和劳动再辛苦也值得(p. 81)。1854 年年底各个矿场的矿工人数超过100000人，其中百分之十左右为中国人(p. 82)。

大伙儿都努力地干活，勤俭节约。有少数人非常幸运，一年出头就还清了所有的债务，凯旋而归了。大多数人需要更长的时间。有的留在这里从事种植业或者当了农场工人，有的迁居到城里，利用他们的手艺和进取心从事家具制造业，有的从卑微的工作开始做起，后来慢慢成了成功的商人。有的在这里结婚了，重新开始生活，他们逐渐地融入了外国人的生活。不过百分之百被新环境同化了的人还是没有。还有些人病了、去世了，或者染上了鸦片瘾，这些人就注定只能让他们的灵魂回到故里了，而他们的肉体则埋在这边荒凉废弃的墓地里。

由于澳洲政府制定政策向来澳的华人征收人头税，香港的资本家们便采取对策来逃避人头税。1856 年年底他们想到一个逃税的办法，于是他们和船运公司和船长们合作，不仅逃掉了人头税，而且还增加了他们的收益。本来澳洲政府规定每个入境者缴纳人头税 10 英镑，另外还要缴纳入关税，但是这些协商好了的船只不在墨尔本停靠，而是一直航行到南澳的桂珍湾才停靠，因为这里是不征税的。于是这些华人被迫在罗布(Robe)上岸，这里位于澳洲西部边境 100 英里的地方(p. 89)。

自由往返于中澳之间又熟悉维多利亚州法律和习俗的人莫过于那些翻译了。他们的人数不断增加，适应英国 1852 年《客运法》的需要，这条法律规定所有从香港驶出的往外输送移民的船只必须配备两名翻译。

华人淘金者发现他们被迫在南澳而不是墨尔本登陆的时候感到恐慌。他们万万没有想到那些处于优势的同胞会剥削他们这些可怜的穷人。他们以为会在墨尔本登陆，因为他们已经支付了 20 英镑，一半是船票，另一半是维多利亚州政府规定的人头税。有的还付了 30 英镑，因为香港报纸报道说船长因为违反了船只应该按照吨位限载乘客的规定，每超载一位罚款 20 英镑，为了支付这笔罚金，每个人都另外再付 10 英镑。这些华人并不知道这是船家和中介商合伙骗取额外收入的诡计。据说有些船长自己都不知道新的人头税规定，至少有 20 艘船离开香港的时候对这个规定毫不知情，这就表明了那些欧洲中介商为了中饱私囊而封锁对他们有利的消息。

1857 年 1 月 17 日，一艘满载华人淘金者的船只首次在罗布登陆，数小时之内使这个小镇的人口翻了一倍，原本他们只有 200 人。镇上的人们看到这些外貌和穿着都很奇怪的外国人挑着两个箩筐上岸的时候都感到十分诧异，尤其是每个人还拖着一条长辫子。他们看起来就像是克隆了一样，每个人的长相、打扮，还有他们的动作几乎一模一样。不过他们的想法并不奇怪，因为在中国人眼里，欧洲人的模样也差不多，清一色的白皮肤、金发、碧眼。

12 天之后第二艘船又靠岸了，这次载的华人更多。四天之后在桂珍湾又有第三艘船到达。从那以后 10 到 12 周之内，几乎每周都有一艘船到达，直到 5 月 27 日有三艘船同时到港，第二天又有一艘入港，三个月的时间送来了4000名华人。当上岸人数达到10000人的时候，新南威尔士州政府派了 25 个民兵保护本地居民，为此海关还出资 500 英镑为这些民兵修建营地。可是这些华人根本没有惊动本地人，他们等工作一安排就绪便继续赶路。1857 年将近一年的时间里有14600名华人淘金者从罗布经过，其中还有一名女性。1858 年这个人数便增加到16500人，使得维多利亚金矿的华人淘金者的总数超过了35000人（p. 94）。

这么多华工的到来使得原本就紧张的关系更加紧张了。激烈的冲突终于发生了。1857 年 2 月一名巡警报告说在巴拉瑞特的金矿发生了争端，有一名华人死亡，数名受伤。验尸官查出致死的原因是因受伤造成脑部受压，袭击者不知何人。这件事表明了情势的紧张，可是谁也阻挡不了业已存在的敌对情绪的爆发。5 月份的时候两位华人淘金者从罗布出发经过格兰屏山区（the Grampians）的时候遇到他们的同胞正在一个旧矿堆旁边开采，他们加入了同胞的队伍并意外发现了坎墩滩头（the Canton lead）矿藏，绵延 3 英里多，这是维多利亚州最富饶的浅滩金砂矿之一。一两周过去了，这些华人淘金者保守这个秘密，不过最后消息还是走漏了。亚拉拉特山（Mount Ararat）营地的探矿者得知了这个情况，他们认为华工违反了淘金者之间的一条不成文法，就是应该在自己发现的金矿上插上旗子做标记。这些探矿者非常气愤，认为他们有理在手，趁势把这些华人淘金者赶出了他们的帐篷和店铺，顷刻之间华人营地就被破坏了（p. 98）。

与接下来 1857 年 7 月初发生在东北部的巴克兰（Buckland）淘金地的冲突相比，这件事只能算是小插曲。巴克兰的华人淘金者和欧洲淘金者的比例是 5∶1，华人人数居多。让欧洲人更可气的是这些华人的收获超乎寻常地比他们多，华人似乎比以前更有信心和决心要在这里扎根。他们的店铺供应品也越来越丰富。他们还建了一座庙，供他们烧香祷告。当局感到情况不妙，请求委派一名区长驻扎在这里监管，他到达之前只有两名警官在此控制即将爆发的动乱。

这些欧洲人觉得是时候打击华人的优势地位了，于是他们 7 月 4 日召开会议，决定将这些华人淘金者永远地赶出这片金矿。会议结束后，30 多人闯进华人帐篷，做手势让他们打包走人。警官努力地控制局面，他们鼓励这些华人态度要坚定，不要听这些欧洲人的。同时他们密切关注欧洲人的动态，这时越来越多的欧洲人过来了，暴动已经无法阻止了。他们就在警官面前大动干戈，挥舞着棍棒、铁锹、刀子，有的还持有武器，将华人淘金者沿着溪流的两岸赶出了 8 英里，那些走得慢的华人被他们击倒在地，这些暴动者就从他们身上踏过。另一队人就留在华人营地捣毁他们的帐篷，把他们帐篷里的东西能够拿得动的随手统统往外扔进河里。据说河里全部是华人的床上用品，河水都冲不走这些东西，人在河里走都不会担心打湿鞋子。暴动者还一把火烧了华人的庙，还有那些他们扔不了的东西就全部付之一炬，直到华人的营地完全被破坏了他们才住手（p. 99）。

暴动者赶走了华人之后，觉得华人抢走了本该属于他们的金子，就朝那些帮助过华人的自己人动手，有两个帮助过华工逃走的欧洲店主被揍了一顿。后来有些华人为了泄愤朝暴动者追赶着开了几枪，伤了三个人。有几个华人淹死了，或者因为伤势过重而死亡，他们的同胞默默地掩埋了他们的尸体。这次暴动中的伤亡还不算非常严重。

两天后，一队警察和他们的分遣队从比奇沃思(Beechworth)赶过来逮捕了几个暴动者，他们劝说华人重新回到他们的营地，但是在后来的庭审中，那些人出于对淘金者的普遍同情，没有人肯出庭指证，于是以无罪释放结案。不过，最后还是有三人被控非法集会，一人被控暴动，他们被判处九个月监禁，那些没被判处的人被他们的人当作英雄拥戴(p. 99)。

1856年年底，澳洲政府曾经考虑过撤销入境税和对船只吨位的限制，但是很多人抗议，所以没能实行。1857年南澳经过协商也决定采取和别的州类似的做法。这样一来对新来者的控制更加严格了。不过船家还是有对策，他们把船开往新南威尔士州，这里的州政府拒绝采取和别的州相同的措施限制华人入境，所以最终流入维多利亚州的淘金者还在继续。与此同时，他们成立了一个七人组成的立法委员会，福克纳(J. P. Fawkner)为名誉主席，他们准备起草一个法案限制华人移民并有效防止澳大利亚菲利克斯(Felix)金矿的金子成为汉人、蒙古人、鞑靼人的皇帝的财富(p. 101)。

调查中他们盘问的证人提供的证词针对一个有代表性的将近3000名华人集中的社区，他们提供的证据要点如下：

> There were some 40,000 Chinese miners on the goldfields, among whom were only very few females, although some fifty of the men had married Scottish or Irish women.
>
> They all come from the same province in China and were not coolies but cultivators, traders and mechanics.
>
> Their objective was to dig for gold and then to return to their homeland.

All acknowledged the integrity and law-abiding qualities of their nature and, although there were some convictions in the courts, Inspector Nicholson maintained that the Chinese gave less trouble than any other nationality—their only vices appeared to be gambling and opium addiction. (p. 102)

参考译文如下：

在矿场里有大约有40000名华人矿工开采金矿，其中女性非常少。大约有50名男子和苏格兰或爱尔兰女性结了婚。

他们都来自中国的同一个省，他们不是苦力而是耕种者、商人和机械工。

他们的目的是淘到金子回家。

所有人都表现出正直守法的特点，尽管在法庭上有被定罪的，但是巡视员尼克尔森认为中国人比其他国籍的人惹是生非要少，他们唯一违法的是赌博和吸食鸦片。

调查结果报告出来之后，他们立即采取紧急措施，制定法规严格限制华人入境，唯恐局面发展到政府无法控制的程度。委员会年初制定过条文，规定维多利亚州的中国居民必须每年缴纳6英镑以获取居住证，其中1英镑到达之前或者到达之后的第一个月的第一天支付，其余的每隔一个月支付。获得居住证之前必须提供已经缴纳入境税的凭证，凭缴纳收据获取居住证。

珍·基廷斯对澳洲政府的这些规定作出了批判：

In view of the unanimity of all witnesses who testified to their qualities of intelligence, industry, integrity and sobriety, it seems strange that the Bill should have been framed as harshly as it was although a racist like Fawkner, who headed the Select

> Committee, would probably have preferred to have seen every Chinese expelled. (p. 103)

珍·基廷斯说，尽管所有的证人一致认定中国人聪明、勤劳、正直、有节制，可是他们还是制定如此苛刻的条款，说明身为委员会主席的福克纳这个种族分子有意想把所有的华人都赶出澳洲。

为此华人向立法委员会请愿，本迪戈有 5168 人签名，卡索曼有 2879 人，坎贝尔溪谷有 1601 人，其他小规模矿地有几百人签名。他们要求撤销这些沉重的税收，所有维多利亚州的华人居民建议他们成立一个专门的委员会调查华人被指控违法和行为不端的实际情况。如属事实，他们愿意接受任何相应的惩处，否则他们应该被允许在这里生活。当然他们会遵守英国法律，和其他人和平相处。他们还解释了为什么他们不能携带妻子：第一，费用太高；第二，他们的情况不稳定；第三，她们是裹脚女子，不适合外出，远行就更艰难了。如今他们三分之一的人都没有钱回家，一半人是因为没有淘到金子。因此他们要求撤销这个法案，让他们能够再待上两年半的时间，好让他们能够在这段时间内赚到路费回国(p. 104)。

本地人也请愿了。吉朗有些居民要求政府采取更严厉的措施限制华人人数的增长，或者至少让那些已经入境的人“迁移到远离文明人的地方”，卡索曼的零售店店主和商人则认为这个条款太过苛刻和不公。他们认为政府应该允许中国人留下来，因为这么做对商业有利，毕竟这些华人没有任何恶意。这些条款“将招致本来可以避免的罪恶并有损维多利亚州在世界人民心中的印象”(pp. 104-105)。

最终这个条例还是通过了，但是 15 个月后缴费额降至 4 英镑，这笔钱包括矿工们的权利和保护费。新南威尔士州在 10 英镑入境税的基础上再强征 4 英镑的附加税，想以此封锁华人在本州登陆，但是那些狡猾的向导很快就找到新的路径入境，让他们这些规定没有实施价值。没过多久，一队又一队的淘金者从好几个地方入境，跨越墨累河(the River Murray)(p. 105)。

1860 年，大约 10000 名华人穿越维多利亚州的北部边境来到新南威尔士州的扬（Young）。在这里他们遭到更多的歧视，后来演变为 1861 年的兰明低地暴动。在此之前，新南威尔士州没有限制华人入境的规定，维多利亚州和南澳也是，国会也因为入境法案的事情引起过争论。后来又一富饶金矿被发现，在奇安德拉(Kiandra)以北 200 英里的雪山区。华人立刻赶过来了，人数越来越多。先来的淘金者由于担心自己的利益受到危害，就把这些新来的华人赶走了(pp. 105-106)。这些华人没有和这帮人纠缠，他们继续前行，来到了兰明低地，这里又有一个新的矿场被开发出来了。可是没多久又爆发了严重的冲突，后来政府总算控制住了局面。每次华人被赶走之后他们又卷土重来。1861 年 5 月管理矿场的只有二十个人加上两个特派员以及他们的工作人员。6 月 21 日星期天晌午时分，1000 多个人拿着棍棒和鹤嘴锄占据了蒂伯雷里沟(Tipperary Gully)，聚集的人越来越多，很快达到了 3000 人，他们直奔兰明低地。闻风而撤的华人已经退到了 6 英里外的布莱克溪谷（Black Creek）。他们此举激怒了暴动者，如前面的暴动一样，这些人冲进华人的帐篷，掠夺、烧毁他们的财产，拿得动的他们都拿走了，拿不动的他们便放火烧了。他们有的骑马赶上了撤退的华人，于是把这些华人暴打了一顿(p. 106）。这些逃难者来到库拉旺(Currawong)的罗伯特兹牧场(Roberts station）找了个栖身之地。这里的人很同情他们，给他们衣服和食物，而他们原来营地上的帐篷无一幸存，全部被毁，更说不上能找到一丁点金子了。暴动者们最终被控制住了，华人矿工要求把他们的采矿权归还他们，因为他们已经交钱，是合法的。之前有争议的华人移民法案年底已经在国会一致通过，该法案以每个入境者必须缴纳 10 英镑的人头税来限制华人移民。这样一来，新南威尔士州和其他两个州的政策保持一致了。后来的调查发现暴动者不是淘金者，而是一些惯犯和肇事者(pp. 107-108)。

华人移民者的数量之多，确实在当地人之中引起了喧哗和骚动，还有敌意和歧视。淘金热过后他们很多人就在悉尼和墨尔本定居下来。

1857 年，很多华人踏上了回国的轮船，他们是新金山的不速之客，受够了这里的人对他们的憎恨和迫害了。每年返航的人大概有 3000 人。从 1857 到 1859 年的三年之内华人淘金者人数一下减少了 10000 人。到 1861 年，迫于维多利亚州商业圈的压力，政府放宽了移民政策，1862 年临时取消了之前的执照税和入境税并于 1865 年彻底废除。

没有回国的华人 1861 年有 3000 人没有参与采矿业，他们当中有些人在矿场周围安顿下来，用他们的手艺和吃苦耐劳的精神把一片不毛之地变成了肥沃的土壤，他们在这里种植蔬菜、水果，从事园艺业，受到本地人的好评。有些人搬到墨尔本，在他们的同盟会总部附近安家，从事商贸，开设了富有人气的华人咖啡馆。他们经常聚集在墨尔本南部的寺庙。一些人不在自己的社区做事，而是到别的矿业公司做事，有的在西部当剪羊毛工人，有的成了家用帮工。

公正地说，这些华人总体上是遵纪守法、爱好和平的人们。他们在这片异国他乡的土地上非常愿意入乡随俗，融入本地人的生活。由于外貌不同、文化不同、习俗不同，生活方式也不同，导致中西之间的误会和偏见，以至于他们之间无法和谐共处。结果就是华人被分离出来，遭到当地人的歧视和虐待。他们之中只要有人被指出是中国人，警察就会把他包围起来，让他出示缴纳过的所有税费的收据来，以便他的敌手借机憎恨他、怀疑他，夺走他的采矿权。就连那些歧视者的孩子都嘲笑他、作弄他，让他觉得他的人生就是要承受无尽的苦难。不仅如此，欧洲的淘金者抗议那些华人、指责他们，城里人也向政府请愿要求限制他们入境或者把他们驱逐回国，似乎只要这些华人靠近他们，他们就会被腐蚀，会引起他们道德沦丧一样。政府有义务照顾他们的感受并采取相应的手段。可是一旦移民浪潮太大，他们也无法阻挡。

淘金者的生活

华人淘金者的饮食很简单，很少吃肉，虽然羊肉便宜，但他们不喜欢那个气味，所以鲜有人尝。他们主要吃豆子和蔬菜。因为他们会种菜，特别善于种植容易成熟的叶子菜，这种菜一长出来，他们就炒上一碗，加点花生油和盐就可以了。几碗饭下去，便填饱了肚子。不过这种简单的饮食会引起蛋白质不足和总体营养不够。尽管如此，很少有人得过营养不良症(p. 113)。华人是非常优秀的耕种者，这一点是澳洲人一致公认了的。他们使用人体排泄物作为氮肥是他们能够种植出健康又漂亮的绿油油的叶子蔬菜的主要原因。还有一点值得称赞的是这些华人对农历的巧妙运用。他们根据农历掌握和气候有关的二十四节气，这些知识和他们的种植业息息相关。这些节气的好处在于提示农民们什么时候应该种植什么。他们在采矿生涯里完全用不上阳历，只需要用农历来指导他们的生活就足够了(p. 116)。

华人刻苦劳作，生活节俭，工作细致周到并因此而取得了成功。他们认为在欧洲人废弃了的矿址上操作是为了不浪费资源，否则这些矿址就这样被他们丢弃了的话那些可以找到的金子就白白葬送了。而欧洲人却不这样想，他们认为中国人太懒了，不愿意自己动手去开采新的矿场，他们是在收获别人的劳动成果。简朴也是中国人内在的优点，他们千百年来就是依靠这种优良的品质努力求生存。他们当中很多人都是契约华工，必须在澳洲辛勤工作，为那些给他们提供资助的资本家不遗余力地工作，把劳动成果交到资本家手里。不属于契约华工的那些人则克己积俭，把攒下来的收入全都寄给他们的家人或者族人。除此之外，他们约束自己不像那些欧洲人一样酗酒放纵。当然他们当中也不乏赌博者或者沾有不良习气的人，但是本质上他们不是放纵挥霍的人。他们遭到欧洲人谴责的另一个原因是他们不把自己的妻子带过来。这么多男人住在一起，亲密无间而没有合法渠道发泄他们的情感需要。因此欧洲人断定他们这个华人圈的人集体嫖娼，而妓女的来源就是他们欧洲女性。他们还被指控做一些“非常奇怪的、让人难以启齿的、极其恶心的不道德的事”(p. 119)，意思是同性恋，尽管众所周知同性恋并非唯独在中国人的营地上发生的事。至于华人不携带妻子过来是情有可原的。把她们带到这个连他们自己都不知道是福是祸的一个陌生的地方来，简直就是对她们的不负责任。他们是来做苦工赚钱的，不是在这里享受人生。想到他们自己在这片土地上所遭受的苦难和不幸，他们庆幸自己没有把她们带过来一起受苦。中国女性的劳动分工自古以来都是主内，是丈夫的

“贤内助”。她们要在家里祭祀祖先，侍奉公婆，生儿育女。无论丈夫在家里还是在外面，她们的职责都是如此，千古不变。有些到其他国家比如马来亚、印度尼西亚或者西印度群岛的华人男性如果感到需要女伴的时候，会再娶一个当地女子，回国的时候会带着她和他们的孩子一起，而家里原本的妻子得接受他们成为家族的人。可是在澳大利亚就不一样了，很少有欧洲女性愿意嫁给华人为妻，华人也不想娶一个外国妻子回家。他们宁可单身，就这样过下去，直到回国(p. 118)。当然，中国女性的裹脚也是引起外出困难的问题，何况这一路千里迢迢、跋山涉水、翻山越岭的。因为他们没有家庭生活，所以用赌博的方式来娱乐和打发闲暇时光。当地政府报道华人因为赌博而犯罪的比率呈上升趋势，赌博在华人集中的社区非常普遍，有些人赌博输了就从鸦片中得到慰藉(pp. 119-120)。维多利亚州政府一方面迎合公众的声音，谴责华人社区抽鸦片的行为；另一方面却从鸦片进口中获利，自 1857 年开始向运往殖民地的鸦片征税，每磅收取 10 先令的税。直到 1905 年才制定严厉措施禁止鸦片入境（p. 121）。在这个作品里，珍·基廷斯对这些华人淘金者是非常同情和理解的。

索菲·库奇曼(Sophie Couchman)在题为《啊，我好想再见到麦琪莫尔！——墨尔本唐人街为数很少的女性》(“Oh, I would like to See Maggie Moore Again! —Selected Women of Melbourne’s Chinatown”) 一文中写到 1857 年维多利亚州的人口调查发现该州有 25000 多名中国男性，而相比之下，女性只有 3 人。到 1901 年，男女比例是 1.6%，即使算上那些只有部分华人血统的女性，这个比例仍然是 6%左右，女性的比例确实太低了(参阅 Couchman 等，2004，p. 171)。

关于珍·基廷斯的论断“很少有欧洲女性愿意嫁给华人为妻，华人淘金者也不想娶一个外国妻子回家，他们宁可单身”，凯特·巴格诺尔(Kate Bagnall)提出了异议。她在《重写 19 世纪澳大利亚华人家庭史》(“Rewriting the History of Chinese Families in Nineteenth-Century Australia”)一文中说到，之前学者们认为早期华人移民缺乏家庭生活因而沉迷嫖妓、赌博、抽鸦片和其他犯罪行为的观点过于简单化了。

最近的研究表明，19 世纪新南威尔士州和维多利亚州的华人男性和澳大利亚白人女性存在亲密关系的不少，他们之间组成家庭的现象不应该被视为一种例外或者被认为很奇怪，而应该看作早期华人生活区不可分割的一部分：

> The nineteenth-century Chinese population in Australia was made up mostly of men, drawing many commentators to the conclusion that these men faced an absence of family life, resulting in prostitution, gambling, opium use and other so-called vices. Recent research has, however, expanded and complicated our knowledge of Chinese families in New South Wales and Victoria, particularly concerning the extent to which Chinese men and white Australian women formed intimate relationships. This article traces the origins of the misconceptions about Chinese families in nineteenth-century Australia, and considers how new directions in scholarship over the past decade are providing methods for enlarging our knowledge. It argues that instead of being oddities or exceptions, Chinese-European families were integral to the story of Australia's early Chinese communities. (2011)

凯特·巴格诺尔指出，在悉尼十英里以外的地方有一个村子叫“巴克村(the Bark Huts)”，19 世纪中期的时候悉尼人称之为华人村，在这里有些白人本地女性就和华人男性生活在一起，组成事实家庭。尽管这时候的种族歧视非常严重，华人和他们的社区被悉尼的各家报纸谴责，比如《帝国报》(the *Empire*)把巴克村描写成一个“肮脏、堕落、充满罪恶的地方”，把这里的华人形容成“一群野蛮人，他们不相信上帝、不道德、迷信”(参阅 Bagnall，2011)。这家报纸就刊登了本地一个叫伊莉莎(Eliza) 的女子和华人男子同居并怀了他的孩子的事情，由于孩子死产而引起了报纸的关注。白人女子和华人通婚是遭到反对的，她们会被认为是“堕落”和“不道德”，他们的结合被认为是一件让人感到可怕的事情，会“污染英国人的种族血统”(同上)。尽管如此，调查显示1868年之前在维多利亚州有50到60名欧洲女性嫁给了华人男性，到1877年增加到217名，而1878年有记录显示欧洲女性和华人男性共同生活的有350人，其中一半是结婚了，一半是未婚同居。尽管白人在道德上反对他们的女性和华人结合，但是他们的婚姻还是受法律保护的。基督教的理性社会是建立在家庭基础上的，男女各自在家庭担任不同的角色，一起构建有序的、有控制力的社会。女性被认为具有一种让男性变得文明的力量，没有女性的男性社会会变得原始和堕落。他们认为单身男性中存在的种种罪恶诸如赌博、吸食鸦片、酗酒等都与这个有关，只有通过女性和家庭的影响，通过稳定的家庭生活才能减少这些罪恶行为的发生。这些基督教徒的思想和他们的做法是背道而驰的：一方面他们主张婚姻和家庭；另一方面他们却限制华人家属移民。只有英国西印度群岛鼓励华工携带妻儿共同生活（同上）。尽管白人殖民者反对自己种族的女性和华人移民者结合，但不少白人女性一致公认她们的华人伴侣能够给她们带来温暖和安定的家庭生活。华人丈夫被一致认为能够善待他们的白人妻子，他们不酗酒，也没有家庭暴力，夫妻之间的吵架除外。《帝国报》报道说，伊莉莎告诉一位医生，她的那个华工伴侣就从来没有打过她，相反她自己有时候对他“动武”(同上)。

波林·鲁尔(Pauline Rule)的研究更有说服力。和珍·基廷斯以及殖民者的论断相反，波林·鲁尔认为华人淘金者的营地对欧洲淘金者和欧洲女性有着很大的吸引力。她的论断是基于对维多利亚州金矿的华人和欧洲人营地的情况进行的研究。在她的文章《殖民时期维多利亚州华人淘金营地的触感地带作用》(“The Chinese Camps in Colonial Victoria: Their Role as Contact Zones”)里谈到，正因为殖民政府把中国淘金者隔离开来，这些被视为“另类”和“他者”的华人淘金者反倒成了让欧洲淘金者们感兴趣的对象，于是华人社区经常被这些欧洲人光顾。波林·鲁尔使用的词语“触感地带(contact zone)”来自另一个学者玛丽·路易斯·普拉特（Mary Louise Pratt）研究语言学使用的一个词汇，意思是被时空隔开的人们之间相互联系并保持这种联系的持续性（a“contact zone”is the“space in which peoples geographically and historically separated come into contact with each other and establish ongoing relations”）（参阅 Rule，2004，p. 119）。出于对华人淘金者的好奇，欧洲人常常到这些华人的营地里偷窥他们的活动，也有可能是由于对这些华人买彩票的赌博行为以及对他们吸食鸦片的工具的好奇等，而且还因为华人营地经常收留那些被边缘化的欧洲女性，所有这些促成了华人和欧洲人的接触和交往。因此华人社区就成了他们的“触感地带”了（同上，p. 120）。鲁尔指出，对华人营地的报道往往是基于记者的经验和成见，所以他们的描绘虽然丰富多彩但是带有误导性（“The journalistic picture is colourful but misleading”）。他们经常把华人营地描述成典型的“贫民窟”，“脏、臭，到处都是赌博者、吸食鸦片者，还有欧洲妓女（Descriptions of the Chinese camps present the same dangers with their concentration on filth and smells，gambling，opium smoking and European prostitutes）”（同上）。有一个记者就曾报道华人淘金者营地，说它们“对整个营地的健康构成了威胁”，因为“这里如同赌徒集中的地域一般，会毁了孩子”，还因为它们对“那些缺乏道德教育的欧洲年轻女子”来说是很大的诱惑（同上，pp. 120-121）。这些负面报道几乎让殖民政府拆除了华人淘金者的居住营。政府派警察和牧师去营地调查，结果和欧洲人的普遍成见一致，都是说华人营地的赌博和吸食鸦片的情况很严重，还有他们的淫荡行为，指的是他们和欧洲青少年女孩的性行为，因此他们的存在危害到了欧洲人的生活。波林·鲁尔指出这些调查结果只有部分属实，比如吸食鸦片的情况，一些欧洲女性经常出现在华人营地的鸦片窝不假，但是她们在那里酗酒的可能性比吸食鸦片更大。至于赌博行为，有些欧洲男性在华人营地买彩票不假，但是牧师和女性都是反对这种行为的。而华人诱惑欧洲青少年女子的指控也被那些女孩证实是她们的自愿行为而非华人的诱惑（同上，p. 124）。

华人和欧洲人之间最多的是建立在男女性关系上的交往。由于华人淘金者几乎不带妻子来澳洲，于是他们和欧洲女性有两性关系就很正常了。殖民时期的维多利亚州从1855年到1901年之间至少有700对华人男性和欧洲女性或出生在澳大利亚的女性结婚，其中他们和华人所生的女儿结婚的情况居多，这个比例呈上升趋势。据调查，1868年8个华人居住营有60名华人男子娶的是欧洲女性(同上，p. 125)。除了这种稳定的婚姻关系之外，还有一些不稳定的、短暂的同居关系。当欧洲女性的华人同居对象搬到别的淘金营地或者回国，或者她们自己不想继续维持同居关系了就另觅新欢。处于这种短暂的同居关系中的欧洲女性通常是欧洲人圈子里的边缘人物，属于"不体面"的人群，她们要么是被遗弃的，要么因为贫困、酗酒、非法生子或者做妓女而遭到他们自己人的孤立，于是她们常常到华人营地寻求避难，而且她们总是被这些华人接纳(同上，pp. 126-127)。这些欧洲女性在华人圈里不仅没有受到她们在自己的族群里受到的冷遇，也没有成为欧洲人描绘的华人"淫荡的猎物"，相反，她们还取得了主导地位，如玛丽·路易斯·普拉特所说，这是触感地带的特点(同上，p. 128)。虽然她们在欧洲人圈子里属于边缘人物，但在没有女性的华人淘金者当中她们的地位绝不是从属的，也极少遭到华人的暴力，相反，这些华人常常成为欧洲女性心理失衡而脾气爆发的受害者。尽管因为这些欧洲女性酗酒后发脾气让华人男性难以忍受，但他们宁可选择安静地离开也不会诉诸家庭暴力(同上)。

总之，在华人居住营里，欧洲女性享有一定的权利，这些权利19世纪欧洲主流社会的女性是享受不到的。只要她们向华人寻求庇护，她们便会得到安身之地和食物。她们的不良行为和坏脾气都能得到华人的包容，在女性缺乏的华人圈里她们作为伴侣、妻子和母亲的角色是受到华人重视的。在主流社会极力主张种族隔离的殖民时期，他们之间这种亲密愉快的同处关系无疑是一种对抗和挑战(同上，p. 129)。政府虽然反对两个种族之间的结合，但还是容忍的。他们组成的家庭或者伴侣关系并没有被强行拆散。虽然这种关系有时候是临时性的，彼此之间也有摩擦，但这种跨文化的关系给彼此带来了舒适与合作，在敌视非欧洲人的年代为不同社会文化之间的协调提供了一种新的可能性（"Although often fractured and provisional, these relationships managed to provide some comfort and collaboration across cultures, enabled cultural mediation, and helped create new kinds of social possibilities at a time of great hostility to non-European people.")（同上，p. 130）。

然而，珍·基廷斯的论断也不是没有道理。凯特·巴格诺尔在另一篇文章《"可他仍然是华人"：19世纪后期澳大利亚种族、文化、身份界限的协商》("'He Would be a Chinese Still': Negotiating Boundaries of Race, Culture and Identity in Late Nineteenth Century Australia")中谈到，当今的澳大利亚是个多元化社会，种族身份的融合成为澳大利亚国家身份的一个重要部分，但是一个世纪之前没有多元文化身份融合的概念（参阅Bagnall，2004，p. 153）。在殖民主义背景下，"种族的融合"是脆弱、危险、污染的代名词。"无论这是为了强调生理表征还是强调文化差异，总之是表示反对种族结合的寓意(Within the context of colonialism, 'hybridity', the mixing of races, was representative of weakness, danger, pollution: 'whether it highlighted physiological or cultural difference in identity, it served primarily as a metaphor for the negative consequences of racial encounters, or a set of mercurial metaphors')。"（同上，p. 154）19世纪后期和20世纪初期关于澳大利亚这个新生国家的种族构成问题，不存在"种族混合"或者"一半血统"的说法，有的话也意味着是对"纯种的欧洲血统"的污染、稀释、破坏。这时候的澳大利亚所期望的是单一种族的国家（"In late nineteenth and early twentieth-century debates on the racial make-up of the new Australian nation, there was no positive expression in terms such as 'hybrid' or 'half-caste'. They were terms used to indicate the pollution, the dilution, the destruction of the 'pure European race' in Australia and the hopes for a racially homogenous nation"）（同上）。

在害怕种族污染的背后有这样一个观念：种族之间不能混合，否则对大家都有危害。白人血统和华人血统是两个对立的概念，不仅因为两者在文化、社会、语言方面的差别，而且两者存在本质上的不同（同上）。凯特·巴格诺尔这篇文章的标题中引号部分"可他仍然是华人"就引自 1881 年一家报纸上的一篇关于“华人混血儿种族身份问题”，作者认为不管孩子的母亲是否具有白人血统，只要孩子的父亲是华人，那么这个孩子仍然是华人：“华人血统和欧洲血统是完全对立的，两者不可共存。”

除了血统的差异之外，中国男性不愿意娶欧洲女子为妻还有文化方面的原因。第一章提到的《多妻毒》这本连载小说以黄尚康和另一个叫龚洛的单身男子为代言人讲到为什么中国男子不愿意娶欧洲人为妻(妾)。黄尚康家贫如洗，就连家里的日常生活用品都被他拿去当铺换取银两买鸦片了，妻子马氏跟着他吃尽了苦头，形容憔悴。后来在马氏堂兄的帮助下得以去澳洲淘金，历经艰辛，终于到达澳洲。他们一行人得到一个已在澳洲生活多年的人的关照，一起淘金，赚了一些钱。同去的一个叫程南的人对黄尚康格外关照。程南在唐人街开了几家店铺，其中一家专门让黄尚康打理，黄尚康手里有了些钱，就一直心想着纳妾，家里的马氏已成了他心中的“破鞋”和“黄脸婆”了。那时候唐人街的中国女子很少，他想到娶个白人，可是他认为白种人和他这个黄种人在一起会“异类相猜，实生阻力”。即使有白人女子不介意他是黄种人，可是白种人实行的是一夫一妻制，“断难降心而从我”。娶个酒鬼女人做妾容易，但是他又觉得“龌龊不堪”(《警东新报》，1910-12-19)。两个人种，两种制度，两种文化，两种习惯，两种思维模式，自然难以结合。而且还有更重要的一点在龚洛与唐人街的另一个商人黄某的对话中表现出来了：中国男人理想的妻子人选应该具备的最重要的品质是服从。龚洛年少出洋，在澳生活二十多年，将近五十岁了依然是单身，家里稍有积蓄，想要找个中国女子为妻。他对黄某说，虽然看到有人和白种人结婚，但他觉得这样的结合男人不会快乐。因为如果是上流社会的白人女子，自然不会想要下嫁给他，而下流社会的女子他自己又不愿意，中流社会的寥寥无几，即使有，也终究是“女权过重，不知俭约，白头相守者无几人”，倘若娶一个混血女子，即父亲为中国人，母亲为白人的话，更不行，因为这样的女子“奢华”“女权之娇态”“较之于西人，有过之而无不及，但无西人之教育，又无华人服从之性质，其野蛮之自由，与中国现今所谓自由女者，大致相类”(《警东新报》，1910-01-17)，所以他坚决不娶这样的女子。而土生土长的华人女子极少，所以条件苛刻，以他的年龄和资产，自然是达不到人家的标准，所以一直未能成婚。黄尚康和龚洛这两个人物表达出了封建时代男人择偶的标准最重要的是要求女子服从他们，这是典型的父权思想。白人是主张男女平等的，自然难以服从他们，混血女子也受白人思想文化的影响，女权思想更加严重，所以他们的理想结婚对象就是百分之百的华人女性，并且性格服帖的。按照龚洛接着对黄尚康所说的，他想要娶的女子外貌和地位不重要，只要品质好。由此看来，珍·基廷斯所说的华人男性宁愿单身也不想娶白人女性是以当时这些男性的普遍心态为基础的，她描述的是这些华人淘金者的共性，而不是凯特·巴格诺尔所论证的那些少数情况。

华人淘金者的习俗和健康状况

作者在本作品里叙述了华人的祖先膜拜习惯。她说中国人的这一习惯可以追溯到儒家思想出现之前。华人走到哪里，他们就把这个习惯带到哪里，以此表达他们对长者和先祖的敬重。他们此举并非一种宗教意义上的崇拜，而是表达他们的孝心(p. 122)。他们的生活中处处充满了对祖先的热爱和尊敬。他们热爱自己的家乡这一点是闻名的。在他们临终的时候往往会表达出他们的最大心愿，就是能够将他们的骨灰和他们的祖先葬在一起。正常情况下，只要他们赚到了钱，合同一结束就会回国，回到他们的家乡。但是如果他们不幸染病，他们立刻归心似箭。为此，他们社区有一个规则，大家都必须捐赠路费给这样的人，好让他们能够善终。万一他们不幸死在异国他乡，他们临终的最大愿望便是让他们的棺木能够回到国土，可这几乎不可能，因为运输费太贵。虽然也有人这么做过，将装有死者的棺材放在冰库里，等到有船的时候运送回国，但是大多数人都是采用权宜之计，即暂时安葬在国外，等到若干年后只剩下尸骨的时候再装入骨灰瓮里带回国。尽管矿地的生活艰苦，尽管他们不断地遭到歧视和迫害，但是大多数华人淘金者的健康状况都算良好(p. 124)。在首席医疗卫生官的建议下，淘金者的营地必须配备一名卫生官员，费用由各营地出。可是对于华人淘金者来说，他们要缴纳的各种税收已经够重的了，他们再也承担不了新的杂税了。执行官员对此也不热心，因为他们了解这些华人，华人不相信西药，也不相信医院。他们只有在无计可施、无药可救的情况下才会想到西药，而且他们绝不住院，除非他们感觉自己生命垂危了(p. 125)。可能最让华人害怕的是精神病，一旦得了这种病，就会被关在精神病院——有两所精神病院，一所在墨尔本，叫“雅拉本德精神病院”，另一所在比奇沃思。有些病人一进精神病院就没有出来过，直到生命的终结。这些病人得病的原因往往是压力太大，又无人照顾，久而久之他们的精神也就彻底崩溃了。据精神病院巡视员的报告，1870 年这一整年有 46 名华人精神病患者。按比例计算就是维多利亚州每 10000 名华人里面有 25.7 个。整个维多利亚州的这种比例是 24.8 ∶ 10000(p. 127)。这个比例说明华人精神病患者几乎占据维多利亚州精神病患者的全部。因为欧洲人患这种病的话通常都有亲戚朋友照顾和安慰，而且最重要的是他们采矿结束后有家可归，而华人得了精神病的话就无人陪伴和照顾，虽然他们有同族老乡，但是没有亲戚和家人的照顾。在他们那种情况下，谁会愿意把一个精神病患者留在自己的帐篷里呢？他们的条件那么原始、简陋，而患者的病情如何发展变化、会持续多久都是未知数。

戴安娜·吉斯的生命历史书写《唐人街背后：更换视角来看澳大利亚最北部华人的经历》(*Beyond Chinatown*: *Changing Perspectives on the Top End Chinese Experiences*)中写到早期华人移民的死亡情况，大多数死者的年龄都在 20 岁至 40 岁之间，职业大部分是劳工、矿工、木匠、厨师、修篱笆的工人、五金商、铁匠、骑马者、渔夫、赶马车的人、放牛娃、牧场或居住地的看守者、劳工老板、酒吧侍者、制袋者、制革者、框架和包装盒制造者、渡口工人、手工业者、看店铺的人、追踪狩猎者、草药师等。死亡的原因有痢疾、肺结核、水肿、光解反应、肺炎引起的发烧、中风、腹泻等；还有的是被谋杀的，有的死于打斗，极少数是自杀的；还有淹死的，或者从树上和岩石上摔下来致死的、被火车或者货车撞死的、渴死的、晒死的、烫死的、得癌症的、得心脏病的，得钩虫病的、营养不良的、身体虚弱的等(1995，p. 17)。

华人淘金者的经历和遭遇在读者心中留下了深刻的印象，作者的同情之心跃然纸上，在华人读者的心中也产生了共鸣。整个阅读过程给人一种灰暗的感觉，也许是为了冲淡读者这种灰暗的感觉，作者在叙述过程中添加了两则趣闻轶事，都是由于语言交流障碍引起的，给读者带来了些许明快之感。由于语言不通，澳洲政府要求香港方面选派合格的翻译过来，但是香港人的语言本身也是有问题的，如口语中的语音、语调还有他们出身背景的方言影响等。有一个故事讲到一个英国庭审口译员问一个蜑家女子的婚姻状态，问她有没有丈夫。这个蜑家女子是本案中的被告，而询问婚姻状态是例行公事的问话。令人尴尬的是，她把“丈夫”听成了“长裤”，所以她指着自己身上穿的裤子说，“对不起，阁下，这是我最长的裤子”(p. 86)。

语言的障碍确实给双方带来了很多的困扰和不必要的麻烦。欧洲人和本地人想和这些华人交流简直是天方夜谭，因为无论别人对他们说什么，他们只会说“no”。另一则故事讲的是有一个维多利亚州的退休警察叫(John Sadleir)，他在写回忆录的时候提到一件事：有一批华工在罗布这个地方行走的时候被警察拦住了，要求他们交入关税，可是无论警察说什么，这些人只会说“no”，没办法，警察只好把他们带到波特兰市(Portland)法庭，法官判处他们在一个公园保留地禁闭两个月。没人看守他们，他们也没有制造任何麻烦。两个月之后他们高高兴兴地出来了！因为他们在路上已经走了100多英里了，非常疲劳，被关在公园里他们正好可以休息，而且他们正好掌握了园艺技术，他们居然“把这一片荒地变成了南方美丽的风景”(p. 97)。

华人淘金者移民对于澳大利亚的贡献除了采矿、园林、果蔬、家具制造、商业之外，还有一个重要的领域就是建筑和交通，他们在澳洲早期开发中功不可没。澳洲荒芜偏僻的北方领地的发展取决于交通的发展，而大批华工为此付出了辛勤的劳动。淘金浪潮过后，很多没有取得如期财富的华人留下来作为工人参加了当地的建设和开发丛林、田地的工程。1888年前后，大约有5000名中国人在修筑从达尔文至松湾的铁路。他们付出了艰辛的劳动，报酬却低得可怜。除了北领地之外，昆士兰州汤士维至坚市的铁道工程也留下了华工的足迹和汗水。那里气候炎热、地形复杂，条件艰苦得令白人难以忍受，所有的隧道均为华工筑成，此外，昆士兰州所有的公路也是由华工修筑的（参阅张秋生，2002，p. 84）。19世纪60年代，澳大利亚北部路斯格兰·瓦格尼雅（Rutherglen and Wahgunyah）的葡萄酒业发展得很好，60年代末期和70年代他们雇用了很多华人在这里工作，事实上，他们的工人主要是华人，和当时主流社会强烈反对华人的情绪相反的是，这些华人很受欢迎，雇佣者对他们聘用的华人的工作质量非常满意，认为这些华工"在葡萄酒业工作比欧洲人更有用、更省钱、更可靠（they being found more useful, more economical, and more to be depended upon when in proximity to intoxicants, than the Europeans）"。1888年1月31日《阿尔伯里边疆邮报》（*Albury Border Post*）刊登了一篇评论文章，解释为什么葡萄园主更愿意雇用华工：

> The Chinamen, who do their work by contract, are sober, persevering, industrious and trustworthy, and the vigneron is perfectly well assured that they will fulfill whatever they have undertaken to perform; whereas the white man, who looks down upon him and resents his intrusion into a labor market of which he, the European, considers he should have full control, is very apt to go upon the "spree", or to strike for higher wages, at the very moment it is most essential that the operations of the vineyards should be pursued without an hours intermission.（这些华人合同工不酗酒、有恒心、勤奋、值得信赖。葡萄园主百分之百相信无论分配给这些华工什么工作他们都能出色完成。相比之下，白人工人瞧不起华工，讨厌他们侵入白人的劳动力市场。这些欧洲白人缺乏控制力，常常纵酒狂欢，还在葡萄园的工作一刻不能

停下的关键时候为了要求增加工资而罢工。)(参阅 Lancashire, pp. 194-195)

与此相反，华人淘金者的形象在绝大多数殖民者心中都是永久的刻板印象，他们“喜欢拉帮结派、专横、奇风异俗，与淘金地的白种人崇尚的平等社会格格不入(The enduring depiction of Chinese miners as clannish, despotic and culturally alien set them in opposition to the new egalitarian society that had emerged on the diggings)”(参阅 Reeves & Mountford, 2011)。1854 年英国淘金者兼游客威廉·豪伊特(William Howitt)观察来到新金山的世界各地的淘金者，他说“一群群的华人属于所有淘金移民者中间‘最卑微的阶层’，他们是来殖民地抢金子，抢到手就跑回中国去(crowds of Chinese ... ‘a very worthless class of immigrants’, who were robbing the colonies by taking their gold straight back to China)”(同上)。白人研究者同样戴着有色眼镜看待这些华人。比如麦拉·威拉德(Myra Willard)在她的《白澳政策历史》(1967)中写到，这些华人总的来说“缺乏同样被金子吸引过来的欧洲白人淘金者身上的那种特有的自由和独立的气质(lacked as a whole that free and independent spirit characteristic of the European adventurers whom the gold attracted)”(同上)。为《华人淘金者的故事》作序的杰弗里·布莱尼(Geoffrey Blainey)对华人的评价是正面的，强调了他们为殖民地所做的贡献。还有另一种倾向就是完全站在同情者的立场，就像珍·基廷斯这样，认为这些华人是被动的、种族歧视的受害者，他们是被异化的边缘人物。如同里夫斯(Reeves)和芒福德(Mountford)在他们的研究中所说，19 世纪和 20 世纪对华人淘金者的研究集中在这些华人停留的短暂性、孤立性和缺乏包容性等特点上，而澳大利亚华人历史的重要性和复杂性则往往被忽略了(2011)。

近年来，随着澳大利亚和中国的政治、经济、文化交往政策的变化，对澳大利亚华人移民的兴趣重新被激发。研究的视角特点从本地化、本土化转向了跨国化和全球化，这些关于个人的或者群体的生命书写以及他们创建的社区(比如华人区、唐人街、各种组织机构等)都成了研究澳大利亚华人经济和社会活动的重要文献。

关于华人淘金者的信仰问题，珍·基廷斯在书中只讲到了他们修建寺庙、烧香拜佛和祭拜祖先的一面，上文提到的白人指责华人“不信教”，是“异教徒”，搞“偶像崇拜”等都是片面的。丹尼斯·奥斯丁(Denise A. Austin)在他的文章《天国的臣民：澳大利亚联邦时期的华人基督徒》中专门研究了华人淘金者皈依基督教的问题。丹尼斯·奥斯丁认为华人信仰基督教并非为了应付联邦政府和殖民者排斥华人而采取的一种权宜手段，而是内因和外因相结合而让他们内心产生皈依基督教的渴望（“both internal and external factors motivated a genuine desire for religious change”），并且这些华人基督徒在联邦时期的华人社区生活中起着很关键的作用（“Christians played a crucial role within the Chinese community during the federation era”）(2004, p. 76)。这个时期的华人基督教徒面临着三方面的阻力，第一个阻力是自己的同胞。大部分华人是信佛的，而基督教徒反对偶像崇拜。佛教徒也反对基督教徒，说那是“洋教”，非中国文化（同上）。第二个阻力来自欧洲殖民者，尽管华人基督教徒经常去教堂，可是这些殖民者指责华人是宣扬偶像崇拜者(idol-mongers)并指责他们“同性恋、性堕落、奴役白人女孩”的行为，认为他们“不可能对基督教的发展起什么作用（... will the idol-mongers promote our Christianity... Not very likely)”(同上)。第三个阻力来自澳大利亚本地基督徒。澳大利亚教堂不认可中国的牧师，支持华人基督教徒的白人教堂领导被人画在漫画上讽刺(同上, p. 77)。尽管如此，还是有很多华人信奉基督教，而且通过基督教这个组织发展慈善事业，筹集到的资金运回中国支持国内孙中山领导的民主革命(同上, p. 81)。华人牧师比如 Lo Sam Yuen, Kwong Yat-sau (Matthew Fong) 等在华人淘金者当中的影响力还是很大的。Lo Sam Yuen 还在 1858 年集资建成了一个英国国教教堂，大约有两百名教徒捐款(同上, p. 78)。Cheok Hong Cheong 的父亲就是在淘金地皈依基督教的，他自己是一个非常勤奋的神学学生，1888 年被授予圣职并成立了两个培训机构专门培训华人牧师(同上)，所以殖民者对华人的指控不是基于事实而是对华人的刻板成见。事实上，华人淘金者和后来在澳大利亚定居的华人中很多都是基督教徒或者天主教徒，只不过他们的信仰往往带有混合性，即他们不是单一的佛教徒、基督教徒或者天主教徒，而是既去寺庙烧香拜佛，也去教堂参加礼拜。戴安娜·吉斯编写的华人口述历史《宇航员、失落的灵魂和龙：戴安娜·吉斯听到的当前澳大利亚华人之声》也谈到从一开始华人就和基督教有交流（“There were from the earliest days in Australia interactions between Chinese and Christian traditions”）(1997，p. 147）。郭美芬在《成就澳大利亚华人：城市精英，报纸和澳大利亚华人身份的形成》(*Making Chinese Australia*：*Urban Elites*，*Newspapers and the Formation of Chinese-Australian Identity*，1892-1912)一书中讲到牧师周容威(1849—1930)，他出生在广东省增城县，1867 年前后到维多利亚州淘金，1875 年开始和墨尔本另外五个华人一起受训成为传教士，之后在巴拉瑞特和比奇沃思的华人生活区从事教会工作。后来他在悉尼集资建设了新的基督教长老会教堂，成了一名全职牧师，他教堂的教徒很多，影响很大(2013，pp. 35-39)。

戴安娜·吉斯的《宇航员、失落的灵魂和龙：戴安娜·吉斯听到的当前澳大利亚华人之声》里面一位叫查尔斯·赛凯的人关于华人的信仰问题说了一段话：

> There are many Chinese who have become Christians. But the strange part about it is that even Catholics from Timor, or Protestants from anywhere, can't keep away from the Temple. On special occasions they still go there. When they want to find a good day to get married, a good day and time to be buried, they always go to the Temple to find out. It is deeply inside of them—more like a tradition.
>
> The Darwin funerals for some of the Chinese must have been a bit embarrassing for the ministers and priests. They performed

the ceremony, the Christian part, and then the Chinese part came on, burning incense and things like that. They feel that even though they are Christians, their forebears weren't. They keep thinking of that—Chinese religion is part of their forebears, and they don't want to go against them... (1997, p. 148) (很多华人都成了基督教徒，不过奇怪的是无论是来自帝汶的天主教徒，还是来自别的地方的新教徒，都隔断不了和寺庙的联系。在一些特殊的场合，他们依旧去寺庙。比如什么日子和时辰适合婚嫁、下葬等，他们都去寺庙问询。寺庙已经在他们心里扎根了，寺庙文化更像是一种传统了。达尔文的牧师们为这里的华人举行葬礼一定是一件非常尴尬的事情，他们首先按照基督教举行仪式，然后又依照中国习俗烧香等。他们认为虽然这些华人是基督教徒，可是他们的祖先并不是。中国的宗教信仰是他们的祖先的一部分，他们不想违背祖先……)

可见华人淘金者和移民者并非殖民者所指控的那样是异教徒，虽然他们当中很多人的基督教信仰带有中国特色。

华人淘金者也并非珍·基廷斯所叙述的那样全是苦力，他们之中也有非常成功而且很有名望的人。比如他们当中有一个叫 Ping Que 的就是一个有钱有势又有影响力的人物。他是第一个被当地欧洲人报纸报道的人物，获得白人的普遍认可，《北疆风貌》(*The Northern Territory As It Is*)把他描述成一个“聪明、灵活、肌肉发达的华人(sleek, well-fleshed, intelligent Chinaman)”(参阅 Giese, 1995, p. 37)。他也从事采矿业，购买了 20 英亩的矿地，雇用了 60 个矿工。他还在金矿附近拥有好几家商店、肉铺、屠宰场，雇工都是一条龙作业。他还从新南威尔士州聘请了一些员工。1885 年他被任命成为矿务局成员。1885 年他要求入澳籍的申请获批，不过在文件发放之前不幸去世。1886 年 5 月 15 日《北疆时报》(the *Northern Territory Times*) 发布了他的讣告，声称他是一个值得每一个和他打过交道的英国人尊敬和善待的中国人。Ping Que 是白人所认识的最聪明的矿商。多年来他一直很勤奋，又非常有胆识。（“Many years of hard work and sterling pluck and enterprise earned for Ping Que the respect and goodwill of every Englishman with whom he was brought into contact. He was far and away the smartest mining man we have yet met in the Territory.”）他的成功符合欧洲人的标准：物质上成功、待人和蔼、英语流利（“material success，affability，fluent English”）。他成了一个象征性的人物，被称为“华人中的拿破仑（a Napoleon among his countrymen）”（同上，pp. 37-38）。

《华人淘金者的故事》真实地书写了19世纪中后期华人在澳大利亚淘金前后和淘金过程中的经历。整个故事的基调是低沉的，和这些华人淘金者的遭遇相匹配，凸显了这些华人在国内、在旅途、在澳大利亚生活和劳作的不易和不幸。他们忍受多方面的剥削，在淘金过程中受到殖民政府和欧洲人、本地人的种种歧视和迫害，病了无人照顾，有的客死他乡，只能魂归故里，所以作者对他们充满了同情和赞赏，反复强调这些华人身上的良好品质，诸如吃苦耐劳、勤俭节约、坚忍克己等。

第四节　《我母亲的家族史》

除了书面形式的生命故事之外，还有口述形式的。比如诺玛·金·凯（Norma King Koi）的《我母亲的家族史》（*An Introduction to My Maternal Family History*）就是通过诺玛母亲娘家的亲戚比如诺玛的舅舅、姨妈、舅妈、姨父以及他们的朋友或者邻居等口述给她，然后由她记录下来的关于母亲娘家的移民故事。

诺玛·金·凯是1953年出生在澳大利亚的华人，她的《我母亲的家族史》讲的是她外公外婆以及她的舅舅、姨妈等在澳洲的移民生活。她的奶奶1894年出生在达尔文市，她奶奶的父亲在那里开茶馆。她的爷爷和奶奶是1910年在中国认识和结婚的，然后搬到了布里斯班居住。她的父母是1948年在汤斯维尔认识的，1951年在布里斯班结婚（参阅Giese，1997，p. 192）。

诺玛·金·凯的外公名叫查尔斯·黄（Charles Wong），是一个叫黄耀祥的家族的第十六代，查尔斯·黄1856年出生于老家广东省中山市石岐的一个乡村，于1888年来到澳大利亚昆士兰州。珍·基廷斯在《华人淘金者的故事》里面写到有些中国人从淘金转行到种菜，诺玛·金·凯的外公就是其中的一个。开始的时候查尔斯·黄在帕尔默河(Palmer River)金矿淘金，因为金子都几乎被淘尽了，于是他就在杰洛顿(Geraldton)，现称为因尼斯费尔(Innisfail)西北部的冈德(Goondi)租了一块地，开始种植香蕉和蔬菜并出售。那时候每个人平均可以租到5至10英亩的地(1英亩 = 4047m^2)。租金很便宜，种植也简单，基本的工具就够了。对查尔斯·黄这样的菜农来说，香蕉是他们的主要收入来源，每周售出50到100串。和其他菜农一样，他还种植一些蔬菜，以免香蕉收成不好。这些菜农的生活条件简单、原始。每一片菜园里都搭有茅草小屋，用栅栏围起来。茅草屋里是泥土地面，地上搭一个台子就当作床，枕头是一块空心木头，有时候会用生牛皮包着。外国人是不允许买地的，他们只能租赁。每英亩地一英镑，可以租用5年，五年后归还地主。作为外国人，他们享受不到欧洲人享有的很多权利，他们只能在这种艰苦的条件下辛勤劳作，简单地生活。

诺玛·金·凯的外公1899年结婚，她的外婆叫杨娴(Chou Young)，于1884年出生，也来自中山。她十二岁来到澳大利亚凯恩斯(Cairns)给人当女佣。和许多农村女孩一样，她也没有受过教育。结婚的时候她只有15岁，而诺玛的外公已经43岁了。他们的婚姻也没有登记。1889年到1920年期间正式注册的夫妻中只有45个是从中国来到澳大利亚的男子。其中夫妻双方都是中国人的有13对，而这13对夫妻的年龄差别是15.6岁。据调查，1901年昆士兰州中国人的男女比例是220：1(参见Koi，1992)。诺玛·金·凯的外公外婆结婚后把家安在杰洛顿，外公每周回来一次，平时还是住在冈德的菜园里种地。冈德在杰洛顿西北的16英里外，她外婆一共生了11个孩子，有一个夭折了。他们的家很小，在华人居住区的一个肉铺的后面。这里到处是商铺，还有一个旅馆。1912年这里发生飓风和暴雨，他们的家化为乌有，于是他们只好住到汤斯维尔(Townsville)外公的表亲家里。她外公又在德国园(German Gardens，“一战”后改名为比利时园 Belgian Gardens)租了 5 英亩地，在这里他种植了水果——西瓜、菠萝、番荔枝、番石榴、罗望子(酸角)、香蕉，还有蔬菜——莴苣、红薯、西红柿、胡萝卜。

《我母亲的家族史》侧重叙述了早期移民的艰辛，他们共同的经历——被同化、被歧视，包括名字的改变(主要是移民们的孩子)，还有生活条件艰苦等。

诺玛·金·凯的外婆生她的舅舅和姨妈的时候有助产士，她们负责给新生儿取名字，把外婆的名字给改了。诺玛的姨妈麦琪(Maggie)说诺玛的外婆本来叫“Chou”，可是这些助产士改成了“Chow”，她们说“Chow”才是正确的拼写。后来她们又将“Chow”改成“How”，说“Chow”听起来怪怪的(p. 15)。由于她外婆只会读和写自己的名字，别的都不会，所以她可能不知道她们在她的名字上下的工夫，也不懂这些是什么意思。孩子们在家里都是用的中文名字，从来不用英文名字，所以他们的英文名字在家里没有什么意义。诺玛·金·凯的舅舅伊迪(Edie)回忆说，为了和他们的爸爸(诺玛的外公)交流，他们总要去问他们妈妈中文。爸爸能听懂英文，但孩子们跟他说话他却用中文回答，他们的妈妈只好给他们当翻译。这说明诺玛·金·凯的外公是一个很自豪的人，为他的母语和文化而自豪，所以他拒绝用英语交流。

诺玛·金·凯的另一个姨妈杰西(Jessie) 回想起在比利时一家人的生活情景，那时候条件很差，他们很穷。总有一些人去他们的园子里摘他们的蔬菜和水果。他们的妈妈要养十个孩子，可家里却只有三个卧室，卧室都是床，每张床睡两个人，又没有卫生间。他们做了一个台子，洗澡的时候都是到台子上用浴盆洗。杰西还说他们家条件很不好，她妈妈(诺玛的外婆)有一台缝纫机，孩子们的衣服都是她亲自做的。她把旧衣服拆了，用纸做图样给他们做新衣服，有时还会做花边。

那时候为了生存每个人都要努力打拼。爸爸进城的时候园子就由兄弟姐妹六个人照看。他们那时候要喂马、放羊、喂鸡鸭，还要帮着爸爸洗菜、割草、打柴等。有时候上了年纪的华人总是挑着篮子挨家挨户去叫卖。有些白人不仅不搭理他们，还骂他们“中国佬”之类的。爸爸也曾把蛋送到附近华人开的铺子里去卖过。每个孩子都要干活，不干完分内的活就不能玩和吃饭，放学回家就得干活。由于住的附近没有店铺，平时他们要走好几英里去肉铺买肉或买牛奶，他们几乎没有什么玩的时间，他们还要在煤油灯下做作业(后来改成了煤气灯)，虽然灯光很差，但所幸的是他们的眼睛都没有因此坏掉。他们每周都得干七天活，不过大人会给他们零花钱。

他们在学校的时候也是遭到种族歧视的。最经常的就是被骂“中国佬”。有一次一个本地男生又这样骂诺玛的姨妈麦琪。麦琪对旁边的女生说，“你们把他捉住，让我扇他一嘴巴”。两个女生把他抓住，麦琪对这个男生说，“你再说‘中国佬’!”他说了，于是她对着他的嘴巴扇了过去。“你再说!”他又说了，又挨了一巴掌。一个女生也这样骂麦琪，结果也挨了打。麦琪可是跟着家里的男孩子练过沙包的，这几巴掌够他们受的了。

他们的一个白人朋友说，华人社区的人都特别团结。为了自我保护，他们必须这样做，因为澳洲人普遍讨厌华人社区。华人被称为“黄祸”，因为他们认为华人抢了他们的工作。这个朋友说有一次他带一个华人女孩去跳舞，结果他的白人朋友都不理他了，他被孤立了。华人社区里有妓院，还出售鸦片，赌博者、商人都有。他们玩得最多的一种赌博叫“翻摊(fan tan)”，用豆子玩，有点类似于掷骰子。

《我母亲的家族史》还着重描写了作者的外婆。诺玛·金·凯的外婆很有人气，孩子们的朋友都很喜欢她。她总是穿着一个深蓝色的围裙不停地干活，很勤劳。大家都记得她穿戴整洁，性格也很好：慈爱、很会关心人、大方、善良。不过外婆很严厉。诺玛的外公去世后，她外婆既当爹又当妈的，非常辛苦。她很有魅力，所以认识她的人都很敬佩她、尊敬她。她喜欢看电影。每周五晚上她都要到当地的露天剧院看电影。她常常说：“要是能够在家里看电影就好了!”其实老太太是想看电视，可惜那个时候没有(参见 Koi，p. 9)。

诺玛·金·凯写下她母亲家族的历史是为了与读者分享，得到读者的理解，也为了让她的后代将来想了解他们家族历史的时候不至于像她这样到处搜集资料，费了很多周折，很辛苦。下面是一次会议上，听众听了诺玛的叙说后给的反馈：

> When I spoke at the Museum of Chinese Australian History in Melbourne in 1993, half a dozen total strangers, around my age or younger, came up to me afterwards and asked me questions and said "thank you". They also spoke to my mother. They have lived similar experiences, but they've never been voiced by anyone. It's all been bottled up and kept internal. They're just glad that someone is actually coming out and saying these things, letting everybody know. (参阅 Giese, 1997, p. 193)（当我 1993 年在墨尔本澳大利亚华人历史博物馆发言的时候，好几个和我年龄差不多或比我小一点的陌生人向我走来，问我问题并致谢。听众还和我母亲交流了，他们也有过类似的经历，可是没有人把他们的经历讲出来，所以那些回忆就被尘封起来，永远埋在了心底。他们非常高兴有人站出来把他们想要表达的东西说出来了，让大家知道。）

诺玛·金·凯的工作是给澳大利亚移民们教授英语，她对她的学生讲她的经历并且劝告他们和她一样把他们家族的历史记下来，现在就记录下来，因为也许有一天他们的后代也会像她这样渴望了解家族的故事，了解他们家族的起源和传统，所以为了后代，也应该让他们的家族故事保存并流传下去(同上)。

诺玛·金·凯告诉吉斯她在进行这项书写家族史的工程中自己的感受，虽然心情是悲伤的，但诺玛的心愿得到了满足。当她在会上发布关于她的家族故事之后，引起了观众的强烈反响，得到了他们的理解，激起了他们的共鸣，她和读者之间达成了灵魂的沟通，用她自己的话说，就是成了“灵魂的伴侣”：

I cried throughout this project, especially as I replayed the taped interviews three to five times for transcription. I cried non-stop, with pen in one hand and tissues in the other. I cried whenever and wherever I listened to, wrote or read the data, at my desk, at the computer, on buses and trains. I cried when photos were revealed to me for the first time, especially those of my two grandfathers. I cried when I found personal documentation, usually in public places like libraries. At the Chinese Museum, throughout my presentation to one hundred people, I cried, my mother cried, and over half the audience cried. Many thanked me for helping them to understand, as they too were "lost souls". I hugged and cried with strangers—definitely not Chinese behaviour! Somehow, crying bonded us together to become "soul mates". (同上, pp. 208-209)(在这个工程的进展过程中我一直流泪，特别是我三番五次重放那些访谈者的录音以便书写下来的时候。我一直哭个不停，一手握笔，一手拿着纸巾。每当我在书桌前、电脑旁、公交车或者火车上听着这些录音，写下这些材料，或者阅读我搜集到的资料的时候我都忍不住想哭。当我第一次收到有关家族史的照片的时候，特别是看到我的两位祖父，就是我的外公和爷爷的照片的时候；当我在公共场所，比如图书馆找到一些私人文件的时候，我都会忍不住哭。当我面对华人博物馆一百位观众的时候我又哭了，我妈妈也哭了，在场的一半观众也跟着哭了。他们感谢我让他们理解了一些事情，因为他们也觉得自己是“失落的灵魂”。我和陌生人抱在一起哭，这似乎不是中国人的习惯行为。哭泣的时候我们彼此的心不知不觉地连在了一起，大家成了“灵魂的伴侣”。

这种强烈的反响更加激励了诺玛·金·凯将这项工程进展下去，她说自己对家族史的书写工程上瘾了，内心渴望人们了解和理解家族和亲人的事情。他们流泪不仅是因为逝去的亲人，也因为自己的迷失。只要那些逝去的亲人还在生者的心里，那么他们就永远不会死，他们活在生者的灵魂和记忆中：

> My research has continued as an addiction, fed by the need to know and understand. We do not grieve for those we lose. We grieve for ourselves for having lost part of ourselves. As long as that person is remembered in the hearts and minds of those left behind, they will never die. They become part of the souls of the living who remember them.（同上）

除此之外，这个有关家庭史的生命书写是作者获得自我身份认同的一种方式（“writing a family history becomes the very means by which she finds and defines herself”）（沈园芳，2001，p. 130）。

《华人淘金者的故事》和《我母亲的家族史》这两部生命书写作品真实地记录了澳大利亚早期华人移民的情况，是研究殖民时期和“白澳政策”初期华人生存状况的很好的资料。生命史是生命书写很常见的一种形式，虽然它以历史事实为基础，但并不排除作者的主观感受和意见，所以它是主观和客观的一种结合。作者可以依据自己的喜好、偏爱、写作目的、读者对象对材料进行取舍并有所侧重。作者可以聚焦对人物的刻画、对历史事件的评判、对社会现象提出自己的见解，也可以围绕某个主题进行编写。《华人淘金者的故事》在叙述各个历史事件的过程中渗透了珍·基廷斯对早期华人移民为生活所困背井离乡的不容易而表达出的深刻理解和同情，对殖民者和种族歧视的揭露和批判，对淘金者克服重重艰难险阻、承受种族歧视和迫害而锲而不舍的精神感到由衷的欣赏和佩服。

《我母亲的家族史》突出记述了作者外公一家早期移民生活的艰辛，着重描写他们的勤劳和简朴，同时也揭露了白人种族分子对他们的歧视和侮辱。这两部著作的共同点在于它们都书写了早期移民在种族歧视严重的情况下生存的艰难，它们都为深受种族歧视的华人发出了心声。

此外，另一位华人女性莫妮卡·E. 谭吉(Monica E. Tankey)也在她的生命书写作品《行动的蓝图》(*A Blueprint for Action*)中真实地记录了她的祖先的移民故事。她的这篇书写为澳大利亚华人史和澳大利亚史增添了一个闪光点——有关她的曾祖父的移民故事。在人们的印象中，早期华人移民的形象是一群穿着黑色睡袍似服装的人，正在往金矿的方向蹒跚而行。也有人对悉尼和墨尔本的成功华商和精英人才进行过研究，除此之外，对于其他的平民百姓，人们鲜有知道。莫妮卡·E. 谭吉的这篇书写让读者对早期的华人移民又有了新的了解(1981, p. 189)。

莫妮卡·E. 谭吉的曾祖父名叫谭吉，是福建厦门人。由于家境贫寒，没有上过学。1851 年，谭吉来到澳大利亚新南威尔士州金矿当苦力。威廉·查尔斯·温特沃斯(William Charles Wentworth)专门代理苦力去往国外，代理联合公司总部于 1842 年在悉尼成立。他们的工作是负责从中国往海外源源不断地输送廉价劳动力。钟海莲在她的《来自中国的报道》里面提到过第一批到达澳大利亚的华人是 9 个木匠，他们是 1830 年 7 月 9 日来到塔斯马尼亚北部的。这些木匠是广东人，他们乘坐的是 234 吨的三桅帆船“猎手号(Nimrod)”(1989, p. 57)。1848 年“猎手号”又从厦门运送了 100 个青年男子和 20 个男孩到悉尼，这些华工为新南威尔士州的牧业开垦丛林，后来者就成为牧羊人或者厨师(p. 59)。谭吉踏上悉尼的土地时，这个殖民地已有 2000 名华人了，这些华人主要从事农牧业的工作，比如牧羊、开荒、剥树皮、种植蔬菜等(谭吉，1981, pp. 189-190)。1854 年他和一个英国女人凯瑟琳·威尔斯(Catherine Wells)结婚了，在圣玛丽(St. Mary)教堂举行的婚礼。这是新南威尔士州最早的跨文化婚姻之一。1876 年谭吉皈依了基督教，改名为约翰(John)。谭吉的故事打破了澳大利亚有关华人的官方记录：早期的华人是不信教的野蛮人，即使他们和白人结婚，这些白人女子也只是一些无知的爱尔兰姑娘(p. 190)。凯瑟琳·威尔斯的父母都是流放到澳大利亚的英国罪犯，所以凯瑟琳·威尔斯不是爱尔兰人，是英国人。

而且她会读写，会签名。她和谭吉认识是她在一户人家当女佣的时候，谭吉作为卖菜的人或者洗衣店的工人经常去她的主人家送菜或者送衣服。

早期的婴孩死亡率很高，1857 年到 1861 年之间为 38%。谭吉和凯瑟琳·威尔斯生了四个孩子，只有一个叫威廉·查尔斯的活下来了（p. 191）。后来又生了三个孩子，也都先后夭折了。最后还生了一个女儿伊丽莎白（Elizabeth）和一个儿子帕特里克（Patrick）。谭吉在新南威尔士州居住了 25 年之后入籍了。但是为了继续做生意，他还是保留了他的中国国籍。他的生意比较成功，标志之一就是家里买了一架钢琴。他因为心肺衰竭于 1902 年去世，留下他的妻子、两个儿子和一个女儿。他的葬礼致辞对他的评价很高：

> ... Coming from "The Celestial Empire" he brought with him Celestial qualities, and in this respect showed example to a large majority of his white compatriots... Always urbane and courteous, it was a pleasure to meet and converse with him. As a citizen, he was foremost to assist, as far as his means would permit, in any necessary or deserving cause. Physical assistance was always rendered by him in case of fire, accident, etc.... Mr Tankey was an excellent exponent of the Golden Rule ("Do unto others..."). The memory of his kindly face and friendly greeting will long remain. （……他来自"天国"，带着天国的品质，他为很多白人同胞树立了光辉的榜样……他总是温文尔雅、彬彬有礼，与他相遇或者同他交谈都是非常愉快的。作为［澳大利亚］公民，只要他有条件，他就会竭尽全力伸出他的援手。发生火灾或者其他意外事故的时候，他也总是挺身而出，提供帮助……谭吉先生是"黄金规则"［先施于人］[2]的杰出代表。他仁慈的面容和友好的问候永远留在我们的心中。）（pp. 192-193）

谭吉死后，他的女儿成了一个修道院很出色的钢琴老师。他的儿子威廉·查尔斯1883年结婚了，娶的也是一个白人妻子，他们生了七个孩子，存活了四个。妻子死后他再婚了，第二个妻子又生了十个孩子，只有一个夭折了。威廉·查尔斯是个多面手，做过很多工作，还做过一家政治报纸的经理。谭吉家族在澳大利亚成了名门望族，1979年还举行了谭吉家族一百周年纪念活动，纪念谭吉从厦门来到澳大利亚的坤比恩(Queanbeyan)一百年(p. 194)，谭吉成了这个地方最杰出的华人。

◎ **注释**

1. 本书英文文献的译文如果没有特别说明，都是由本书作者提供，下文将不再一一加注。
2. “黄金规则”是由合理情绪疗法的创始人、美国著名心理学家阿尔伯特·艾利斯提出的，它是指“像你希望别人如何对待你的那样去对待别人”。

本章参考文献

Austin, Denise A. Citizens of Heaven: Overseas Chinese Christians During Australian Federation[A]. In: Couchman, Sophie, Fitzgerald, John & Macgregor, Paul ed. *After the Rush: Regulation, Participation and Chinese Communities in Australia*[M]. Fitzroy, Victoria: Arena Printing and Publishing Pty Ltd., 2004.

Bagnall, Kate. "He Would be a Chinese Still": Negotiating Boundaries of Race, Culture and Identity in Late Nineteenth Century Australia[A]. In: Couchman, Sophie, Fitzgerald, John & Macgregor, Paul ed. *After the Rush: Regulation, Participation and Chinese Communities in Australia.* Fitzroy, Victoria: Arena Printing and Publishing Pty Ltd., 2004.

Bagnall, Kate. Rewriting the History of Chinese Families in Nineteenth-

Century Australia [J]. *Australian Historical Studies*, 42: 1, 2011: 62-77. DOI: 10.1080/1031461X.2010.538419.

Cardell, Kylie & Douglas, Kate. Locating Lives: Life Writing and the Asia-Pacific [J]. *Life Writing*, 14: 4, 419-423. DOI: 10.1080/14484528.2017.1366817.

Chang, Pang-Mei Natasha. *Bound Feet & Western Dress: Zhimo and Yu-I* [M]. London: Bantam Books, 1997.

Kristeva, Julia. *About Chinese Women* [M]. Translated from French by Anita Barrows. New York: Urizen Books, 1977.

Coconi, Angeliki. Three Types of Autobiographical Writing [J]. *Pen & the Pad*, updated June 13, 2017. https://penandthepad.com/three-types-autobiographical-writing-8743231.html.

Couchman, Sophie. ' Oh, I would like to See Maggie Moore Again!"—Selected Women of Melbourne's Chinatown [A]. In: Couchman, Sophie, Fitzgerald, John & Macgregor, Paul ed. *After the Rush: Regulation, Participation and Chinese Communities in Australia*. Fitzroy, Victoria: Arena Printing and Publishing Pty Ltd., 2004.

Curthoys, Ann. Feminist Biography and Autobiography [J]. *Australian Feminist Studies*, 1989, 4 (9): 111-117. Doi: 10.1080/08164649.1989.9961637.

Elbaz, Robert. *The Changing Nature of the Self: A Critical Study of the Autobiographic Discourse* [M]. London: Croom Helm, 1988.

Geiger, Susan N. G. Women's Life Histories: Method and Content [J]. *Signs: Journal of Women in Culture and Society*, 1986, 11(2): 334-351.

Giese, Diana. *Beyond Chinatown: Changing Perspectives on the Top End Chinese Experience* [M]. Canberra: National Library of Australia, 1995.

Giese, Diana. *Astronauts, Lost Souls & Dragons: Voices of Today's Chinese Australians in Conversation with Diana Giese* [M]. Brisbane: University of Queensland Press, 1997.

Gittins, Jean. *The Diggers from China: The Story of Chinese on the Goldfields*[M]. Melbourne: Quartet Books Australia, 1981.

Green, Susan. Genre: Life Writing[J]. *Metaphor*, Issue 2, 2008: 50-55.

Green, Susan. Reading Life Writing[J]. *Metaphor*, Issue 3, 2012: 26-27.

King Koi, Norma. *An Introduction to My Maternal Family History*[D]. University of New England, Armidale, 1992.

Kuo, Mei-fen. *Making Chinese Australia: Urban Elites, Newspapers and the Formation of Chinese-Australian Identity*, 1892-1912[M]. Melbourne: Monash University Publishing, 2013.

Lancashire, Rod. Blanche Street, Wahgunyah: A Pre-Federation Australian Chinese Community on the Border[A]. In: Couchman, Sophie. Fitzgerald, John & Macgregor, Paul eds. *After the Rush: Regulation, Participation and Chinese Communities in Australia*. Fitzroy, Victoria: Arena Printing and Publishing Pty Ltd., 2004.

Langness, L. L. *The Life History in Anthropological Science*[M]. New York: Holt, Rinehart & Winston, 1965.

Lanigan, Esther F. Shattered Subjects: Trauma and Testimony in Women's Life-Writing (Review)[J]. *American Literature*, 1999, 71(4): 826-826. https://muse.jhu.edu/ (accessed November 19, 2018).

Mah, Adeline Yen. *Falling Leaves Return to Their Roots: The True Story of an Unwanted Chinese Daughter*[M]. London: Penguin Books, 82nd Impression edition, 1997.

Marcus, Laura. *Auto/biographical Discourses: Theory, Criticism, Practice*[M]. Manchester: Manchester University Press, 1994.

Ng, Lillian. *Siver Sister*[M]. Melbourne: Mandarin Australia. 1994.

Ojermark, Annica. *Presenting Life Histories: A Literature Review and Annotated Bibliography*. Chronic Poverty Research Centre Working Paper No. 101. November 1, 2007. Available at SSRN: https://ssrn.com/abstract=1629210 or http://dx.doi.org/10.2139/ssrn.1629210.

Reeves, Keir & Mountford, Benjamin. Sojourning and Settling: Locating Chinese Australian History. *Australian Historical Studies*, 2011 (42): 111-125, DOI: 10. 1080/1031461X. 2010. 539620.

Rule, Pauline. The Chinese Camps in Colonial Victoria: Their Role as Contact Zones[A]. In: Couchman, Sophie, Fitzgerald, John & Macgregor, Paul ed. *After the Rush: Regulation, Participation and Chinese Communities in Australia*. Fitzroy, Victoria: Arena Printing and Publishing Pty Ltd, 2004.

Shen, Yuanfang. *Dragon Seed in the Antipodes*[M]. Melbourne: Melbourne University Press, 2001.

Somerville, Margaret. Life (Hi) Story Writing: The Relationship Between Talk and Text[J]. *Australian Feminist Studies*, 1990, 12: 29-42.

Tan, Amy. *The Bonesetter's Daughter*[M]. New York: Putnam Adult, 2001.

Tankey, Monica E. A Blueprint for Action [J]. *The Australian Journal of Chinese Affairs*, 1981 (6): 189-195.

What is Life-Writing? —The Oxford Centre for Life-Writing. https: //oxlifewriting. wordpress. com/what-is-life-writing/

https: //en. wikipedia. org/wiki/Life_writing. Updated July 3, 2017.

Wong, Jade Snow. *Fifth Chinese Daughter* [M]. University of Washington Press, 1988.

戴冠青．生命守望与信仰重构——欧华女作家林湄《天望》中的信仰书写[J]．名作欣赏，2017(11)．

戴鸿斌．英国女作家斯帕克的生命书写[J]．外国文学，2016(4)．

关峰．论《老生》的生命书写[J]．集美大学学报(哲学社会科学版)，2016(4)．

李荣博．莫言的生命书写及其批判性表达——《酒国》生命异化的叙述[J]．渭南师范学院学报，2016(20)．

李瑞．“意义之在”与“人的存在”：陈忠实短篇小说的生命书写[J]．西北大学学报(哲学社会科学版)，2018(1)．

林嘉欣．论萧红作品中的生命书写与生存追问［D］．广州大学硕士学位论文，2017.

刘平．被遗忘的战争：咸丰同治年间广东土客大械斗研究［M］．北京：商务印书馆，2003.

马铁伦．真实与虚构之间的自我探寻——论多甫拉托夫的生命书写［J］．南京师范大学文学院学报，2018(1).

虞建华．美国文学大辞典［M］．北京：商务印书馆，2015.

张燕．一位华裔马来西亚女性的生命书写——解读林玉玲《月白的脸：一位亚裔美国人的家园回忆录》［J］．重庆文理学院学报(社会科学版)，2018(2).

第三章　澳大利亚华人女性生命书写中的归属感与身份认同

本章探讨澳大利亚华人女性生命书写中用得很多的一种形式——自传体以及这些自传中最常见的两个主题：归属感和身份认同。

第一节　《我不再是陌生人》中"我"的归属感

归属感是一种个人体验，个人融入了某个团体、某个组织、某种文化、某个国家或社会的主观感觉，这种感觉是来自双方面的：一方面自己想要融入某个群体；另一方面自己被某个群体接纳。这种互动关系的融合与和谐便让个人产生了归属感。安南特(S. S. Anant，1966) 认为，在多元化的社会里，归属感是个人在社会体系中作为社会的一个成员恪守自己的职责，同时被这个社会接受并获得合法的社会地位，个人感到在这个社会中有存在感、价值感和安全感。("In a multicultural society, belongingness is a consequence of an individual's personal involvement and commitment to social memberships within the social system, such that they feel accepted, socially legitimate, valued, integrated, and secure.") Bond (2006), Moran(2004), Skey(2013)等则认为归属感是一个心理学概念，在当今多元化的移民世界里，引起了政治学、社会学以及学术界越来越多的关注。实行多元化政策的澳大利亚、英国、加拿大等政府认识到归属感的重要性及其在创造一个和谐的、具有凝聚力的社会中的作用，还有在社会资本发展中的意义(参阅 Hodgins 等，2016)。("Belonging is a psychological concept receiving intensified attention politically, socially, and academically in an increasingly trans-migratory and multicultural world. Governments with multicultural policy settings (e. g. Australia, UK, and Canada) acknowledge the critical nature of a sense of belonging and its important role in fostering social harmony and cohesion, and its significance in the development of social capital.")

国家身份认同(国籍身份)被认为能够加强多元文化社会里所有成员的归属感("National identity has been proposed as the common identity that underpins a sense of belonging for all members of a multicultural society")(Buonfino, 2007),但多元文化社会的国家认同能否把主流社会的人和少数文化群体的人联合起来这个问题存在争议。("It is argued that national identity in a multicultural society unifies the cultural majority with a diverse range of minority cultural groups.")(Gray & Griffin, 2014)澳大利亚国家认同指的是在自我意识和国家意识之间的一种感知上的一致性。("Australian national identity is described as a perceived congruence between self-concept and a nation-concept.")(Scott, 1991, pp. 33-40),而一致性(congruence)是基于相互认同的成员关系(mutually recognized membership),关于这一点存在争议(Barnes 等, 2004)。"相互认同的成员关系"指的是成员关系认同者与其他成员之间共同而又个别地认可和接受这种成员关系的合法性地位("the member-identifier and other group members jointly and severally recognise and accept legitimacy of membership identity status")(Hodgins 等, 2016)。澳大利亚是一个英国凯尔特族裔文化占主流的国家,主流社会共同体按照他们的祖先文化、价值观和经验来描述国家认同的特点。这种国家共同体身份认同的主流身份特点正在经受来自外界移民的不断影响和改写,结果,文化界定被认为是建构国家认同的第一标准。对于少数文化群体的人来说,主流社会代表的国家认同存在很多问题,影响这些少数人的归属感,他们会感到无法正当要求得到和体验这种归属感,因为主流社会对此采取反对的、歧视的态度(同上)。

正当要求国家身份认同、文化身份认同、种族身份认同需要个人区别这些身份特点、接受这些身份特点并向这些特点看齐。文化身份认同标志与个人所代表的信仰、祖先的国家或社会传统知识和实践相关联。语言也被认为是个人要求和表达文化身份认同的一个实质性的标志（同上）。邦德认为（R. Bond）国家身份认同的三个最主要的标志是居住权、出生地、祖先（2006）。但是年轻一代的亚裔美国人认为生理特点（主要看你是否是"白（种）"）、价值观、民族表征是美国国家身份认同的内容，因此这些年轻人觉得他们不可能得到美国国家身份认同的合法地位（参阅 Hodgins 等）。

笔者认为，在主流文化社会里，国家身份认同在少数人群的个人归属感里并不占据主要地位，最重要的还是文化认同和物质认同（生理属性）。本章将通过珍·基廷斯的另一部生命书写作品《我不再是陌生人》（*A Stranger No More*）和帕米拉·谭（Pamela Tan）的《帕米拉·谭的长征》（*The Long March of Pamela Tan*）来探讨这个问题。

《我不再是陌生人》是珍·基廷斯以第一人称书写的个人移民故事。在阅读这整个生命书写作品的过程中，读者对作者的认同感油然而生：随着故事的开始、发展、结束而对作者充满同情、理解、欣赏和欣慰，因为她的不幸遭遇而同情她，因为她在陌生的国土里自强不息而欣赏她，因为她的责任心而理解她的每个决定，因为她在澳洲的成功归化而欣慰。这是第一人称叙事的优势：自传体通过使用第一人称"我"这种主观的叙事人称在读者心中产生一种期待，觉得作者的故事是诚实、开放、真实的，因而作者和读者之间建立了一种特殊的亲密感和信任感，读者觉得可以通过作品进入作者的内心世界。使用这种体裁掩饰了原本通过文本表现一个一体化的自我的不可能性。用詹姆士·奥尔尼的话说，这叫"围绕自传"（periautobiography），意思是"关于自己或者围绕自己的书写"，这样可以更准确地表达自我呈现的问题性：

> The genre of autobiography establishes a reader expectation of honesty, openness and "truth" through the use of the assertive "I", a peculiar intimacy and trust between the writer

> and the reader can be formed as the reader expects access to the writer's consciousness. The performance of genre masks the impossibility of this discourse of the apparently unified self in autobiography. Perhaps the term used by James Olney, "periautobiography", meaning "writing about or around the self", is more appropriate to the problematic task of representing the self. (Green, 2008, 51)

如果说《华人淘金者的故事》是关于19世纪中期华人淘金者的艰辛历程的话，那么《我不再是陌生人》便是一部关于作者个人移民的心酸史，虽然结局是明朗的。

珍·基廷斯的家庭

珍·基廷斯的父亲何东爵士(Sir Robet Ho Tung)(1862—1956)原名何启东，是欧亚混血，他曾是香港第一任首富。何东的父亲何仕文(1839—1892)(Charles Henry Maurice Bosman)是荷兰裔犹太人，出生于荷兰。"何"听起来像是中国姓氏，其实不然。"何仕文"是Bosman的粤语音译，何东就保留了其父改用过来的中文姓氏"何"。鸦片战争中香港被割让给英国之后，何仕文于1859年来到香港寻找商机，他开创了自己的公司"何仕文公司"(Bosman & Co.)，1868年香港大酒店开张时他拥有部分股权。1869年何仕文担任荷兰领事。后来他卖掉了香港的资产离开香港回英国发展，1888年入英国国籍，后来在伦敦逝世。何东的母亲施娣是中国广东保安人。何仕文在港期间与其未婚同居，生有一女(何柏颜)四子(何启东，何启福，何启满，何启佳)。何仕文离开香港后施娣嫁给中国男子郭兴贤做妾。何东为何仕文和施娣的长子。因其自幼由母亲抚养，深受中国文化的熏陶，所以常常以中国人自居。何东所上学校当时是香港一流教育机构，叫做"中心学校(The Central School)，后来改名为"女王学院"(Queen's College)"。当时的香港，商业开始繁荣，是英国在远东的主要基地。何东毕业后当过一段时间的老师，不过很快就改行到中国广东海关工作了。后来他又到怡和洋行任职。怡和洋行是当时英国在中国的最大垄断公司之一，垄断外贸长达半个世纪。由于掌握了流利的英语并具有非凡的智慧，三十岁不到何东就担任香港怡和洋行华总经理。香港的大佬们非常赏识这位年轻人的魄力和闯劲。虽然何东出身卑微，但他最终成为了香港著名企业家、欧亚商贸圈的首席人物。35 岁时担任地方执法官，他还是香港望族“何启东家族”的始创成员。他个人捐款建立了一所混血儿学校，成为第一个私人赞助者。他还捐助了很多其他机构，包括香港大学。香港大学授予他荣誉法学博士学位。因为他对英国的贡献，1915 年英王乔治五世封他骑士爵位，40 年后伊丽莎白女王又封他为大英帝国骑士(p. 20)。1941 年香港沦陷之前他逃离香港至澳门避难。“二战”结束后回到香港继续经商。他将澳门的房产捐给了澳门政府，现设为何东图书馆。他对澳门的贡献使得他 1952 年获得葡萄牙勋章。何东爵士慈善基金是香港主要的信托基金之一，于 1956 年用已故的何东爵士的捐款 50 万元成立(参阅 https：//baike. baidu. com/item/何东/12165)。

珍·基廷斯的母亲，也就是何东的夫人张莲觉居士(Lady Clara)(1875—1938)，名静蓉，是广东新安县人，为何东生下三子(何世勤，何世俭，何世礼)七女(何锦姿，何慧姿，何娴姿，何奇姿，何文姿，何尧姿，何孝姿，珍·基廷斯为七女之一，但遗憾的是笔者未能找到资料证实哪一个是她的中文名字)，长子(何世勤)早夭。张女士也是不同凡响的人物。作为母亲的她是非常尽职尽责的。她生平最注重的就是子女的健康和教育问题。珍·基廷斯的母亲希望她的孩子接受中西方两种教育，所以她聘请了一位中国学者传授孩子们中国古典文化，同时聘请了一位英国家教教授他们英语。孩子们上午学习英语，下午学习汉语。每周两次还有一位法国老师教他们音乐。因此子女们在健康快乐又合理的环境下成长。1938 年初张莲觉居士由于突发性哮喘病逝。她死后的钱财都捐赠给了慈善事业，只将珠宝首饰留给了子孙(pp. 138-139)。何东爵士夫妇富而不骄，慈悲为怀，深受朋友和社会的爱戴。夫妻共建“东莲觉苑”，是香港私立女子义学与佛教的重要里程碑。珍·基廷斯和她的妹妹格蕾丝(Grace)于1927年同时进入香港大学攻读文学和哲学(p. 89)。

珍·基廷斯在“二战”期间的经历

珍·基廷斯在“二战”前的经历直接影响到她后来移民澳洲的决定。

她在移民澳大利亚前的经历是非常痛苦的，由于战争，珍·基廷斯与她丈夫首先是和儿女分离，像其他父母一样，他们先让孩子离开被日本占领的香港，继而珍·基廷斯自己又与丈夫分离，直到失去丈夫。最后为了一双儿女，自己离开香港的亲人，放弃工作，只身赴澳。

珍·基廷斯“二战”前一直在香港大学医学院担任秘书工作。太平洋战争爆发之前的六个月她托朋友将一双年幼的儿女——伊丽莎白(Elizabeth)(11岁)和约翰(John)(5岁)带到了澳大利亚避难。一开始她的丈夫比利(Billy)不同意将孩子们送去澳大利亚，担心他们在陌生地方受苦，后来形势越来越严峻，他才同意让孩子们跟着他公司经理的妻子和女儿去悉尼，后来到了墨尔本。珍·基廷斯很庆幸他们做了这个明智的决定，而她自己则留在香港。“二战”前，比利认为香港肯定会被卷入战争，所以加入了香港志愿国防军(the Hong Kong Volunteer Defence Corps, HKVDC)，打算随时参加保卫香港的战斗。比利是工程师出身，所以一开始他加入了战地工程师的队伍，成为一名工兵，后来转为陆战队炮兵中士。他本来是可以得到委任状的，但他没要。成为军官的好处就是在他死了或者被杀之后他的妻子可以享受更高的津贴。他认为这两种情况都不会发生。但是结果出乎意料，香港沦陷后他成为战俘，先被关在九龙的一个军营，后来被转到了日本，在日本去世。

战争期间香港大学成为救援医院，珍·基廷斯自然就成为救援医院的秘书，受医疗服务部的指挥，还在女王玛丽医院接受医院管理培训。对于外国人和上层社会的人来说，香港简直就是一个无忧无虑的天堂。他们都不相信这种快乐的日子会被破坏。直到1941年12月18日早上8点，他们听到一阵巨响，并看到海港对面浓烟滚滚，才知道他们的国际机场——启德机场被轰炸，香港的空军力量完全被毁了，他们这才意识到那种安乐的生活已经失去了。日军继续轰炸，并于当晚占领了香港岛。圣诞节那天香港投降，政府大厦上面插上了白旗。香港军队被迫放下武器，他们被塞进海港前沿的一个低廉、肮脏、满是臭虫，并且没有水电的旅馆，之后被送去了赤柱拘留营(Stanley Camp)。赤柱拘留营位于香港岛南部的一个美丽的半岛上，占地大约3/4平方英里。半岛的最末端建造了一个很大的监狱。监狱周围散布着几栋公寓楼和一些平房，这里主要住的是监狱的看守们。在这些营房里关押着大概3000多名平民，目的是将他们和大部分的中国人隔离，以便日本当局可以通过无阻碍设施给香港本地人灌输东亚共同繁荣的信念（p. 13）。

珍·基廷斯一边在香港大学待到1942年中旬，一边等待有关比利的消息以及日军的动向。她的上司戈登·金逃走三天之后，珍·基廷斯向塞尔温·卡拉克博士汇报这个消息，卡拉克博士责备她没有及时向他汇报。可正是金的夫人帮忙把珍·基廷斯的两个孩子带去澳大利亚的，她当然要掩护金的逃跑。发生这件事之后，珍·基廷斯觉得不适合继续在香港大学救援医院待着了。自己的家早就被日军占领并洗劫一空了，母亲已经去世，父亲也躲到澳门去了，于是她只好去了赤柱拘留营。心想着在这里她兴许可以等到交换战俘的机会，这样就可以去澳大利亚了。拘留营的条件让人悲叹，但是身体上的不舒服甚至挨饿都不算什么，只要能等到和孩子们团聚的一天，没想到在拘留营一待就是三年半，一直待到战争结束，直到日本人投降，英国收回香港岛的主权。她也没想到挨饿的后遗症比如营养不良的毛病会严重影响到她日后的生活，不过她日后想起来当时也只有这样，没有别的退路，她不后悔自己的选择，因为最终她还是和孩子们团聚了。

在拘留营里，她和丈夫、孩子的联系方式是写信。国际红十字会香港分部给每个被拘留者和战俘每个月提供一张明信片，允许书写25个单词。然而，就算明信片填写好了，被收上去了，但邮包也很少从拘留营发送出去。从外面投递过来的邮件也往往到达不了收件人手上。偶尔邮件会和口粮一起运送进来，但是要延误数月才能配送到收件人手里。他们给出的理由是监察官不够。尽管如此，珍·基廷斯还是每个月坚持写明信片，这些明信片主要写给丈夫和孩子，偶尔也写给占领区的亲戚朋友，绝望地向他们寻求帮助，请他们寄些吃的或者穿的给她。日本人投降，香港收复之后她还在等丈夫一起去澳大利亚和儿女团聚。有传闻说他已经去世，她只好暂且一个人去澳大利亚，到悉尼之后才确定丈夫已经在日本去世的消息。

珍·基廷斯乘船到达悉尼之后，比利的妹妹派尔蒙特（Pymont）去和她见面，告诉她比利已经去世了的消息确凿无疑。他的遗书和个人遗物在英国皇家空军一位名叫赖利（Riley）的医生那里，她可以给他写信取回来(p. 26)。于是她照做了，后来她在墨尔本大学安顿好之后就和赖利医生联系上了，得知了丈夫去世的细节。赖利医生在信中说比利的情况他记得非常清楚。1944 年上半年的时候比利因为腹泻和营养不良身体很虚弱，但下半年情况有好转。他们得到美国红十字会分发的药品，这些药品主要用在病人身上。而这些药品由赖利医生亲自管理配送。他们还得到美国赞助的医疗设备。比利每天的营养配送有牛奶、奶酪、黄油，还有肉。但是冬天一到，他的情况就变得糟糕起来。1945 年 2 月，他得了胸膜炎，之后转为肺炎，于 3 月 5 日去世（p. 79）。

珍·基廷斯在赤柱拘留营的生活虽然很糟糕，但是有一点值得欣慰的是她可以在那里种菜。这项劳动不仅给单调的生活增添了乐趣，而且稍微改善了一下生活。同时被关的一位难友还因此得到了心理的疗伤。这位难友是霍纳·史密斯船长(Captain Horner Smith)。珍·基廷斯和她的丈夫乘坐过几次他的船，所以认识他。刚入营的时候史密斯不爱说话，整天阴沉着脸，但自从珍·基廷斯要他帮忙种菜之后，他就慢慢地改变了。营里的生活条件非常差，不仅拥挤，而且吃的穿的都缺乏。当这些人发现他们从这里出去遥遥无期的时候，就想着做点什么来打发时间和改善生活。于是，他们就在营地旁边的山坡上开垦了一小片地出来种菜。珍·基廷斯也从警署的朋友那里要到一些菜籽，和别人一样学着种菜了。尽管他们的菜园在一定程度上改善了一下生活，但珍·基廷斯还是得了营养不良症，给她后来在澳大利亚的生活带来一些困扰。

珍·基廷斯的这段经历非常重要，不仅因为它是她和她的孩子们移民的原因，而且因为澳大利亚人歧视亚裔人，因为“二战”的关系对日本人尤其歧视，但珍·基廷斯和她的家人作为受害者是澳大利亚人同情的对象，而不是歧视的目标。

只身赴澳

从本书的描述来看，作者对澳大利亚的印象是很好的。在她的眼里，澳大利亚是一个很友好的地方，是一个“应许之地”，充满了希望和幸福。虽然不愉快的经历也有，但绝大部分的感觉都是积极的。在这里，她和她的孩子们都得到了很多人的帮助，孩子的老师、孩子同学的家长、自己的朋友、同事、上司，还有香港的亲人朋友也都给予了他们很多的关心和帮助。

她乘坐的船本来是从香港到墨尔本的，可是到达悉尼港口的时候突然收到通知要立即返回香港，她只好和其他人一样匆匆收拾行李下船。在悉尼有两件事特别让她感动和受益。第一件事是海军指挥官威廉姆斯(Cdr. Williams)帮她预订了第二天傍晚从悉尼出发到墨尔本的快车票，而且是头等车厢（p. 30）。第二件事是她的钱包失而复得：到达悉尼港的第二天上午，珍·基廷斯正准备和夏洛特(珍·基廷斯孩子的姑姑)去购物的时候到处都找不到她的手提包，焦急万分的时候突然想起来头天晚上去外面电话亭给威廉姆斯打电话的时候落在公共电话亭了。虽然不能确定是否还在那里，但也只有去看看了。不仅她所有的钱都在手提包里面，而且她的护照也是，护照可是一时无法补办的重要文件。等她赶到电话亭的时候，没想到它还放在原处。“要不就是没人用过这个公共电话亭，要不就说明澳大利亚人是世界上最诚实的人!”(p. 30)她那失而复得、感动万分的心情是可想而知的。手提包事件是她初来乍到这个陌生的国家的良好印象的开始。

还有一件让珍·基廷斯感动的事情是她的女儿伊丽莎白所在学校同学珍妮(Jeannie)的家长诺曼·琼斯夫妇(Mr and Mrs Norman Jones)邀请珍·基廷斯去他们乡下的家里度假。珍·基廷斯在伊丽莎白的学校长老会女子学校(the Presbyterian Ladies College, or PLC)的校园运动日(Sports Day)由女儿介绍认识了珍妮的家长，他们马上邀请她去他们家住一段时间，因为他们看出来珍·基廷斯的身体不好，瘦得特别厉害，体重不到40公斤，需要调养，乡下的环境应该非常适合她。他们很快做好安排，不出两周时间，琼斯夫人就亲自开车从200多公里的乡下到墨尔本来接她。她虽然不大习惯琼斯夫人说话的声音，但盛情难却，只好去了。没想到在那里她感觉很好，身体也好了很多。琼斯夫妇的家在维多利亚州(Victoria)的贝纳拉(Benalla)，珍·基廷斯一到他们家都喜欢上那里了。琼斯夫人非常细致体贴，让她感到很暖心。她喜欢看那些白色的凤头鹦鹉(cockatoo)，它们头顶上长着黄色的冠，从他们家飞过，然后栖息到他们牧场一棵又大又结实的榕树上。他们家每个房间都有观景窗，在这里，四处都是美丽的风景而且很宁静，不像她原来所在的拘留营那么单调无趣。这里也没有大城市的繁忙喧嚣。离开的时候珍·基廷斯感到依依不舍，她是如此描述告别琼斯夫妇时的感受的：

> Sadly the day came for me to take leave of my kind friends. It was the last day of November, 1945, when Norman Jones packed us into their car. They had both tried to persuade me to stay longer for Thelma, being aware of my limitations, could foresee the difficulties which lay ahead. At the same time, I was so much better in health, and having regained a stone of my lost weight, I felt I could no longer shirk the burden of my responsibilities. Moreover I was anxious to put myself to the test. So, in spite of their persuasion and my own doubts and fears, I sailed from the harbour of the Joneses protective custody to face a future which was unknown and untried. That I came through those early years with some degree of mental stability is undoubted due to the foundation laid by the restorative power of this new country and the extraordinary kindness of its people. (p. 56)

这段话的意思是告别这对善良的夫妇那天珍·基廷斯很难过，那是1945年11月30日。琼斯先生开车送他们到码头。他们想挽留她多住些时日，西尔玛(琼斯夫人)知道珍·基廷斯能力有限，此后的生活可能会困难重重。不过珍·基廷斯感觉身体好了很多，体重恢复了6公斤多。自己身负的责任还很重，义不容辞。而且她也想去迎接生活的挑战。所以尽管他们一再挽留，而她自己也满腹疑虑和担忧，她还是离开了他们家，独自去面对未来的不确定性。在澳洲的初期生活里她之所以能够坚定地面对新的生活，是和澳大利亚这个国家的修复力量和它的人民特别善良有很大的关系。

另外一位让她心存感激的人是伊丽莎白所在学校的校长尼尔森小姐(Miss Neilson)。珍·基廷斯刚刚和孩子们团聚的时候学校领导特许伊丽莎白在家里多待些时间，多陪陪妈妈，因为她的学业不错，考试不是问题。尼尔森小姐在伊丽莎白的学业问题上给予了珍·基廷斯很好的建议。后来珍·基廷斯采纳了她的建议，让伊丽莎白进入大学学习并且拿到学位。本来珍·基廷斯打算让伊丽莎白女校毕业后去银行当职员的，那时候银行愿意招收15岁的女孩并对其进行培训，然后成为银行职员。当珍·基廷斯和尼尔森小姐谈及此事的时候，尼尔森小姐立即否定了珍·基廷斯的计划，她说伊丽莎白的成绩很好，足以让她能够申请到大学。而且不管她选择什么专业，她一定可以学好的。于是珍·基廷斯就打消了之前的念头，让伊丽莎白准备考大学。结果如尼尔森小姐所预言的那样，伊丽莎白顺利申请进了墨尔本大学并拿到了理学学士学位。

对她女儿有帮助的另外一对朋友是韦伯夫妇(Mr and Mrs Webb)。带孩子们来澳大利亚的金夫人也见过这对夫妇。韦伯夫妇有一个女儿和三个儿子，都已经长大成人并且有了自己的生活，但他们还是和父母住在一起。韦伯夫妇有一个乡下的侄子斯图尔特·都利(Stewart Doery)比伊丽莎白大四岁，两个人成为好朋友。随着岁月的增长，他们对彼此的依恋越来越深，伊丽莎白读完大学就和他结婚了。珍·基廷斯对此特别欣慰，感到她不仅没有失去女儿，反而得到了一个儿子(p. 40)。

当然让珍·基廷斯不愉快的人和事也是有的。首先让她不安的是收养孩子们的克鲁卡斯先生(Mr Clucas)。她刚刚和孩子们在他家里团聚之后他就不停地跟她说伊丽莎白对男孩子很着迷。因为几个星期前学校有个舞会，学生可以自带舞伴。很多学生带上自己的兄弟或者表兄弟抑或是朋友，伊丽莎白请克鲁卡斯先生帮她介绍舞伴，因为他是她的监护人。克鲁卡斯先生对此颇不以为然。他认为伊丽莎白完全可以让别的女孩给她当舞伴。伊丽莎白还想要一件女装专门在舞会上穿，因为他们平时都是穿校服的。对此克鲁卡斯先生也是很有看法。话虽如此，他还是邀请了他的一位朋友带着他两个和伊丽莎白同龄的儿子来家里。他们都对伊丽莎白的印象很好，不过和克鲁卡斯先生一样，他们都对伊丽莎白是中国人感到很遗憾。当克鲁卡斯先生反复说伊丽莎白是男孩迷的时候，珍·基廷斯就感到他对中国人有恐惧症，因为他总是说伊丽莎白是中国人真是太不幸了。他的这种恐惧症当时很多澳大利亚人都有。

伊丽莎白也感到和克鲁卡斯先生相处很别扭，很显然她不喜欢他。她问珍·基廷斯为什么金阿姨要给他们俩找这样的人收养他们。珍·基廷斯告诉她，金阿姨是经过深思熟虑之后做的决定。虽然当时有很多人想收养他们俩，但都只能分别收养。她想让兄妹俩不要分开，至少平时他们在学校的话周末可以在一起。只有克鲁卡斯夫妇可以同时收养他们两个。金阿姨还和克鲁卡斯夫妇见面谈过了，也去他们家看过之后觉得夫妇俩是理想的监护人。因为克鲁卡斯夫妇就像是孩子们的爷爷奶奶，这样就不会取代孩子们的父母了。于是她就放心地把孩子们交给了他们，然后回香港去了，因为金夫人是医生，由于工作需要，不能在澳大利亚耽搁太久。珍·基廷斯的儿子约翰倒是和克鲁卡斯先生相处得挺愉快的，克鲁卡斯先生很喜欢他，想正式收养他为儿子。约翰在基由(Kew)的一个寄宿学校上初中，已经读到最后一个学期了。这个学校叫凯里浸会文法学校(Carey Baptist Grammar School)。这个学校的校长梅特卡夫小姐(Miss M. Metcalfe)告诉珍·基廷斯，约翰在学校的表现很好，很有希望被评为他们这所初中的学习标兵(p. 43)。

在珍·基廷斯的工作问题上对她帮助最大的是约翰·亚当先生(Mr John Adam)。他是孩子们的法律监护人。亚当先生是一家公司的大股东，这家公司位于声望很高的小柯林斯街一栋古老的建筑里，叫“威格尔和克洛塞先生公司”(Messrs Weigall & Crowther)。亚当夫妇对珍·基廷斯很好，亚当夫人还请珍·基廷斯喝茶。亚当先生问珍·基廷斯打算在澳大利亚做什么工作，她说她以前在香港大学做秘书工作，先是医学院院长的秘书，后来在医学院做院里的秘书。所以她希望在澳大利亚也能找到一所大学当秘书，这样她会觉得得心应手一点。于是亚当先生就安排珍·基廷斯和他的朋友——墨尔本大学的注册主管约翰·福斯特先生(Mr John Foster)见面。克鲁卡斯先生听说这事之后不停地对珍·基廷斯说，“你要不是中国人就好了，你又没有这边的学位，他们肯定不会接受你的”(p. 46)。听他这样说，珍·基廷斯感到紧张不安。所幸的是，出乎克鲁卡斯先生的意料之外，福斯特先生很愿意接受珍·基廷斯在他们学校工作，因为他们觉得招收初级职员不难，但要找到珍·基廷斯这样有经验、有资历的人却不容易。而且他还对珍·基廷斯说秘书职位有好几个空缺，她可以先在家里陪孩子，好好休息，等到孩子们的假期结束再开始上班。就这样，珍·基廷斯开始在墨尔本大学工作，在药理系做管理部门秘书，一干就是24年，直到1969年退休为止。

不仅工作的事情解决了，住的地方也有了着落。还是亚当先生帮的忙，安排她住在墨尔本东部的查尔默斯宿舍大楼(Chalmers Hall)。虽然这里作为临时住处很好，但那是单身宿舍，周末和假期孩子们没有地方住。她知道克鲁卡斯先生恐惧中国人，就从他家搬出来了，虽然在内心里她还是感激他的，毕竟他夫妇俩收养了孩子好几年，而且在她自己无处栖身的时候给了她一个落脚的地方。现在她要自己抚养孩子们了，所以先要给孩子们安一个家。那个时候租房子是非常困难的，尤其像她这样的情况。于是朋友告诫她求租的时候不要说她有一个儿子，但珍·基廷斯太诚实了，而且担心别人会核实她的情况，所以她不敢撒谎。这样一来她就更难找到房子了。后来好不容易找到一个平房，她去看过了，房东出租的条件是她必须打扫平房和两个公共浴室。这时她又得到了斯科特先生(Mr Scott)的帮助，斯科特先生了解珍·基廷斯租房的困难之后，立即帮珍·基廷斯找到了位于埃尔伍德的一套公寓，这套公寓还不错，靠近海边。她和房东太太卡芬夫人(Mrs Caffin)住在一起，她和孩子们有两个房间，这样他们才有了一个家。卡芬夫人也比较喜欢他们，所以他们相处还比较愉快。他们一起住了两年，后来珍·基廷斯变卖了自己所剩的珠宝首饰，以及她母亲留给她和孩子们的那部分珠宝，加上自己的积蓄，在西海德堡买了一个小房子，有两个卧室和一个阳光房，这样三个人都有自己的卧室了(p. 125)。

珍·基廷斯不仅有朋友的帮助，还得到父亲和姐妹的帮助。她前后买了两辆车，都是父亲给她的钱。她的第一辆车还是以她父亲的名字命名的，叫做"罗伯特"(Roberta)(p. 109)，而且她在墨尔本的生活费的一部分也是她父亲通过香港的银行每个月汇给她。她的姐妹也给她寄过钱。

物质属性的重要：出身背景和血统

当然，珍·基廷斯也是受过"白澳政策"影响的。1946年她回了一趟香港，再次来澳洲的时候就碰到了麻烦。当他在悉尼港登陆的时候，移民局的官员就盯上她了，因为第一次来澳洲的时候船上乘客的名单上没有珍·基廷斯的名字，而且当时迎接这艘船的也是这位官员，他没有见过珍·基廷斯。珍·基廷斯向他解释说可能是因为她一直待在头等舱，而且下船的时候很紧急。当时她正要跟着乘客下船的时候发现自己的行李忘了拿，又赶回船舱拿行李，等她出来的时候乘客都走光了，这可能就是他没有看见珍·基廷斯的原因。尽管如此，这个官员还是半信半疑。因为这个时候管理移民部门的是亚瑟·卡维尔(Arthur Calwell)部长，他是严格执行白澳政策的人。他的一句名言是"华人圈有很多姓王的，但是可惜两个王也成不了一个白人"(p. 113)。对此，珍·基廷斯无计可施。突然间她想起她在香港的邻居彼得·佩格先生(Peter Pegg)对她说过的话："你到达澳大利亚之后，基廷斯夫人，别忘了告诉别人你的父亲是谁。"看到珍·基廷斯困惑的样子，佩格先生接着说："因为这样的话你的生活会变得容易多了。澳大利亚人可是有着强烈的阶级观念的人。我刚把彼得送去新西兰上学，从悉尼回来的，所以对此很了解。如果你把你父亲的身份告诉别人，你会享受到很多的特权。"

(p. 111)于是她对这位官员说可能是因为她当时在船上享受的是特殊待遇。于是他问她为什么她可以享受特殊待遇，珍·基廷斯说可能是因为她爸爸的缘故。接着他问她爸爸是谁。珍·基廷斯说她爸爸是香港大学的赞助人之一，也是香港大学高层管理人和重要决策人之一，被封为英国骑士等。而且，重要的是当时她是香港大学的员工，曾经和香港大学的副校长以及其他职工一起被关在赤柱拘留营，可能就是这诸多原因，使她在船上享受的待遇和别的乘客不一样。这位官员还是不放过她，又接着盘问她的血统问题：

"You are partly Chinese, are you not, Mrs Gittins?

"I am."

"What percentage?"

"Oh, let us say 50 per cent."

"Are you certain it is 50 per cent? Can you not make it a little less?"

"No officer, not 48 or even 49 per cent but 50 per cent". (p. 113)

译文如下：

"你是部分华裔血统，对吧，基廷斯夫人?"

"是的。"

"多少?"

"百分之五十吧!"

"你确定是百分之五十，而不是低于百分之五十吗?"

"是的，既不是48%或者49%，而是50%。"

最后，这位官员告诉珍·基廷斯，他会把她的情况向他所在的堪培拉本部汇报，移民部门的工作人员会和她联系，可能会要求珍·基廷斯定时去墨尔本移民部汇报情况，这才放行。

珍·基廷斯回到墨尔本大学后，医学院的院长麦卡勒姆(MacCallum)教授问珍·基廷斯的回国度假情况，她就告知她回澳洲时的麻烦经历。他告诉珍·基廷斯今后海关不会再找她麻烦了，因为她这次已经把她的情况跟他们讲得很清楚了。麦卡勒姆教授的一段话反映了当时对移民的严格限制情况：

> "They have strict immigration laws in this country and can deport anyone they might consider to be an undesirable immigrant—they could even deport me at any time should they choose to do so. All they would have to do is to give the person concerned a language test—usually in Gaelic—but if they do that to you, I will teach you Gaelic myself. In any case don't worry about them now and should they send for you, just put them off for a fortnight. Tell them we have examinations and you cannot be spared; that would give us time to stop them doing anything they cannot retract. The University will see to it that nothing unpleasant happens to you. However, to be on the safe side, I think you should go next door to see Professor Wright as soon as it is convenient for him to see you. He is very friendly with the Minister, you know." (p. 116)

意思是澳大利亚的移民法很严格，如果他们认为谁不是他们想要的公民，就可以随时将这个人驱逐出境。即使对于麦卡勒姆教授，他们也有可能这么干。办法很简单，他们只需要给这个人进行语言测试，这种语言通常是盖尔语(Gaelic)。他告诉珍·基廷斯不要担心，假如他们真的这么对她的话，她只需要跟他们拖延一下时间，就说学校有考试，因为工作走不开，争取两周时间就够了。在此期间他会教她盖尔语，这样一来他们就难不倒她，无计可施了。麦卡勒姆教授向她保证如果她再次遇到麻烦，学校会出面，不会再让这些不愉快的事情发生在她身上的。接着他又让她去见见隔壁的莱特教授(Professor Wright)，因为他和移民部长的关系不错。珍·基廷斯去找了莱特教授，他果然愿意出面帮她解围，“基廷斯夫人，此事你不必担心了。我会在适当的机会给部长去一封紧急私人函件，一切就都会搞定了”(p. 116)。珍·基廷斯正要离去的时候，莱特教授又把她叫住了，问她孩子们的外貌如何。基廷斯回答说如果莱特教授觉得她本人长得更像外国人而不像中国人，几乎可以冒充是澳大利亚人的话，那么她的两个孩子就更像外国人了(p. 117)。果然不出一年，移民部传她带上她的孩子们过去。见面了之后，珍·基廷斯毫不客气地对那个官员说，既然他已经看到孩子们了，她就可以把他们支开了，没有必要把孩子们卷进这种种族歧视的谈话中来。那个官员回答说当然可以，他向基廷斯道歉，让她谅解并说这些都不过是形式问题。孩子们走开后，官员对珍·基廷斯说，她的大学不想失去她这个员工，副校长、几位教授包括莱特教授都给部长写过信了。澳大利亚政府当然欢迎她这样的人。她和她的孩子们都是他们国家想要的理想公民。部长已经发话，珍·基廷斯可以永久居住，也许有一天就可以获得澳大利亚公民身份了。这个官员说得没错，他们母子母女三人果然获准入籍，不过她只是让孩子们入籍，自己还是保留着她的英国国籍。

归属感

至此，珍·基廷斯的移民过程算是很成功的。她和她的孩子们完全融入了澳大利亚的生活。虽然她的人生最大的缺憾是丈夫早逝，不能一家人团聚在澳洲，但是她心里的这个遗憾也随着她的日本之行消解了。1950 年她回香港之后接着去了日本，专门去看比利的墓地。虽然日本签证难办，但她还是利用关系拿到了。比利的墓地在神奈川县离横滨市大约 10 公里的保土谷区(Hodogaya)。最初由澳大利亚战争墓地集团(the Australian War Graves Group)建设的英联邦战争公墓(the British Commonwealth War Cemetery)就在这里。看到比利的墓地之后，珍·基廷斯的心就完全释放了。她描述自己当时的心情是自豪的、高兴的。因为比利葬在这样的一个理想之地：

> The quiet dignity of the planning, the horticultural excellence of each section where native trees had been planted, the calm reflections from the pools of remembrance, and the exquisite beauty of natural features skilfully employed to create an atmosphere of peaceful repose, all contributed to give a lasting impression. I came away humble, and filled with gratitude too, for the experience. (p. 153)

也就是说这个墓地设计很好，四周的园林布局完美，墓园栽种着本地的树木，气氛庄严肃穆，自然风景优美，整个墓地设计颇具匠心，给人一种非常安宁的感觉，这种感觉永久地留在她的印象中。珍·基廷斯怀着恭敬的心离开了墓地，对这次能够成行心里充满了感恩之心。这样一来，心里不再有遗憾了。回到澳大利亚，她重新全身心地投入工作和生活当中。

之前买的房子因为卖家要收回，不得已她只好重新买了一套公寓。正好伊丽莎白已经结婚了，她可以给自己和儿子一个属于他们母子的空间。

1952 年她父亲何东爵士九十大寿的时候珍·基廷斯又回香港和家人、亲人欢聚在一起，心情自然是无比快乐的。她妹妹格蕾丝趁机劝她辞掉澳大利亚的工作，回香港生活。凭她的资历在香港找工作很容易，可是珍·基廷斯没有同意，还是回到了澳大利亚。在这里她才有成就感、归属感、满足感、安全感，因为她的工作能力被认可了。在墨尔本大学药理系工作让她感觉如鱼得水，在决策问题上她有发言权，她觉得在任何别的地方她是找不到这种感觉的。她已经把工作的地方——墨尔本大学当成了自己的另一个家。比起香港，澳大利亚更让她有家的感觉（pp. 147-148）。而且她女儿嫁给了澳洲本地人，儿子也越来越喜欢澳大利亚丛林，这些让珍·基廷斯感觉自己“和澳大利亚的联系更紧密了”，在这个偏远的国家里她已经“不再是陌生人了”(p. 169)。

珍·基廷斯在她的这部生命书写作品中讲到她的移民经历时充满了归属感。让她产生归属感的最重要的因素是澳大利亚给予了她一种文化认同，而这种文化认同最主要的表现是对她工作能力的认可，正是这种认可让她充满了自信和责任感，以至于她最后还是选择了继续留在澳洲而不是回香港。除了工作，她周围的人给予了她的各种帮助也是对她的一种文化认同，包括初来澳洲时女儿同学的家长邀请她去乡下小住，她回到墨尔本之后朋友帮她介绍工作，后来帮她找房子，还有她单位的领导和同事出面帮她扫清移民局的麻烦等，对她来说都是非常重要的文化认同的表现：他们接纳她，让她融入他们的生活。然而她并没有获得国家身份认同，她拒绝了澳洲国籍，保留了她原来的英国国籍。与国家身份认同相比，更重要的是她的物质属性——她的血统。因为她身上有百分之五十的欧洲血统，她的孩子们也看上去跟外国人没有什么太大的不同，让移民局的人对他们产生了血统上的认同感。

第二节 《帕米拉·谭的长征》中归属感的丧失

珍·基廷斯移民澳大利亚是由于战争的原因，除了这个，还有一个促使华人移民的因素是政治原因，比如帕米拉·谭。

回到祖先们的国土

帕米拉·谭本来在澳大利亚出生和长大，但是因为得不到澳大利亚社会的身份认同，父母一直鼓励她回到祖先们的国土——中国。

她在澳大利亚出生，她父亲以前是查尔顿(Charlton)马里(Mallee)的菜农。帕米拉·谭在澳大利亚上完了中学之后不久就回中国了。她很小的时候母亲就给她灌输“回到祖国怀抱”的观念，所以她也一直想回祖国。1951 年 12 月她终于完成了父母和自己的这个夙愿，回到中国，在北京做翻译工作。中国经历了社会主义革命，年轻的她对共产主义怀着满腔热情。她笃信在中国能够让她之前在澳大利亚所碰到的问题都迎刃而解：异化感和矛盾感(既是中国人又不是中国人——在澳大利亚出生和长大，但是她的种族身份是中国人)。她相信在中国她可以找到自己的身份。然而事实上并非如此。来到北京的第一年冬天，刺骨的寒冷和她被视为外国人的事实让她感觉非常突兀。别人称呼她为澳大利亚人，虽然那是不含敌意的。这个她可以接受，毕竟自己不在中国土生土长，别人不把她当中国人也不奇怪，不过大家也都接受了她，他们待她如同一个远房亲戚，也比较关照她。

1956年在一趟列车上，帕米拉·谭遇到一位参加过长征的老干部，这位老干部和她交谈起来。当他得知她是从澳大利亚回来的，就问她澳大利亚人有没有欺负过她。她回答说没有，澳大利亚人很善良，不过有些不认识的人会让人生活不愉快。比如有一次她和父亲去一家商店购物，没人搭理他们，他们等了半个小时都没人理，只好走了。还有，“二战”期间，她的父母必须定时去当地警察局汇报，因为他们是外国人的身份。她父亲对警察说他们是中国人，是反法西斯的同盟军，警察说，还好你们是中国人，如果是日本人，就进了集中营了。最伤人的是那些偏见。帕米拉六岁的时候，她所在的小学举行音乐会，其中有一个表演仙子舞的节目，帕米拉也是其中的一个仙子。有一个同学说了一句话，引起全场大笑，她说仙子不是黑头发黑眼睛，而是金发碧眼的！这是帕米拉第一次感到受伤。别人问起她澳大利亚的时候，她就是这么对别人说的，她说澳大利亚是一个种族歧视的国家，歧视亚洲人和澳洲土著人，澳大利亚是西方在太平洋的坚强壁垒。

洪美恩（Ien Ang）谈论过“黄皮肤”和“丹凤眼”的危险性（2001, pp. 28-29），因为所有亚裔人都是这样的特点，所以华裔人很容易被当成日本人或者是越南人，而日本人和越南人曾经是澳大利亚主流社会歧视的焦点人种。他们讨厌日本人是因为“二战”中日本是同盟军的敌人，很多澳大利亚人都认为日军会侵略澳洲北部。而且还因为20世纪80年代日本人在昆士兰州购置了大量的地产。他们排斥越南人是因为越南人不大融入澳大利亚主流社会，他们喜欢搞帮派，还经常打斗，在澳大利亚华人的眼里他们有着暴力和犯罪的刻板印象。并且还因为越南人作为难民贫穷、失业、不自立，依靠澳大利亚政府津贴，对政府和澳大利亚人是一种压榨(参阅 Carole Tan，2006)。富有讽刺意味的是，澳大利亚人因为越南人的贫穷和对澳洲政府的依赖性而歧视他们，可是来自中国的新移民却因为“富裕”“成功”同样遭到歧视(同上)。由此看来，这些遭到歧视的人群不是因为他们的贫穷或富裕，根本原因在于他们是外国人，在于他们不是白种人，在于这些亚洲人对澳大利亚的政府是一种负担，他们是对社会安定造成威胁、影响到澳大利亚人的经济和文化生活的人，所以他们统统都是主流社会“不受欢迎的人（undesirability）”。所以帕米拉・谭和她的父亲，还有后来她的儿子都遭到歧视就是这些原因。

作为一名翻译，帕米拉・谭在北京的生活和大多数人相比还是比较优越的。她可以到处旅行，而且 20 世纪 60 年代闹饥荒的时候她也没有受苦。当她的父母回到北京对她说，澳大利亚已经发生变化了，她还是没要想到要回澳。她的生活和爱情都在中国，因为这个时候她已经结婚了。她有她的朋友，最主要的是她有一种被需要的感觉，而这些就是她认为的幸福。虽然在中国也有一些问题，她没想过要逃避这些问题，她认为不需要通过回澳大利亚这个途径来解决。但是，1966 年到 1976 年的“文化大革命”让她改变了看法。

在“文革”之前，帕米拉・谭在中国的生活是令她愉快的，工作满意，生活舒适，周围的人接纳她，她获得了认同感、成就感、满足感和幸福感，在中国这段时间的生活让她充满了归属感。然而这种归属感不久就随着政治变革而丧失了，导致她重新迁移到澳洲。

归属感的丧失，重新回澳

在《帕米拉・谭的长征》的自述里，帕米拉写到，她是“文革”的受害者，她的命运因此而发生了翻天覆地的改变。

经历了“文革”之后，她又响应“上山下乡”的号召，去了河南“五七干校”工作。

“四人帮”垮台后，国际国内形势发生了很大变化，帕米拉・谭于 1981 年年在澳洲与丈夫和两个儿子团聚。在中国的时候她也没有好好照顾过他们，上幼儿园之前他们曾有一对非常有爱心的夫妇照顾，上幼儿园之后就请了保姆。因为当时很多职业女性自己要工作，都是请保姆带孩子的。直到他们快上学了帕米拉·谭才开始照顾两个孩子，孩子们才开始接受她是他们的妈妈这个事实。

来到澳大利亚后，和很多在澳大利亚的中国人一样，孩子们同样遭到本地人的歧视，他们被身为本地人的同学骂“中国佬!”这些人还对他们吐唾沫。孩子们觉得很受伤，大儿子都决定不上学了。兄弟俩收拾好书包回家。校长亲自来家里接他们上学，严厉批评了骂他们的学生。他们觉得正义得到了伸张，又快乐地继续上学了。他们还是很喜欢老师和同学的，除了骂他们的同学之外。有时候他们还是会碰到直接对他们充满敌意的人。这样的场合有几次了，大儿子就特别沮丧，开始恨澳大利亚人了。帕米拉·谭没有办法，只能尽自己所能给孩子们讲道理，她不希望种族歧视会给他们的心理造成阴影。她让孩子们坐下来，让他们讲出所有帮助过他们的澳大利亚人的名字，接着问他们是不是也恨这些朋友，他们说不恨。就这样她慢慢引导他们走出仇恨的阴影。所幸的是帕米拉·谭的朋友也乐于帮忙。有一个朋友告诉孩子们，她刚从英国来到澳大利亚的时候他们骂她是“英国佬”“杂种”。这个朋友的丈夫接着告诉帕米拉·谭的孩子们，他当初 11 岁从荷兰来到澳大利亚的时候，他们也骂他“外国佬”，因为他那个时候不会说英语。于是孩子们看着这两个金发碧眼的人说，原来他们被骂不是因为他们是中国人，而是因为他们和本地人不同。帕米拉·谭说还因为他们不会说英语。孩子们的心理总算调整过来了。有一次他们参加童子军公益募捐活动，大儿子敲一家人的门的时候，女主人看了他一眼，说了一句：“滚回你的老家去!”说罢就把门给关上了。这次他的反应就和以前不同了。回到家帕米拉·谭问儿子生不生气，他说不生气，反而觉得这些人可怜，因为他们太无知了。

帕米拉·谭儿子的这种反应是一种应对种族歧视的策略。卡罗拉·谭对澳大利亚华人经历和应对澳大利亚主流社会的种族歧视做过调查，结果显示他们的应对策略之一是反对别人给他们贴上“华人”“澳大利亚

人”“澳大利亚华人”等标签，调查对象之一说：“我不需要这样的标签，无论我是华人还是澳大利亚人我都和我身边的每个人不同，所以我觉得没有必要试图确定我到底是华人还是澳大利亚人或是澳大利亚华人还是别的什么人。”（参阅 Carole Tan，2006. p. 75）另一个参与调查者也表达了同样的观点：“无论如何，我和大家没有什么两样，所以我希望得到同样的尊重。我并不会因为我是华人而感到比别人优越或者因为我是华人而觉得比别人可怜。”（同上）还有一个应对策略就是和帕米拉·谭的儿子一样，认为那些对他们的身份表示质疑的人是“无知（ignorance）”和“狭隘（narrow-mindedness）”。持这种态度的接受调查者是第二代移民。这位参与者告诉卡罗拉·谭说：“我认为如果有人说出这种带种族歧视的话或者质疑你的身份，那是因为他们无知，除了歧视别的都不会。一个有教养的人，一个见过世面的人，心胸要开阔得多。对于那些无知的人你没有必要浪费时间对他们说什么，没有意义。”（p. 76）还有一个和帕米拉·谭儿子看法一样的被采访者说：“我的态度同样是为他们感到遗憾。他们真无知，他们不了解现在的局势，所以我觉得他们可怜，无知得可怜。我们得认清事实，作为澳大利亚人，无论如何，应该清楚澳大利亚是一个移民国家。至于我自己，我比很多英国移民者在此生活的时间更长，因此他们怎么有资格对我说他们比我更算是澳大利亚人?”（同上）

种族歧视每个国家都有，只是形式和程度不同而已。重要的是人们如何去包容它。如果在当今时代，人们还让种族歧视成为社会主流的话，那就是历史的倒退了（参阅 *The Strait Times*，1985）。

第三节　《中国佬之女》中的身份认同

钟海莲（Helene Chung）出生于 1945 年，是出生在澳大利亚的第四代移民。钟海莲的《中国佬之女》[1]（*Ching Chong China Girl*）叙述了她家几代移民的生活，主要是叙述她母亲家的，因为她很小的时候爸爸妈妈就离婚了，她和她姐姐是由妈妈和舅舅们帮助抚养大的。她的外公是锡矿工，后来成了水果商。她的爷爷是蔬菜和水果商人。她自己长大后在澳大利亚广播公司工作，是该公司驻北京记者，而且是澳大利亚广播公司第一位外派的女性。她们姐妹俩和珍·基廷斯一样，是完全融入了澳大利亚生活的华人。这三位女性都用的英文名字，钟海莲本人的英语名字叫 Helene，她姐姐叫 Lehene，而珍·基廷斯也一直用的 Jean。名字的西化也是她们被同化的一个标志。本来钟海莲的爷爷给她姐姐取的是中文名字丽馨(lay-hern)，但是钟海莲的妈妈多萝西(Dorothy)把女儿的名字西化成了 Lehene，钟海莲的名字也一样，不仅英语化，还用的法语发音。钟海莲自己写道，在整个霍巴特几乎没几个人能读准她们姐妹俩名字的发音(钟，p. 14)。钟海莲说在学校虽然有歧视中国人的现象，但后来就好了。在以英裔澳大利亚人为唯一标准的年代，在被他们同化的日子，她们姐妹俩在圣玛丽学校(St Mary)可以找到一种归属感："We felt part of the school and of the large society, long before multiculturalism was politicised."(在多元文化政治化很久以前我们就感到自己是学校和社会的一部分了。)(p. 2)

外公的身份认同

作品在前面一部分叙述了钟海莲祖辈的生活。她的外公 1901 年踏入塔斯马尼亚的锡矿。这一年是澳大利亚这个国家诞生的一年，也是白澳政策实施的开始。她外公从广东一个穷苦的山村来到澳洲。在他淘锡之前，先得找到他的父亲。他的父亲十多年前就已经踏上这片土地，一直音信全无。当他终于找到了自己的父亲，才明白母亲何以含辛茹苦地独自抚养了他十六年，而父亲没往家里寄分文，原来他沉迷在鸦片里。和当时他身边的很多中国人一样，他父亲在鸦片里寻找安慰。在矿场劳作了一天，大腿、后腰、肩膀浑身都疼，吸食鸦片可以消除这些疼痛，让他感到轻松。露营生活的艰苦、没有妻儿在身边的孤独，只有通过鸦片才能麻痹自己，让自己身心愉悦。他父亲对鸦片的依赖如同欧洲人对香烟和啤酒的依赖一样，他上瘾了。他自己可没有他父亲这样的闲工夫吸食鸦片。在冰天雪地的冬天，当澳洲岛东北的土地上满是积雪的时候，他半夜三更起来，点燃火把给水管加热解冻，然后进行冲积矿床开采。每周他只能赚到5先令，攒了两年，终于够本给他爸爸买船票回台山善终了。华人的灵魂只有在自己的国土上才能安息。

钟海莲的外公在矿场干了三年，后来矿业不景气了。1904年他就改行到塔斯马尼亚州第二大城市朗塞斯顿(Launceston)当菜农，用扁担挑着两个菜篮沿街叫卖。两年后他来到塔斯马尼亚首府霍巴特(Hobart)，在巴瑞克街(Barrack Street)开了一个洗衣店。他每天孜孜不倦地围着锅炉工作，给亚麻布上浆、熨烫。六年后他回国了一趟，他前后回国五趟。

1918年11月11日，他第三次回国返程在悉尼港口(Sydney Harbour)登陆。这一天正是休战纪念日，人群拥挤。这一次他带回了他的妻子玛丽·李(Mary Lum Lee)和他们未满两岁的长女乔伊斯(Joyce)，一起踏上了这片陌生的土地。马丁广场(Martin Place)到处都是洋人，他们的喧嚣声、欢呼声、叫喊声充斥着整个广场，一片"一战"结束后的欣慰和喜庆。1923年他第四次回国的时候带上了他的两个儿子——戈登(Gordon)和莱斯特(Lester)。这一次他们不仅去台山看望了他的母亲，还在广州购置了地产。

第二年，他在霍巴特伊丽莎白街152号又开了一家新的洗衣店，兼售香烟和杂货。钟海莲的母亲多萝西就出生在这里。1927年他们把家搬到了对面的153号。那时候钟海莲外公的店铺分两半经营，出售香烟、杂货以及果蔬。一半铺面卖花菜、南瓜、欧洲萝卜、土豆、梨子、桃子、李子等，另一半铺面出售肥皂和香水等。不出四年，他再次带着妻儿包括最小的女儿玛丽(Marie)回国了。在台山，钟海莲的外公终于实现了自己的梦想：他盖了一栋两层楼的砖瓦房。历经三十年的来来回回，他终于做到光宗耀祖了，于是他焚烧香烛，跪在祖宗牌位前感谢祖宗的保佑。他的母亲终于也可以带着满足感去九泉之下见他的父亲了。

钟海莲的外公也是被同化了的华人。从他名字的变化来看，他的名字发音是Jin Jung，英语拼写为Gin Chung，后来改为Gen Chung。他开水果店的时候想到他的名字的台山话发音有点像Hen Lee，意思是赢利。写招牌的人误以为他外公和其他的华人一样不会发“R”这个音，于是自作主张地添上了这个字母，就变成了“Henry”，于是他的商店就成“亨利公司(Henry & Co.)”了。她外公窃喜，心想亨利不是英国的国王吗？用国王的名字一定可以给他带来好运。而且对于中国人来说，用英语名字更方便做生意，于是他就采用了 Henry 这个名字，自称 Gen Chung Henry，亨利公司的亨利先生(Mr. Henry)（p. 9）。

1934 年是她外公最后一次回台山。走之前他让他的表亲帮他看店，当他再次回到霍巴特的时候他的表亲毫无把店重新交给他的意思。没办法，他只好又在利物浦街(Liverpool Street) 139 号重开了他的亨利公司。商业银行贷给他 200 英镑，他花了两年还清了这笔钱。由于总是每月 28 日按时还款，他没有必要购置存货，那些供货商自愿为他提供货源，给他三个月的信誉。供货商们说他们知道他不会辜负他们，还称他为“28 日先生”，说明他是一个很有信誉的人。

澳大利亚对华人的同化还表现在宗教信仰上。七年后钟海莲的外公将要去世的时候，大主教西蒙兹(Simonds)对他的长女说，他不能让她父亲不带上基督战士的标志进入天堂，于是他就给钟海莲外公作圣号、撒圣水、涂油，为他念经付洗(p. 9)。钟海莲的大姨乔伊斯就是一个虔诚的天主教徒，她还让她的弟弟妹妹们也皈依了天主教。

钟海莲外公的葬礼轰动了整条利物浦街。他没有像其他华人一样让灵魂回归国土，而是葬在了澳大利亚的公墓。灵车从利物浦街到科尼利安湾(Cornelian Bay)墓地的路上，围着很多人观看。《水星》(*The Mercury*)日报上刊登了她外公的照片和讣告：

> Mr Gen Chung Henry, a leading member of the Chinese community in Hobart, died at the age of 56 years at Hobart on Monday...
>
> A keen, energetic business man, Mr. Henry was well-known for his kindness and charity. He was president of the Tasmanian branch of the Kuo Min Tang and gained complete mastery of the

English language by diligence and perseverance. (p. 10)

意思是亨利先生是霍巴特华人社区的领袖人物，是一个敏锐而精力充沛的商人。他以仁心和慈善闻名。他是国民党塔斯马尼亚分部主席。他因为勤奋和执著而完全掌握了英语。

钟海莲的外公获得澳大利亚社会的认同和他的成就与影响力以及他的个人品质有很大的关系。他在事业上获得了很大的成功：在霍巴特开了几家公司并且都经营得很好。他在霍巴特是有影响的华人，供货商在他资金短缺的情况下相信他的信誉并愿意主动为他供货、在他去世前神父主动给他付洗、他去世后报纸刊登他的讣告等，都是对他的认同，认同他的人品、他的成功。他融入了澳洲人的生活，他掌握了英语，他讲究诚信，这是西方人特别看重的个人品质。

女性主义意识

在海外女性书写中，身份认同和文化认同总是和性别认同相关联的。钟海莲的这部《中国佬之女》中的女性主义意识非常强烈，主要通过描写钟海莲的母亲和外婆表现出来。钟海莲母亲的性格结合了中西方的特点：有着西方女性的独立和自由以及性解放的意识，同时具有中国母亲的权威。而钟海莲的外婆则是中国传统思想的代表——重男轻女，她对女儿的待遇非常不公正。

在本书里面，钟海莲叙述的一个有着鲜明个性的人物就是她的母亲多萝西。她和传统的中国女性全然不同，是一个自信、勇敢、独立、坚强、洒脱的现代女性。她教导自己的女儿一定要独立，不要像她那样只是在店里打杂，总是伸手找别人要钱。她性格中还有很突出的一面就是她的性解放作派。多萝西没有享受到什么母爱，她母亲对女儿和儿子的态度是截然不同的。幸运的是，多萝西的父亲很宠她，几乎是她想要什么父亲都会满足她。所以父亲的去世对她的打击是非常大的。

多萝西的人生是不能容忍任何人欺负她，在学校是这样，在婚姻上同样如此。上学的时候，住在伊丽莎白街的同学因为她是中国人而欺负她。他们骂她“中国佬!”“黄皮肤，好脏!”多萝西忍受了几个月，有一天她勇敢地站起来捍卫自己的尊严。她警告那个欺负她最厉害的女生说，如果她再敢骂她，她会让她因此而后悔。那个女孩不甘示弱，反辱相讥：“是吗？中国佬，你能把我怎么样？”多萝西撒了个谎：“我会武术，我会用我的黑皮带……”于是她俩开战了。很快全校都轰动了，他们形成了两组：“中国佬”对“白种垃圾”。多萝西对着那个经常骂她的大个子女生的胸口一捶猛击过去。白人队大声嚎叫，那个女生一阵摇晃，喊道：“给我揍她！打她的丹凤眼!”多萝西做好了迎战的姿势。那个女生没有还击。她的虚张声势把敌人镇住了。当她被带到老师面前的时候，多萝西为自己声辩：“龙有一天会醒过来，到澳大利亚来的。”自那以后他们再也不敢当面骂她了(p. 10)。多萝西的自信来自于她父亲对她的影响，让她赢了那帮欺负她的白人同学。多萝西在母亲那里受到的不公平待遇都可以从她父亲那里得到补偿。她喜欢小提琴她父亲就给她买小提琴，她喜欢自行车他就给她买自行车，几乎是多萝西要什么她父亲就会给她买什么。她父亲去墨尔本出差也会把多萝西带上。他还给她买价格不菲的皮书包(p. 223)。父亲去世后，长女乔伊斯离家出走了，一直以来，她像妈妈一样照顾着弟弟妹妹们，还在店铺里勤劳地做事，她感到精疲力尽，不想继续承受做女孩的痛苦了。她飞去了布里斯班(Brisbane)，找了个人把自己嫁了。多萝西感觉自己被遗弃了，也收拾行李乘飞机去墨尔本他们家的一个朋友那里去住了。在那里住的时候她神经出了问题，半夜三更地尖叫，然后猛然从床上坐起来，然后又躺下。朋友家里赶紧请医生帮她看病。回到霍巴特的家里，她准备接受母亲的训斥，没想到他们都没把她怎么样。原来医生给她大哥戈登写信了，告诉他们多萝西得了严重的神经官能症，需要安静和平的环境才能恢复，无论怎样他们都不能再责骂她了。不知不觉中，多萝西发生了很微妙的变化，虽然失去了父亲让她很痛苦、很受伤，但是她形成了独立的人格。这个新生的多萝西被一个开礼品店的朋友拉去“包装”了一下，穿着贴身丝质旗袍，小立领、两侧开一道长长的狭缝的那种。发型也重新设计了，然后试镜做模特。这个礼品店离她家的亨利公司很近。很快，多萝西获得了“中国小姐”的美誉。《水星》日报头版刊登了她的照片：亭亭玉立，带着愉悦的笑容。发型是20世纪40年代流行的卷发，眉毛描过了，指甲也修剪过了。还有文字：“1942年的中国小姐将由这位霍巴特迷人的多萝西·亨利小姐为形象代表。多萝西小姐即将参加7月31日在市政府广场举办的盟军纪念日活动，她将身着这款别致的中国旗袍参加，为此她正忙着做准备工作……”(p. 12)

这时，在霍巴特还有一个比较显赫的华人家庭是离亨利公司不远的钟家。钟兴隆，钟海莲的爷爷，也是从广东来的。他的老家在穷困的新会县。钟兴隆在塔斯马尼亚和新西兰发家。他的名字也英语化了，叫威利·钟·兴。他在霍巴特郊区经营一个很大的果蔬园，但他住在他的零售店，店名叫“阿罕公司(Ah Ham & Co.)”，位于柯林斯街和哈灵顿街(Collins and Harrington Streets)之间的拐角处。他回老家把最小的儿子——11岁的白坤带到澳洲来，和他还有他的兄弟一起生活。他让白坤在圣维吉尔学校上学，给他另取名为查尔斯·钟。家族姓氏原本是“Joong”，现也西化成了“Chung”。

查尔斯和亨利家的戈登及莱斯特成了好朋友，他们把自己的妹妹多萝西介绍给查尔斯认识，查尔斯就迷上了这个比他小五岁的美少女，很殷勤地用鲜花和甜言蜜语向她求爱。他穿着崭新的衬衣和时髦的西装，显得很完美。查尔斯邀请多萝西参加舞会，还租了一辆雪佛兰带她去海边兜风。他们结婚了，举行了豪华的婚礼。钟家给多萝西送了很多昂贵的礼物，并且为这对年轻人重新开设了一个公司，在亨利公司东边的街区。他们每天花很长的时间在工作上，建立了自己的客户。有些客户原本在亨利公司就对多萝西的印象很深刻。很快他们就有了丽馨和海莲两个孩子。但是不久之后两个人之间的矛盾就变得不可调和了，主要是钟海莲父亲的性格问题。因为他喜怒无常，而且经常好几天都闷着不说话。有一次他们正吃着晚餐，他突然就把餐桌一掀，菜满地都是，多萝西问他怎么回事，他二话不说就一拳朝她的胸口挥去。多萝西带着孩子回娘家，来回跑了六次，最后决定离婚。双方父母调解没用，查尔斯求多萝西也没用，她的理由是：“既然你打过我一次，就会有第二次。够

了。”(p. 15)

离婚给多萝西带来的压力是非常大的，因为那个时候社会很保守，离婚的不多。他们是1946年离的婚。钟海莲讲到这是第一桩华人离婚事件，塔斯马尼亚《真理》报登载了这件事。女人们一看到多萝西就开始窃窃私语，她们瞪大眼睛从她们的帽沿下朝她看过去。以前的那些朋友也不再光顾她的店了。要不就是像躲避瘟神一样看到她就急匆匆地过街，使得那些街上充斥着汽车紧急刹车的尖叫声。在她们看来，她太出格了。女儿学校同学的母亲们也是用另一种眼光看待多萝西的。表面上她们对她客客气气的，但那是出于基督教徒的礼节，等她一转过身去，她们便对她直摇头、皱眉。甚至有时候看到她时转过脸去假装没有看到，“似乎和这个堕落的女人说句话都是对自己的侮辱”(pp. 68-69)。

多萝西是典型的性解放的女性。她的私人生活也是非常自由的，有好几个情人，而且同时和两个男人同居过，引得她的哥哥和钟海莲非常反感。

多萝西还是非常大胆的女性。离婚后她去一个技校当过人体模特。钟海莲对她们的华人身份、父母离婚、母亲当人体模特这些都是非常排斥的，她是这样叙述的：“As if it wasn't enough for Lehene and me to be the only Chinese, the only ones with divorced parents, our mother had to be a nude model.”(好像我和丽馨是这个学校唯一的中国人还不够，而且还是唯一父母离婚的，还要加上一个当人体模特的母亲。)(p. 41)

多萝西的与众不同之处还在于她是霍巴特第一个开敞篷车的女性。当她第一眼看到一辆型号为MG TF 1500的跑车时就说自己一定要得到这辆车，于是她就找她哥哥戈登借钱买下来了，当时她还不会开车。

虽然在生活习惯和个性方面多萝西被西化了，但是在母女相处关系方面，她却是非常中式的，也就是说她非常注重父母的权威性和子女的服从性。钟海莲自己也这么说她的妈妈：“She may have been born in Australia but she held a traditional Chinese attitude towards parental authority.”(虽然她出生在澳大利亚，但是作为家长却是中国式的。)(p. 99)从下面她和钟海莲的一段对话可以看出来：

"Take that smirk off your face. Take it off or I'll slap it off!"

"But you said that I—"

"Don't answer me back," she lashed out.

"I'm only saying that—"

"I'm your mother. And if I say black is white, black is white."

But once Mama made up her mind that black was white, I couldn't argue. She was beyond reason. And I only made things worse by answering back. (pp. 98-99)

这段话的意思是多萝西叫钟海莲收起她的笑容，不要还嘴，多萝西说什么就是什么，即使她把黑说成白，那么黑就是白，钟海莲不能抗辩。

多萝西的母亲和她这个放任自由的女儿的性格恰好相反，母亲传统、保守，是中国封建思想的捍卫者。钟海莲在她的叙述中强调最多的是这位老太太重男轻女的思想。多萝西的母亲总嫌弃她们姐妹几个："你不过是一个丫头片子，我早该在刚生下你的时候把你丢进水桶里淹死的！"(p. 11) 多萝西自己都当妈妈了，可是还总做噩梦，梦见自己的母亲恶狠狠地朝自己吼骂："你就不该到这个世上来！"(p. 56) 多萝西对海莲和丽馨说如果不是她们的大姨，她可能都活不到现在了。她们姐妹俩睡一个床，乔伊斯照顾着多萝西。当乔伊斯出生的时候，老太太非常失望，因为这是她的第一个孩子，所以她咒她这个女儿，冲她大声说："我应该把你掐死，然后扔进河里去的！你将来有什么用啊！"(p. 23) 于是他们就收养了一个儿子。对多萝西姐妹三个总是恶言相向，辱骂她们。乔伊斯每天从早到晚都在店里做事，她母亲对她也没有好脸色。后来她就逃到布里斯班了。

老太太的养子长大后他们帮他娶了亲，后来还让养子也来了澳大利亚并分给了他家产。老太太去世之后养子的老婆孩子也都过来了。作品中养子的称呼是“大哥”，他老婆被称为“大丫”。老太太生前回广东老家的时候，大丫和旧社会很多儿媳一样，得伺候她婆婆，就像丫鬟一样。不过老太太一回澳大利亚大丫就神气了，因为整个家都是她管，家里还有佣人。大丫在老家生活了14年然后带着女儿来澳洲和丈夫团聚。大丫和钟海莲的妈妈很难相处，因为大丫瞧不起多萝西，不仅因为她比多萝西个头大，而且因为多萝西是离过婚的女人，还带着两个“拖油瓶”——海莲和丽馨。在大丫眼里，多萝西毫无地位。不过钟海莲的外婆对两个外孙女倒是格外疼爱，她会给她们买昂贵衣服和奢侈品，她自己的三个女儿是没有这些的。当老太太发现女儿的婚姻无法挽救的时候，她宣布两个外孙女将由他们亨利家抚养，他们不需要钟家的钱。可惜老太太一年之后就去世了，家产都留给了儿子，三个女儿什么也没有得到。钟海莲母女三人经常为钱发愁，不知道生活账单怎么付，水电煤气费还有学校的费用怎么缴纳。有的时候找舅舅，实在没办法也会去找她们的爸爸。钟海莲姐妹主要是靠两个舅舅——戈登和莱斯特的救济长大。多萝西在娘家确实是毫无地位。长嫂对她如此，三嫂对她也一样。以前多萝西消费都是亨利家买单，后来她三嫂对那些店铺都发话了，多萝西的单他们不会再为她买了，那些店也就不敢再卖东西给多萝西了。她只好哭着向哥哥莱斯特求助。母女三人的生活经常就是这样靠多萝西求哥哥们，让海莲、丽馨求舅舅们才能得到她们想要的东西。虽然她们穿着体面，似乎什么也不缺，别人有的她们也有，可是这些的背后都是要付出代价的。

钟海莲反复讲到外婆对她几个女儿的冷漠和嫌弃，以及着重刻画母亲这个开放、自由、独立的新形象女性，是作者女性主义意识的表现。生命书写在意识形态上非常适合女性，它是书写女性故事、重述女性故事的很好方式(“Life writing is seen as ideologically appropriate to feminism: it is a way of telling women’s story, of re-making a female story”) Green, 2008, p. 52)。女性生命历史是了解女性生活的主要来源，作为一种女性主义研究方法，对生命历史的研究可以使研究者广泛而深刻地理解女性历史的和当下的思想意识(“... considering women’s life histories as primary sources for the content of women's lives, and life history research as a feminist method for the broader and deeper understanding of women's consciousness, historically and in the present")(Geiger, 1986, p. 335)。钟海莲外婆对待儿子和女儿的不同态度反映了中国的封建思想：女儿在家庭和社会中非常卑微，她们在娘家是负担，养大了嫁给男方家去了就成了别人家的人，成为侍候婆家的人，为婆家传宗接代的人，所以对于娘家人来说是"白养了"，她们死后在列祖列宗里也没有牌位。儿子是为家族传递香火的人、要养家糊口的人，所以他们的地位和重要性都比女儿高得多。现实生活和文学作品中女性受歧视、压迫、剥削、陷害的事比比皆是，尤其是出生贫苦的女孩。

莫言的小说《红高粱》里面的"我的奶奶"就是因为父亲贪图钱财，硬逼着她嫁给了一个麻风病人。苏童的《妻妾成群》里的宋莲在父亲死后无钱上学，也被后母逼着嫁人，结果嫁给陈左千这个老头做了"四太太"。太太们之间明争暗斗、争风吃醋、互相伤害，导致宋莲成了疯子，三姨太被吊死。前面提到的黄贞才的生命书写《银姐》整本书就是一部女性的苦难史。这里面的女孩的命运比起钟海莲的母亲和姨妈凄惨多了。钟海莲觉得她外婆过分是因为他们生活在澳大利亚这个国家，其女性的地位比中国传统女性的地位要高多了。西方国家是讲究女权主义的，所以外婆对待女儿的态度在澳大利亚这个国家显得不合时宜。她母亲的家长式权威也是钟海莲不能接受的，钟海莲是完全接受西方思想和文化的人，正如她自己所说的，她是"香蕉女孩"，所以对于外婆和母亲这样不合西方文化的女性她是反对的。

融入澳洲生活——同化

多元文化社会中的少数人群和主流文化社会人群之间的认同是相互的，不仅是主流社会对少数人群的接受和认可，也包括少数人群对主流社会文化的接受和同化。后者在《中国佬之女》中表现为钟海莲母女被澳洲主流文化的同化：名字的同化、宗教信仰的同化、生活习惯的同化、语言的同化，此外，还有一个很重要的被同化的方面——择偶，即血统的融合。

她们名字的被同化已经在上文中讲述过了，钟海莲母女被澳大利亚文化所同化的另一个表现是在生活习惯——食物上。钟海莲的外公外婆很讨厌羊肉制品，还有奶制品，特别是黄油、奶酪，闻到羊肉的气味他们都觉得恶心，而多萝西则不然，她就喜欢吃这些东西，经常给海莲、丽馨煎羊排吃，每天还让她们喝三升左右的牛奶，因为多萝西小时候她妈妈不给她喝牛奶，断奶后她喝的是米汤。自己没有享受到的她不会让自己的女儿也享受不到。钟海莲外婆他们这一代华人瞧不起澳大利亚这个国家，认为它没有历史文化，也没有自己的饮食文化。他们和很多其他华人一样，为他们的中国文化和悠久历史而骄傲，认为中国是“中心王国(the Middle Kingdom)”，是世界文明的中心，而周边则都是“蛮人(barbarian)”。外婆总是跟两个外孙女说：“欧洲人还在树上爬的时候咱们中国人就穿丝绸了。”(pp. 30-31)

钟海莲母女的西化还表现在她们的婚姻上。三个人嫁的都是白种人。丽馨嫁给了一个英国人，多萝西和钟海莲都嫁给了塔斯马尼亚本地人。

丽馨也是种族歧视的受害者，作品里主要表现在她的感情问题上。十九岁她上大学的时候爱上一个工程系的本地人布莱恩·巴特勒(Brian Butler)并怀了他的孩子。布莱恩的父母住在塔斯马尼亚西北海岸的伯尼(Burnie)，他们为这事开车到朗利和布莱恩谈判，他们给他两种选择：如果和丽馨结婚，他将失去父母的经济资助；如果和丽馨分手，他们会继续供他上大学。布莱恩选择了后者，丽馨伤透了心。20 世纪 60 年代一个女孩未婚先孕，即使是在澳大利亚，也是非常不幸的遭遇。有的父母会因此而不要这样的女儿了，把她扔进特殊的机构里隔离起来，免得因此蒙羞。钟海莲写到这件事的时候是非常难过的，她认为丽馨的遭遇显然和她是中国人有关系。她说假如丽馨是一个金发碧眼的女孩，叫做露西·琼斯什么的，布莱恩的父母还会这样对她吗？(p. 318) 丽馨一方面要承受良心上的折磨，背负罪孽；一方面要承受身怀私生子的难堪。在她所上的教会学校里，婚姻外的性生活就等于犯罪，要被诅咒下地狱，这个罪孽要背负很多年才能慢慢消除。那个年代私生子还不被社会接受，也没有政府的补助，所以是耻辱的标志。人们会带着异样的眼光看她、嘲笑她，或者冷落她；会在背后议论她，而她的孩子也将遭到别人的歧视和欺负。她自己的童年已经受到不公正的待遇了，难道她还能让自己的孩子承受更多的伤害吗？结果孩子是偷偷地生下来了，不过不得不采取当时很多女孩的做法——把孩子送给别人。所幸的是收养丽馨的儿子的那家人很好，她儿子后来长大成人了，不仅很健康英俊，而且也成了一名工程师。在丽馨即将离开人世的时候母子见面了(p. 319)。丽馨的这段经历不仅表现了种族歧视对一个人感情、婚姻的影响，而且反映了当时的社会对未婚先孕的女孩的歧视以及他们的歧视给她们造成的巨大心理压力，迫使她们不得不承受身心伤害和母子分离的痛苦。

钟海莲母女三个人中被同化得最彻底的一个是钟海莲，尤其在宗教信仰方面。她们姐妹俩上的学校就是教会学校。西方宗教文化对钟海莲的渗透已经深入骨髓了。对于她母亲的离婚和自由生活状态她完全和周围的西方人一样，对母亲是蔑视的，并以她为耻辱。她觉得母亲违反了十诫。她质问母亲为什么去掉“钟太太”的称呼，而坚持让别人喊她“亨利小姐”。多萝西回答女儿说：“我就是不能忍受用你父亲的姓氏。你也应该改姓亨利而不是钟。我再也不想成为谁谁的夫人了。”(p. 35)钟海莲所在的教会学校非常保守，他们是极力反对离婚这种事的。露西修女(Sister Lucy)就对钟海莲说过，在教会里不存在离婚这样的事，教会不认可离婚。钟海莲问她假如一对男女真的离婚了，女的又再婚了，怎么办？修女说，教会是不允许她再婚的，因为在他们看来，她还是她以前丈夫的妻子。可是钟海莲还是穷追不舍地继续问道，假如他们在婚姻登记处登记结婚了呢？修女说不在教堂结婚的都不算真的结婚了。在缺乏神圣性的婚姻里，她就永远活在罪恶里，灵魂得不到拯救，在这样的婚姻里，她的灵魂将永远受到地狱之火的煎熬。钟海莲接受了这样的思想，也认为她母亲罪孽深重，需要自我拯救。至少在她死之前要忏悔她的罪过，获得最后的拯救(pp. 68-69)。后来她母亲和两个男人同居的流言蜚语传到她耳朵里的时候，她感到脸上灼热般的羞辱。虽然难受，也不好对别人讲，只是默默地承受，欺骗自己说这些事情没有发生。她觉得自己的生活太不正常了，有着这样的家庭，还有这样的母亲：

> Despite my unease, I had to accept it as yet another aspect of our abnormality. I coped by ignoring it, just as I ignored the divorce and all the other unconventional aspects of my life. Not once did I raise it with Mama, Lehene or anyone else. (p. 88)

钟海莲对自己的华人身份是排斥的，对汉语也是。当她母亲的情人雷克斯建议她去堪培拉的澳洲国立大学学习汉语，然后进电台工作，从事中文广播的时候，钟海莲是这样描写她对这个建议的第一反应的：

> That astounded me. The complications of living on the mainland and finding funds were beyond my comprehension. As to learning Chinese, I couldn't have been less receptive had he suggested Icelandic.
>
> Rex's suggestion revived my early, often painful, childhood memories of Chinese. I remembered giggling with Lehene and my cousins at big family gatherings when all the grownups jabbered away in Toishanese. The ancient market gardener with his long wispy beard frightened me in Chinese. Moonshine and Big Girl babbled in Chinese. Jack Ah Foo the laundryman spooked me in Chinese.
>
> I remember being jeered at for being Chinese. "Ching Chong Chinaman", other little girls laughed at me on the top playground.
>
> Even though I yelled back, "White trash." It hurt.
>
> ... Anyone heard speaking a language other than English aroused suspicion: people gaped as though watching freaks on

show under the circus tent.

I couldn't help my Chinese face. Everyone asked, "Where do you come from?" at least I could forestall the slowly enunciated, "Do you speak English?" by opening my mouth. I had to assimilate. Being Chinese made me peculiar enough. Why learn to speak Chinese? (pp. 80-81)

这段话非常直接地反映了钟海莲对中国、对中文、对中国人以及自己的华人身份的态度——排斥。这种感觉是和她的经历有关的。因为她小时候也和她妈妈当年一样，遭到过种族歧视。那些白人孩子也因为她是中国人而骂她“中国佬”，尽管她回骂过去“白种垃圾”，但是伤害是实实在在的。钟海莲五岁的时候班上的同学就对钟海莲说，她妈妈不让她和钟海莲一起玩，因为钟海莲是中国人(p. 214)。学校有演出排节目的时候还因为她的中国面孔而不允许她表演女王的角色(p. 216)。这些不愉快的记忆足以使她从小就讨厌自己的身份，也讨厌汉语。当地的白人只要听到别人讲的不是英语，就好像是在看马戏团的人表演马戏一样觉得奇怪。所以她说，她生了一张中国人的脸，这是无可奈何的事。别人问她是哪里人的时候，她干脆回避，反问别人会不会说英语，免得自己尴尬。最后一句她说：“我必须同化，身为中国人已经够让我奇怪的了，为什么我还要学中文呢?”雷克斯的建议勾起了所有这些不愉快的经历，包括自己身边的家人和熟人有关的事。除了种族歧视的经历，还有家族聚会的时候大人们用台山方言叽叽喳喳讲个不停，她和丽馨以及那些表亲们听不懂就咯咯地笑，他们家请的一个长着长胡须的老园丁也经常说汉语来吓她，就连洗衣房的工人也和这个老园丁一样吓唬她。“月光”(她外公外婆的养子，多萝西帮他取的英语名字“Moonshine”，意为月光)和大丫也是总用汉语说个不停。也就是说，只要听他们讲中文，她就会感到不舒服。所以她在第一段话里说现在雷克斯提议她去学中文的时候她感到“很震惊”“还不如让我去学冰岛语”。最后她否决了这个建议，认为“这个建议太不可思议了(That's crazy)”(p. 81)。

她自己是这样对待中国人、中文以及自己的华人身份的，在与别人的交往中也表现出来了。她的戈登舅舅责备她怎么和亚洲学生不合群，因为她舅舅是塔斯马尼亚华人荣誉领事，那些亚洲学生向她舅舅反映了钟海莲的这个情况。钟海莲说他们那里为数不多的非西方学生属于科伦坡(斯里兰卡首都)计划招收的学生(Colombo Plan students)，他们不熟悉塔斯马尼亚的情况，他们学的是经济学或者商学，其中有几个很漂亮的越南女生，穿着独特的亚洲丝质长裙。她视他们为不同于自己的亚洲人。如果偶然碰到，她会打个招呼，但是不会因为他们都是亚裔人而亲近他们。她和别人交往是因为共同兴趣而不是因为种族相近(p. 44)。她就是那种典型的“香蕉女孩”：外表是亚洲人，骨子里却被西化了。用她自己的话说，就是黄皮白心：表面是亚裔，灵魂是西式的，只要剥掉她的外表，就可以看到她的西方人的本质(p. 103)。

像钟海莲这样排斥中文和中国人身份的华人很多。洪美恩在《论不会说中文》一书中提到了另一个马来西亚华人露丝·霍(Ruth Ho)也对她母亲让她学中文很反感，她说她母亲对于他们的汉语能力很差有负罪感，于是很想让他们好好学习中文，可是露丝觉得缺乏学汉语的动机，对此她很反感：“我们已经不在我们祖先的国家了，而是在另一个国家(马来西亚)生活了很多年了，为什么我们还要掌握这些祖先的语言呢(Must we know the language of our forefathers when we have lived in another country [Malaysia] for many years...)?”(参阅 Ang，2001，p. 33)她还对于这个现象感到很困惑：在美国或者澳大利亚的欧洲移民是否会讲他们的母语别人没有期待，而华人不会讲自己的母语就会受到他们的同胞和其他国家的人鄙视和批评。

杨威廉是1943年出生在昆士兰州北部一个矿业小镇的第三代华人移民，在他的自述中讲到六岁的时候他被同学嘲笑“中国佬，在坛子里出生，在茶壶里受洗，哈哈哈哈(Ching Chong Chinaman，Born in a jar，Christened in a teapot，Ha ha ha)”，那时候他还不明白同学的意思，只是从同学说话的表情和语气知道他说的这些是很可怕的事。他不相信同学的话，回到家问他妈妈自己不是中国人吧？然而他妈妈的回答是肯定的，他确实是中国人，语气认真而严肃。那时候他就开始觉得中国人的身份简直就是一种“可怕的诅咒(some terrible curse)”（同上，p. 37）。

洪美恩认为很多少数族裔通过认同自己遥远的“祖国”而获得某种快乐、尊严和归属感，这种认同感实际上是对于自己在身处的移民国家被边缘化的事实的一种认可和屈服。(“It is clear that many members of ethnic minorities derives a sense of joy and dignity, as well as a sense of (vicarious) belonging from their identification with a ‘homeland’ which is elsewhere. But this very identification with an imagined ‘where you're from’ is also often a sign of, and surrender to, a condition of actual marginalization in the place ‘where you're at’.”)（同上，p. 34）与其说这是族裔认可和屈服于自己被边缘化的现实，不如说是他们被边缘化的结果和应对这种处境的一个策略。既然是处在主流文化之外的边缘人群，又没有属于自己的文化根基，他们会感到陷入一种无根(uprooted)的状态。这些华人拒斥自己的民族身份和祖先文化其实不是一种自主的行为，而是身处种族歧视的移民国家被主流社会排斥族裔身份和文化的一种内化(internalization)。

当然，对于一个不了解移民背景知识的非移民来说，也许会对钟海莲和露丝作为中国人的后代不会说中文感到不可思议，甚至对于她们连学中文都不愿意感到不以为然，但是如果了解中文在这些移民生活中的关系，就会改变这种看法了。

由于大部分澳大利亚华人都来自中国东南方，所以他们的祖先讲的是粤语而不是普通话。在家里讲粤语的华人大约有 162877 人，而讲普通话的人不到一半，只有 54443 人(参阅 Giese，1997，p. 149)。就像东南亚其他国家一样，澳大利亚华人生活圈也是根据他们的方言来划分的，各自的生活圈使用的语言在不同的领域产生不同的影响，比如生意圈、借贷业务、协调成员之间的争端等。在淘金热期间，巴拉瑞特市的华人在口头交易、广告牌、报纸等方面都使用中文作为第二商业语言。但是除此之外，在白澳政策的规定下，如果生意人想要跻身更大的圈子，就得精通英语(同上)，就像钟海莲的外公那样。有关英语和汉语在澳大利亚华人生活中的影响，可以从吉斯采访的华人口中了解到：

William Moy：My children did not learn to speak Chinese. People were suspicious if foreigners spoke in their own language：“You are saying something against us.” During World War II, only English could be spoken over the phone. If an Italian fisherman would talk over the phone in Italian, the switchboard operator would interrupt and say, “No, nothing but English!”（威廉·梅：我的孩子们没有学说中文。因为外国人讲自己的语言会受到本地人的怀疑：“你们在讲我们的坏话。”“二战”期间，打电话只能用英语。如果一个意大利渔夫在电话里讲意大利语，会被交换台操作员打断：“你们不要讲意大利语，要说英语！”）（同上）

Charles See-Kee：Assimilation in those days meant that you gave up all your own culture and heritage and didn't speak your own language. There was no culture or tradition here, only things brought over from England a long time ago. When they spoke of England, they spoke of it as their “home”. Yet they had never been there. They tried to adopt all the customs they thought were English. But as a new country, you have to learn to build up new cultures and traditions. For instance, we now have in Darwin ethnic radio, which was unheard-of before. You weren't allowed to speak in any foreign language over the radio—and if you did, you had immediately to translate it into English. Now we have community language programs for seventeen ethnic groups on our local station, 8 TOP FM. Things have changed—and the government is encouraging this.（查尔斯·赛凯：那个年代被澳大利亚社会同化意味着你要放弃自己的所有文化遗产，包括不能讲自己的母语。澳洲没有本地的文化和传统，有的话也只是殖民者很久以前从英国带过来的。他们说到英国的时候就好像那是自己的“老

家”，可是他们甚至都没有去过英国。他们沿用那些自以为是英国的习俗。作为一个新生国家，你必须得学会建立自己新的文化和传统。比如我们达尔文现在有自己的民族电台，这在以前是闻所未闻的。所有的电台都不允许使用其他语言，即使要用，必须立刻翻译成英语。现在我们华人社区节目本地电台有17个自己的民族节目组，8个调频。时代变了，澳洲政府鼓励各种族有自己的文化。）（同上）

澳大利亚华人因为没有掌握英语的技巧而遭到白人的侮辱和歧视。茉莉·赖·史托兹对吉斯讲到，有一次她代表没有英语背景的人被邀请在公共场合发言，她听到别人的议论“没有英语背景的人说话就像是一个在丛林中迷路了的小动物四处乱窜一样，正因为他们母语的独特性，他们才学不会讲英语。这些没有英语背景的人还有一些特点就是：迁移性、贫穷、缺乏教育，而且因为他们没有合格的海外资历而找不到工作”。她听到这些很反感。华人打包到澳大利亚来的自己的文化，包括母语和传统习俗就这样变得毫无价值了：

A perceived lack of English skills has often been used to stigmatise and discriminate against Chinese Australians. Moni Lai Storz describes her dismay when she was once asked to speak publicly “from the perspective of a NESB”, a non-English speaker. NESBs “sound so much like a little animal running around lost in the bush”, she objected. “Its distinguishing characteristic seems to be its inability to speak English. But it has other characteristics, too: it is migrant, poor, uneducated, and out of work because of its unrecognized overseas qualifications. The cultural baggage we bring to Australia, such as our own language and customs, immediately becomes worthless.” (p. 150)

从吉斯的采访中可以看到殖民者要求外国移民放弃自己的语言和文化是一种文化霸权主义。“文化霸权”是意大利著名的马克思主义哲学家葛兰西在20世纪提出的一个重要文化理论。所谓“文化霸权”亦称“文化领导权”，其内涵即在意识形态方面，以认同和吸引为基础，通过法律、教育、家庭和传媒施行的对大众的知识和道德的领导(参阅左泽文，2017，p. 117)。它是后殖民理论的核心概念。萨义德在《东方学》中指出：“在任何非集权的社会，某些文化形式可能获得支配另一种文化形式的权利，正如某些观念会比另一些更有影响力，葛兰西将这种起支配作用的文化形式称为文化霸权。”(参阅李晓光，2014，p. 100)澳大利亚利用其东道国(host country)的优势，在语言、宗教、生活习惯等各方面要求来自其他国家的移民使用他们的语言，皈依他们的宗教，遵守他们的风俗习惯等，也就是要求移民同化的过程和表现，就是文化霸权。这一点可以从丁小琦的一个短篇故事《愤怒的水壶》读到。

《愤怒的水壶》讲的是一个中国人和一个本地人合租一套公寓，本地人买了一把水壶，每天都擦得锃亮，可是因为中国人每天做饭，油烟粘在本地人的水壶上了。他很不高兴，抗议中国人为什么总爱做饭，不能像他们一样吃沙拉面包这样的简单饮食。这个中国人也不示弱，回击他说假如他那么爱惜自己的水壶，就不要放在厨房，放他自己的卧室好了。还有，每次这个中国人讲英语，那个本地人不等她讲完就打断她，说她哪个音发得不对，哪个表达有问题，非要纠正她，搞得她都不敢开口讲话了。中国人实在受不了，只好搬出去，不和那个本地人同住一屋了(1994，pp. 195-198)。当然，这个故事还包含种族歧视的含义：在白种人眼里，黄种人就是“黄祸”，是“脏”的代名词。白种人和他们住在一起，就是被他们“玷污”了，如同这个故事中那个白种人的那把被中国人玷污了的水壶一样。

澳大利亚人要求中国人改变自己的饮食习惯和说标准的本地语就是要求这些移民被同化的表现，就是一种文化霸权主义。澳大利亚是一个移民国家，白人和其他种族的人们必然会产生矛盾和冲突，文化霸权成为一个有力的手段。因为澳大利亚殖民者开始对这片土地进行探索、定居、占有和征服的时候，经济、政治和文化上的差异在某种程度上注定了白人与土著人之间的冲突。文化霸权也就成为统治者解决种族、阶级和性别等纠纷的一种主要手段(徐世博，2013，p.5)，殖民年代如此，移民时代同样如此。在这样的背景下，中国人自己的语言和文化失去了实际功效，结果如上文茉莉说的："变得毫无价值了。"钟海莲正是受澳大利亚文化霸权主义的影响，所以不会说中文，也不想学中文了。这些华人对澳大利亚文化的接受和同化就是一种"文化认同"，是澳大利亚文化霸权主义的结果。葛兰西强调文化霸权是"自愿性"的，和其他强制性的霸权有本质区别。文化霸权或文化领导权是通过人民群众的"自愿""认可""同意"而取得统治地位的一种统治方式(参阅齐峰等，2015，p.135)。绝大多数华人移民都是自愿性的，因此他们本身也想要被主流社会接受和认可，自然会接受和认同东道国的文化。所谓"文化认同"就是"人类对于文化倾向性的共识与认可。这种共识与认可是人类对自然认知的升华，并形成支配人类行为的思维准则与价值倾向"(参阅李晓光，2014，p.101)。钟海莲对其外婆封建思想和行为的揭露，对其母亲的"堕落"的批判，都是她被西方价值观念和宗教思想同化的结果。

后来钟海莲做了一名自由职业者，去香港工作了一段时间。大概是1970年前后，她到了香港。有人问她为什么来中国，是不是因为想念祖国，她对别人的这种说法是非常抵触的。她觉得"祖国"这个词对她来说非常奇怪、非常陌生("alien concept")，在她的心里，只有塔斯马尼亚才是她的家。她的回答是："我是中国人没错，我的家人来自中国也没错，我也想来这里看看，但是我不懂你说的回祖国是什么意思。"("I'm Chinese. My family comes from China. And I'd like to visit. But I don't know about returning to the motherland.")(p.153)她接着表明自己的身份和立场："我是澳大利亚国籍，堪培拉不认得北京，我看起来是中国人，但我不会说中文，我是为英国政府控制的香港电台工作的。"("I was an Australian national and Canberra didn't recognise Peking, I looked Chinese but couldn't speak the language and I worked for British government-controlled Radio Hong Kong."）（p. 153）阔别三年回到澳大利亚的时候钟海莲的感觉完全和到中国去的时候不一样，这种感觉告诉别人，澳大利亚才是她心里的“祖国”：

> Still, it didn't take long before I discovered the delights and dynamism of Sydney, with its clean air, open skies and magnificent harbour. I discovered a new Australia, one quite different from the Australia I had left, an Australia transformed by Gough Whitlam, where I would learn new expressions, such as "multiculturalism" and "Women's Electoral Lobby", and witness a change in social attitude that would lead to the emergence of open same-sex relationships and the acceptance of single mothers. I was sorry I'd missed the excitement of Whitlam's election as prime minister and the euphoric early days of his new Labour government. （p. 197）

这段话描写的是她从国外回到澳大利亚，到达悉尼时的心情。三年来澳洲发生的变化开始让她惊讶，但很快她就很理解很欣赏这些变化了。她觉得悉尼充满了快乐和活力。空气清新，天空开阔。悉尼海港非常壮丽。她发现了一个新生的澳大利亚，和她离开时的那个迥然不同。高夫·惠特拉姆改变了澳大利亚。新的词汇开始流行了，比如“多元文化”“妇女选举厅”等。社会对很多过去不以为然的事物的态度也发生了变化——人们开始接受同性关系和单身母亲了。她觉得错过了惠特拉姆总理的选举和他刚刚成立时的令人欢欣的工党政府的风貌很遗憾。惠特拉姆任新总理的第一步就是承认中华人民共和国并派遣汉学家史蒂芬·菲兹杰拉德博士（Dr. Stephen FitzGerald）创立澳大利亚驻北京大使馆。

钟海莲此处的想法过于天真和乐观了，对华人的种族歧视从他们踏上澳大利亚这片土地就开始了，或者说从他们还没有踏上这片土地就已经在白人心中形成了，即使是多元化推行了几十年之后的今天，种族歧视依然存在，并没有因为澳大利亚政府的政策改变而消亡。卡罗拉·谭（Carole Tan）在 2001 年对澳大利亚华人做的一份调查中清楚地证明了这点。她采访的其中一名女子叫琳·方（Lyn Fong），属于第三代华人移民，她告诉卡罗拉·谭那些白种人总问她是哪里人，让她感到很恼火，很受挫败：

> For most Australians an Asian person or a Chinese person is unfamiliar, strange, people from a strange culture and something very alien to Australia. So when people would speak to me and say, you know, "Where are you from?" that used to incense me. And I thought, "What are you talking about?", you know, "I'm as Australian as you". So I felt quite hurt that even though you were born in Australia, people keep asking you where you are from. And then it finally dawned on me what they were trying to say. Because I was thinking "Where are you from? Where else could I be from—Mars?" And then it dawned on me that they were really talking about being Chinese. So you must be Chinese or you are from China.（对绝大部分澳大利亚人来说，亚裔或者华裔来自让他们感到很陌生的文化，给他们的感觉是不了解的、陌生的，是非常奇异的。所以每当他们问我"你来自哪里(你是哪里人)"，我就会很生气，心想："你在说什么？我和你一样，是澳大利亚人啊！你问我来自哪里，难道我来自火星啊?"即使你在澳大利亚土生土长，可是人们还是要这样问你，就会让你感到很伤人。后来我终于明白他们究竟想问什么，他们就想听到我说我是中国人，我来自中国。)(参阅 Carole Tan，2006，p. 69)

琳·方还讲到因为她是外国人而直接面对种族歧视的好几次经历，有一次她的邻居就对着她吼："你们这些人为什么不滚回你们自己的国家?!"还有一次她在街上也受到这样的伤害：

> I can remember walking across a street in Sydney, Elizabeth Street—and I was almost at a crossing and the light had changed so I was just stuck there. So there were people crossing the road and these boys just said something like, you know, "Asians out!" and were shouting at me. It's really tragic. This was extremely hurtful and I also felt it was dangerous. You know, had this been in the evening or at night these people would have been quite capable of attacking a person they don't know... (同上)
> (有一次我在悉尼经过伊丽莎白街的时候，我正要穿过十字街口，突然人行灯变红了，我只好站在那里没动。别的方向的行人在走动，有几个男孩就在那里咕哝，并且对我吼叫："亚洲人滚回去！"差不多是这个意思。太可悲了，太伤人了，也太危险了。假如是在晚上，这些人很可能就会袭击他们觉得是陌生人的亚裔人……)

这种被同化、被歧视的体验不是只有澳大利亚的华人才有，其他国家的华人移民同样经常遭遇到。洪美恩(Ien Ang)出生在印度尼西亚一个中产阶级的土生华人家庭（Peranakan），土生华人是指在东南亚出生和长大的华人，他们大多数人的母语很久以前就不地道了，他们讲的是一种马来语和本地语的混合语。早在18世纪，中国皇帝就下诏禁止华人外移和重归故土。1726年后，凡是外移的华人重新踏入国土的话会被处死。这个政策19世纪末随着清政府统治的削弱才改变，随后出现大规模的外移，于是很多的"新客华人(印度尼西亚语为totoks)"移民到了印度尼西亚。印度尼西亚的荷兰殖民者称这些华人为"异域东方人(foreign Orientals)"，无论是土生华人还是新客华人都受到殖民者的监管。于是这里的华人既被印度尼西亚殖民地的欧洲人区别对待，也受到本地人的孤立。土生华人也是一种混合身份，他们是荷兰文化、中国文化、马来文化的混合体。"二战"之后，荷兰殖民者被赶出了印度尼西亚的国土，印尼于1945年取得了独立(荷兰殖民者不认可这个时间，他们认为印尼独立的时间是1949年)，于是印尼人成了自己国家的主人。印度尼西亚民族主义分子不认可华人的国家身份，只认可印度尼西亚群岛(archipelago)上的土著居民，其他人都被称为“外国族裔(alien minority)”，这样一来，华人族裔就面临着被同化的压力，他们尽可能地抹掉自己身上的华人痕迹，连名字都印尼化了(参阅 Ang，2001，pp. 26-27)。洪美恩的母亲汉语读写都非常流利，但她没有把汉语文化传授给洪美恩，洪美恩对自己的祖先文化一无所知，一直认定自己是印尼人。每次唱印尼国歌的时候她都感到自己作为一个印尼人非常自豪。所以当她十岁时被人吼道，“你为什么不回你自己的国家”的时候，她感到很茫然。当地的小孩告诉她，她不是印尼人，“她的祖国叫中国，是一个很遥远、很抽象、令人害怕的地方(a faraway，abstract，and somewhat frightening place called China)”(同上，p. 28)。洪美恩完全不能接受这个事实，心中充满了混乱和不安。她内心渴望同化，这种渴望是发自内心的，不是印尼政府强迫的，因为她不想和别人不同，她想融入别人的生活，可是她的这种同化不被认可，所以她内心是矛盾和斗争的。这个时候她就特别排斥自己的华人身份，很想去掉这个别人强加给她的身份(“Chineseness then，at that time，to me was an imposed identity，one that I desperately wanted to get rid of”)(同上)。由于印尼的民族主义情绪很激烈，没有办法，洪美恩全家只好继续移民到了荷兰。他们也曾经回到过中国定居，可是到了中国后，因为他们的华裔身份也不被中国人接受，他们感到被异化了。于是只好重新回到印尼，再从印尼移民到荷兰，那是1966年。可是无论他们移民到哪里，他们的华人面孔是换不掉的。洪美恩借用弗朗茨·法农(Frantz Fanon)的话说，那是一种“肉体的诅咒(corporeal malediction)”——他们的黄皮肤和丹凤眼(slanted eyes)很容易被人识别出他们的种族身份。在荷兰，他们同样未能摆脱受歧视的命运。一些荷兰孩子扮着鬼脸在洪美恩的背后喊：“中国佬。”(同上，p. 29)在欧洲其他国家旅行的时候，那些西班牙人、意大利人、波兰人同样不相信她是荷兰人，就追着她问：“你从哪里来(你是哪国人)(Where are you from)?”洪美恩回答：“荷兰(From Holland)。”别人当然抓着她不放："不对，你到底是哪里来的(你到底是哪国人)(No, where are you really from)?"对于这种穷追不舍、翻来覆去地问她民族身份的话令她恼火，于是后来她就很干脆地直接告诉他们"我出生在印度尼西亚，但是我的祖先在中国。"(同上)这样就解决了所有的问题了。不仅她的民族身份引起白种人注目，她的文化身份同样如此。有一次，一个荷兰人就问她，你会说中文吗？她回答说不会的时候，人家马上说一句："你真是个冒牌货(What a fake Chinese you are)!"(同上，p. 30)她不仅得承认自己作为中国人的民族身份，而且她还必须是一个货真价实（authenticity）的中国人，否则她将遭到蔑视。

华语和华人文化在每个华人的眼里都是不一样的，上文谈到钟海莲排斥学中文，不愿意去中国，这里的洪美恩也一样，她去中国旅行过，印象是不太好的。而钟海莲在中国为澳大利亚广播公司做驻北京记者的时候，她把这段经历写成了另一本书——《来自中国的呼叫》。正如洪美恩在《论不会说中文》一书里说到的，华人和他们的"祖国"的联系归根到底是出于情感上的，是内心深处的一种依恋("What connects the diaspora with the 'homeland' is ultimately an emotional, almost visceral attachment")(2001, p. 32)。洪美恩和钟海莲对中国文化和中文没有兴趣，对自己的华人身份的排斥是因为她们对中国没有感情，没有依恋。她们的感情和依恋都在她们出生和长大的地方。

所以钟海莲因为多元文化政策的推行而欢欣有点过于乐观。无论她骨子里如何西化，还是摆脱不了种族歧视和性别歧视的双重待遇。她开始去澳大利亚广播公司应聘的时候，负责人就直言不讳地告诉她，虽然他们认为她和很多最优秀的男生差不多，但是他们依旧愿意招收男生，因为女生会结婚，然后辞职，那么对她们的培训就白费了。在这种情况下，她没有抗辩，而是点头认同了这个说法(p. 122)。不过后来她还是费尽周折进了澳大利亚广播公司，负责"今日今夜(*This Day Tonight*, TDT)"这个栏目，不久她还被派往北京做他们电视台的记者。她在澳大利亚广播公司工作的时候，《真理报》曾经用头版刊登过关于她对种族诽谤抗议的新闻，并且附上了她的照片。新闻题目是"电视台记者向工会投诉”，内容是说澳大利亚广播电视台“今日今夜”栏目的记者(指钟海莲)抗议澳广的一名高级官员对她说她在电视台没有前途，因为她有着亚洲面孔。这位高级官员还叫她不要化妆，因为化妆后她的眼睛变得更小了。钟小姐向澳大利亚记者联盟投诉说这位高官的话带有种族歧视。新闻还说钟小姐刚进节目组的时候还收到不少观众充满种族歧视的信件(p. 215)。对报纸刊登的这些消息钟海莲一直没有回应，她始终保持沉默。不过她还是收到不少支持者的信件。结果这个白人想把她赶出电视台的计划没有成功。一直到20世纪70年代澳大利亚广播公司的电视台几乎都是英国人独占的，钟海莲是第一个受聘的非白人记者，打破了这个领域被白人垄断的局面。当钟海莲采访澳大利亚退伍军人同盟会(Returned Services League)的主席、反对亚裔移民的种族分子布鲁斯·鲁克斯顿(Bruce Ruxton)的时候，问到他如何评价他那篇关于亚裔移民者应该回到他们原来的地方去的长篇大论的时候，他向钟海莲倾过身子对她说：“亲爱的，我的这篇演说不是针对你的，你和我们是一起的。”(p. 217)鲁克斯顿的这句话可以理解成是他因为认识钟海莲而真的把她视为他们中的一员，也就是说认同了她的澳大利亚人的身份，因为一些种族分子经常说他们的话语只是针对陌生人的。但同时鲁克斯顿的回答也可以做另一种解读：种族分子歧视的是整个人种、整个民族，钟海莲属于这个人种、这个民族的一员，当然在歧视的范围。即使如这个种族分子所说不包括钟海莲，那么她的父母、她的兄弟姐妹呢？她能够因为自己不在其列而心满意足、心安理得了吗？所以鲁克斯顿的这句回答只是为了缓和当时的紧张气氛，充其量只是为了给钟海莲一个台阶下，避免难堪而已。

钟海莲在澳大利亚广播公司工作到1983年去中国为止。钟海莲说虽然她也想去北京，但她更想去日本，她对日本很狂热，对于去日本工作憧憬了一年多，还很投入地学了一段时间的日语。她满脑子想的全是日本人(p. 223)。钟海莲和珍·基廷斯不一样，基廷斯经历了第二次世界大战，受过日军侵略的苦难，自己进过拘留营，而丈夫也死在日本，所以她对日本充满了仇恨。相反，钟海莲一直生在长在澳洲，没有珍·

基廷斯这样的经历，所以她无限向往日本。

这次在中国工作她没有去找她爸爸妈妈的老家原因有二：第一，她此行是为了工作，为了拍摄和澳大利亚有密切联系的中国家庭；第二，她觉得自己是亨利家族的人而不是钟家的人，而生活在澳洲的他们早就和生活在广东老家的亨利家族的人没有什么联系了。她还说了自己没有这么做的原因是不想利用公司的钱去办自己的私事。其实最根本的原因在于她从内心里就排斥自己的华人出生，排斥自己的血统、自己的根，她自己最后说明了这点："I felt ambivalent after all those childhood years trying to assimilate to escape my Ching Chong roots(我从孩提时代开始就努力地让自己被澳洲生活同化，一直逃避自己'中国佬'的根，所以我的感觉是矛盾的。"(p. 246)因此她这种状态是在被异化与自我异化——她很想被澳洲人同化，却还是遭到歧视；她有着百分之百的中国血统，却一直在排斥自己的血统，在本该找到归属感的祖先的国土里她却时刻不忘自己的澳洲国籍，始终觉得自己是外国人，是澳大利亚人，所以她在自我异化。当然她这种矛盾的状态和她从小的经历有很大的关系——种族歧视的伤害，父母离婚的伤害，父爱缺失的伤害，等等。她内心是渴望被爱的，所以她会偷偷给她爸爸写卡片，她去北京工作之前希望自己的父亲去为她送行，但结果都是失望。就连小时候上学的费用，她们母女的生活费她父亲从来没有主动给过，少有的几次都是她姐妹俩去求他给的。这些经历甚至影响到她和男性的交往，由此产生的自卑感和自我封闭的意识是难免的，所以她在本作品中说到她几乎从不主动和男士交往，这就是为什么她格外珍惜和约翰的感情的原因。约翰住院到去世之前她都陪在他身边照顾他，他去世之后她悲痛欲绝，写下了那部《约翰我的爱，失去了你我好痛苦》，真挚感人。

当然，并不是所有的华人都和钟海莲一样排斥自己祖先的语言和文化的。上文提到的吉斯访谈的澳大利亚华人之一茉莉就讲到她潜意识里还是保留着自己的母语文化，而且这种潜意识的力量有时候还很强大——"对于我来说，作为一个澳大利亚华人女性是一件双重幸福和双重悲哀的事。在这里生活了三十多年的我的华人身份更多地是隐藏在潜意识里。对于大多数人来说，自己的母语文化都处在潜意识的状态，但它还是会影响我们的思维、感觉以及行为。潜意识的力量有时候是很强大的。当这种潜意识里的认知表现出来的时候我们就变得强大起来，总之，我们真的明白自己在做什么”：

> Being a Chinese woman in Australia for me is double happiness and double sorrow. Being a Chinese woman has largely been a subconscious experience for most of my thirty years living here. A person's culture is largely subconscious for most people, but it nevertheless propels the way we think, feel and behave. The power of the subconscious is enormous. It is when we make this subconscious knowledge conscious that we become powerful—in short, we truly know what we are doing. (Giese, 1997, p. 125)

母语文化在移民心中的地位和影响是和东道国对待移民的政策有关的。如果东道国是一个包容的国家，那么移民们可以保留自己的文化。否则移民们就得全盘吸收、同化东道国的文化。即便如此，很多华人在自己的家庭和社区也还是会使用自己的母语，交流和传播自己的文化。完全和祖先文化断根的华人通常都是那些和祖先文化毫无关联的人，比如在那些不把祖先语言和文化传授给自己孩子的父母的影响下成长起来的华人后代，或者祖先的语言和文化既失去了实用价值又没有情感价值的华人后代。除此之外，很多家庭都是让孩子接受两种语言和两种文化的教育，比如珍·基廷斯的父母就是让他们兄弟姐妹接受英语和汉语的双重教育。

吉斯编著的有关澳大利亚华人的口述历史中访谈的克莱拉·罗(Clara Law)和珍·基廷斯一样也是受的双语和双文化的教育——“我从很小的时候就开始在两种文化中成长。我爷爷教我书法和汉语诗歌，不过后来我被要求讲英语。他们告诉我，我必须把英语学好，英语是世界官方语言，它是地位的象征。于是我就学习英国文学。随着我的成长，我的母语文化已经离我越来越远了”：

> As a young kid in Hong Kong I was brought up in both cultures. My grandfather taught me calligraphy and Chinese poetry. But then I was asked to speak in English. I was told that I had to learn to speak in English, the language of status, the official language of the world. Then I studied English literature. As I was growing up, I think I grew away from my culture more and more. (同上)

澳大利亚华人和汉语及汉语文化断裂最大的原因是东道国的文化霸权主义，要求移民们同化的政策。其结果就导致很多华人不算真正的华人，因为他们既不会母语，也不了解祖先的历史和文化。如同查尔斯·赛凯所说：到“二战”的时候，我们已经丢失了很多我们的文化，直到20世纪60年代这种情况还是持续，因为澳大利亚一直规定同化是唯一的选择。既然你来到这个国家，就必须同化，你得把自己旧的传统和过去统统忘记，甚至不能讲自己的语言：

> We lost a lot of the culture up to the time of the War, and afterwards, up to the 1960s. In Australia then, they regarded assimilation as the only thing. You come here; you must be assimilated; you must forget all your old traditions and past; you must not speak in your own language. (同上)

他接着说，好在那个年代现在已经过去了，澳大利亚政府已经开始认识到移民们从海外带过来的有些传统和风俗还是有一些好的方面(“Those things are going now: the government is starting to realise that there is some good in old traditions and customs that are brought in from overseas”)

(同上)。而对于有些移民来说，他们既不能完全同化东道国的文化，又感到自己的母语文化也被异化了，处于这样一种状态往往会造成心理的平衡和失落。Dai Yin 就是这样的情况，他说在这个世界上他有两个家，可是两个都不完整。中国的家有他的父母和兄弟姐妹。澳大利亚的家有他的妻子和孩子，可是没有亲戚。在中国他还有很多肝胆相照的朋友，还有中国的生活方式，所有这些都无法从记忆中抹掉，相反他非常怀念这些，想念中国的家、中国的朋友，以至于他在澳大利亚感到非常非常孤独。有些事情、有些场合，你只能和朋友或者兄弟姐妹分享，有时候即使大家什么都不说，彼此也能够理解。在中国可以享受到很多在澳大利亚享受不到的乐趣。东道国的整个氛围都不一样：空气、环境、文化完全不同。这种感觉就好像是把一条鱼从一个水池里捞出来放进另一个水池里一样，也许鱼儿感觉不到这两个水池的细微区别，但是它还是能感觉到整个都和以前不同了：

> I have two homes in this world now. Neither is an entire one, a whole one. In China, I've got my parents, my brothers and sister. I have no relatives here. Back in China, I've got so many friends, the friends you can share life with. I miss this very much—and also something in the lifestyle you never forget. Here, I feel lonely. There are some things, there are some times, you can share only with your friends, or with your brothers or sisters. And then you don't have to talk sometimes—you know each other, and you enjoy something we don't have here. Here, the whole atmosphere, the air, the environment, are totally different culturally. Like if you put a fish from this river into that river, maybe she doesn't know what the exact difference is, but she can feel the whole thing is different. (同上)

当然，钟海莲的情况和这位口述者不同，她的家族几代人都移民到澳洲来了，她的亲人和朋友都在这里，所以对她而言，澳洲才是她的根，中国对她反而是陌生的。她也没有必要学习汉语，因为她从小没有受过这方面的熏陶，中国传统和文化对她是一片空白，除了家庭聚会的时候听到他们讲台山方言之外。在《中国佬之女》的尾声她开始寻根，但也不是在中国、在祖先的地方找寻，而是在澳洲寻访有关她的家族移民澳洲的故事。

正如吉斯所说，人们的身份不是一成不变的，身份是种族和文化的混合物，它会随着时间变化而迁移和改变。即使在一天之内，一个人也会因为身处不同的地方而发生身份的改变，比如在家里、在工作的地方、在娱乐的地方。根据不同的场合，在某个特别的时刻创建或者重建某种特定的身份是最重要的，可能是为了加强和某个所属群体的关联和纽带关系：

> What people understand as their identity, such as ties to family, people or language is a mix of ethnicity and cultural conditioning. Identity can shift and change from moment to moment. In a single day, one might act out half-a-dozen different roles, at home, at work, at play. Creation and recreation over time of links and ties re-affirm the identity seen at a particular moment as most important, perhaps in enhancing the unity of a group. (pp. 125-126)

正因为移民身份的特殊性、复杂性、综合性，他们在不同的场合、不同的圈子就要明白自己应该采取何种身份，否则如果总是以某种一成不变的身份自居，忽视自己或者拒绝自己的其他身份，就会给自己、给别人也带来不协调、不愉快的体验。移民生活就是在这种不断转换和协调自己不同身份的过程中获得平衡的。帕米拉·谭的儿子初来澳大利亚的时候发生很多不愉快的事情就是因为他没能转换自己的身份，始终坚持“我是中国人，澳大利亚人是外国人”。他忘记了在澳大利亚的国土上，他自己才是外国人，澳大利亚人才是本地人，所以他应该转换自己的身份，并相应地改变自己的习惯，比如语言习惯，他要学习说英语，和本地人交流不能再使用中文了，不然会让别人觉得他很奇怪，不合群。钟海莲的很多不愉快的经历也是因为她没有注意自己的身份转换引起的。在她的大家庭聚会的时候，她应该放下自己的澳大利亚人身份，回到自己是中国广东台山人后代的身份，这样她就不会感到她的亲人们用台山话交流很可笑了。还有，她在亚裔圈子里也应该放下自己是好几代澳大利亚移民的身份，而转换到自己也是一个亚裔的身份，这样就不会被他们向她舅舅投诉她不合群了。在面对本地白人的时候，她又得把自己的身份转换为华人，因为在这些白人的眼里，不管这些华人祖祖辈辈在澳大利亚生活了多久，他们始终是华人，他们的黄皮肤、黑头发、黑眼睛还是不能变成和本地人一样的白皮肤、金发碧眼，所以当白人问到"你是哪里人"的时候，就直接回答一句："我是中国人。"回复过去就不会产生冲突，也不会感到受伤了。时刻明白自己的身份，并且在不同的时间、不同的场合转换自己相应的身份，不因自己具有某种让别人看不起的身份而自卑，也不因自己具有某种让人看得起的身份而自傲并且执著于这种身份，这才是华人移民者应该采取的明智的应对策略。

◎ 注释

1. 原作封面的中文标题是"中国女孩"，没有反映出英文标题中"Ching Chong"的原意——对华人的蔑称，故笔者认为应该翻译成"中国佬之女"，以表达出标题的原意和歧视华人的主题内容。

本章参考文献

Anant, S. S. The Need to Belong[J]. *Canada's Mental Health*, 1966 (14): 21-27.

Ang, Ien. *On Not Speaking Chinese: Living Between Asia and the West*[M]. London: Routledge, 2001.

Barnes, Rebecca, Auburn, Timothy & Lea, Susan. Citizenship in Practice [J]. *British Journal of Social Psychology*, 2004 (43): 187-206.

Bond, Ross. Belonging and Becoming: National Identity and Exclusion[J]. *British Sociological Society*, 2006 (Vol. 40, No. 4): 609-626.

Brah, Avta. *Cartographies of Diaspora: Contesting Identities*[M]. London: Routledge, 1996.

Buck, Pearl S. *East Wind: West Wind*[M]. Wakefield, Rhode Island & London: Moyer Bell, 1995.

Buonfino, Alessandra. *Belonging in Contemporary Britain*[M]. Wetherby: Communities and Local Government Publications, 2007.

Chung, Helene. *Ching Chong China Girl*[M]. Sydney: ABC Books for the Australian Broadcasting Corporation, 2001.

Chung, Helene. *Shouting from China*[M]. Ringwood, Victoria: Penguin, 1989.

Ding, Xiaoqi. *Maidenhome* [M]. Chris Berry & Cathy Silber trans. San Francisco: Aunt Lute Books, 1994.

Geiger, Susan N. G. Women's Life Histories: Method and Content [J]. *Signs: Journal of Women in Culture and Society*, 1986(Vol. 11, No. 2): 334-351.

Giese, Diana. *Astronauts, Lost Souls & Dragons: Voices of Today's Chinese Australians in Conversation with Diana Giese*[M]. Brisbane: University of Queensland Press, 1997.

Green, Susan. Genre: Life Writing[J]. *Metaphor*, 2008(2): 50-55.

Nicoll, Fiona Jean. *From Diggers to Drag Queens: Configurations of Australian National Identity*[M]. Sydney: Pluto Press, 2001.

Gittins, Jean. *I Am a Stranger No More*[M]. Hong Kong: United League Graphic & Printing Co., Ltd., 1987.

Gray, Debra & Griffin, Christine. A Journey to Citizenship: Constructions of Citizenship and Identity in the British Citizenship Test[J]. *British Journal of Social Psychology*, 2014 (53): 299-314.

Hodgins, Jeff, Moloney, Gail & Winskel, Heather. The Importance of Australian National Identity to a Sense of Belonging of Anglo-Celtic and Chinese Cultural Groups in Regional Australia [J]. *National Identities*, 2016 (18: 3): 345-368. DOI: 10. 1080/14608944. 2015. 1061490.

Jackman, Mary R. *The Velvet Glove of Paternalism and Conflict in Gender, Class and Race Relations* [M]. Berkeley: University of California Press, 1994.

Kibria, Nazli. Race, Ethnic Options, and Ethnic Binds: Identity Negotiations of Second-Generation Chinese and Korean Americans [J]. *Sociological Perspectives*, 2000 (43: 1): 77-92.

Mercer, Kobena. *Welcome to the Jungle: New Positions in Black Cultural Studies* [M]. London: Routledge, 1994.

Scott, W. A. Psychological Bases of National Identity [A]. In: C. Price ed. *Australian National Identity* [M]. Canberra: The Academy of the Social Sciences in Australia, 1991.

Stratton, Jon. *Race Daze: Australia in Identity Crisis* [M]. Sydney: Pluto Press, 1998.

Tan, Carole. "The Tyranny of Appearance": Chinese Australian Identities and the Politics of Difference [J]. *Journal of Intercultural Studies*, 2006 (Vol. 27, No. 1-2): 65-82. DOI: 10. 1080/07256860600607660.

Tan, Pamela. The Long March of Pamela Tan [J]. *The Straits Times*, 1985.

Yang, William. I ask Myself, Am I Chinese? [J]. *Art and Asia Pacific*, 1994 (4): 89-95.

李晓光．文化全球化、西方文化霸权与中华民族文化认同研究[J]．山东社会科学，2014(3)：100-104.

莫言．红高粱[M]．广州：广东花城出版社，2012.

齐峰，贾中海．文化霸权解构与多元文化建构[J]．北方论丛，2015(2)：134-139.

苏童. 米[M]. 上海：上海文艺出版社，2015.

苏童. 妻妾成群[M]. 广州：广东花城出版社，2013.

徐世博. 种族·阶级·性别——《神秘的河流》中的文化霸权[J]. 安徽文学，2013(6)：5-8.

左泽文. 跨文化交际中的文化霸权主义批判[J]. 社科纵横，2017(5)：117-122.

结　　语

本书主要探讨了澳大利亚华人女性书写中非虚构类的两种文本，一是生命(历)史书写，二是个人传记。由于时间紧迫，对有些作品没有展开深入的探讨，对已经展开探讨的作品论述也未能详尽。

生命书写不仅是女性用来表达自己的心声、表现女性的主体性和内心渴望的一种有效的书写形式，也是作者为那些受到各种歧视和压迫的人群揭示他们的不幸遭遇并提出抗议的一种很好的方式。珍·基廷斯为那些深受白人种族主义者和殖民者歧视和迫害的澳大利亚华人淘金者做了代言人，诺玛·金·凯描述了她母亲家族的先辈早期移民的艰辛。这些淘金者和菜农生活在澳大利亚社会的最底层，他们在白人的土地上劳作，不得不忍受来自各方面的歧视和屈辱，这些在种族歧视的社会里生存的人们除了忍受和沉默，别无他法。即使他们向殖民政府请愿，也改变不了受歧视、受压迫的状态。生命书写作者们的心声不仅得到读者的认同，引起读者的关注、同情、理解，同时也是对种族歧视者的一种抗议。

华人生命书写中的一个最常见的主题是归属感和身份认同，这不仅反映在澳大利亚的华人移民中，而且反映在其他国家的华人移民中。女性书写如此，男性书写也是如此。最令人深思的是很多华人移民对其华人身份一直处于排斥和拒绝状态中。早期移民如此，现代移民也如此。这种对华人身份的拒斥在钟海莲的作品中反复出现，还在洪美恩的作品，欧阳昱、桑晔、杨威廉等的作品中也反复出现，不论是男性还是女性，不论是从中国还是从东南亚其他国家移民出去的华人都是如此。当欧阳昱访谈桑晔的时候问他如何看待自己的身份——是作为华人作家、华侨作家、澳大利亚作家，还是作为澳大利亚华人作家时，桑晔很直接地回答，如果非要给他冠上某种身份的话，就称他为澳大利亚作家好了（“If you must add an adjective now, describe me as an Australian writer”）。参阅 *Bastard Moon*, p. 215）欧阳昱本人也是拒斥自己的华人身份的，他曾经问道：“不论我们在国外居住多久，我们的未来还是注定了我们永远是华人吗（Is our future predetermined to be Chinese no matter how long we reside overseas）?”他为自己努力英国化但得不到认同而苦恼（“My effort to ‘English’ myself has met with strong resistance from all sorts of people ever since I came here. Even if I wanted to be English, they wouldn't let me be...”）。（参阅洪美恩《论不会说中文》，p. 46）。这些华人移民排斥自己的中国属性(Chineseness)，抵触自己的祖先语言和文化，除了在移民社会被要求同化而不得不同化，他们为了让自己融入白人社会，主观上也渴望同化以得到白人社会的认同这些原因之外，是否还有其他原因？在当今时代中国国力逐渐强大、国际地位不断提升的情况下，这些华人的归属感和身份认同会不会随之产生变化？这些都是值得我们进一步研讨的问题。

卢秋平

2019 年于澳大利亚伍伦贡大学

后　记

本研究计划分为两个阶段，第一阶段重点探讨澳大利亚华人女性书写的非小说类作品，第二阶段的重心是澳大利亚华人女性书写的小说类作品。由于时间紧迫，读博期间的主攻目标是博士论文，其他科研计划只能挤时间进行，所以仓促之中本书一定存在不少问题和纰漏，敬请各位读者多多海涵。

本书的完成首先要感谢武汉科技大学对我学业的支持和武汉大学、伍伦贡大学对我的培养。没有这个学习机会，就没有这本书的完成。学业上最要感谢的是武汉大学的导师朱宾忠教授在各方面对我的指导和帮助，还有师母陈慧荣老师的关心和鼓励。同时感谢武汉科技大学外国语学院宋红波教授和李金云教授、陈尧博士、卢绍伟书记、许辉书记等院领导的支持、帮助和关照，特别感谢武汉科技大学外国语学院对本专著出版的支持和清华大学出版社有限责任公司对本专著出版的资助。还要感谢武汉大学外国语言文学学院多位教授、老师如任晓晋、马萧、刘红、王爱菊、曾丹、周保国、包向飞、杨乐强和文学院的张箭飞和涂险峰两位教授在学业、论文或其他科研方面给予我的教导、指点和帮助。在澳学习期间特别要感谢的是我的导师 Anne Collett 和 Wenche Ommundsen 教授对我的博士论文的悉心指导和耐心修改、批阅，以及对我博士论文之外的研究的理解和帮助。另外要感谢的是我的挚友殷燕、陈玲玲、张淳、黄西林、师兄黄忠和师妹廖衡、田卓灵，以及武汉大学和伍伦贡大学其他师兄弟姐妹还有武汉科技大学很多同事及好友的关心、帮助和鼓励，还要感谢伍伦贡大学图书馆工作人员的文献传递服务，使我在完成此书以及我的论文写作过程中得到了充足的资料。此外，对于武汉大学出版社谢群英编审和本书的责任编辑罗晓华的辛苦工作也表示衷心的感谢。在武汉大学学习期间各位老师的博学多识与亲切教导，在澳学习期间学校的领导、老师、工作人员的友好相待，国内各位亲人朋友和我成长过程中各个学习阶段的良师益友、闺蜜对我的关心和鼓励，虽然没有一一列出，但是所有关心过我、在学业和生活上帮助过我的老师、亲人、朋友我都铭记在心，还有日常生活中各位亲戚朋友的关注和鼓励给予了我很大的精神力量，正因为有他们的关心、帮助、鼓励，我才能顶住各方面的压力尤其是学业的压力坚持了下来，在此一并表示深深的感谢！

卢秋平

2019 年 7 月 30 日于澳大利亚伍伦贡大学